# 心霊探偵八雲
## SECRET FILES 絆

神永 学

角川文庫 15938

PSYCHIC DETECTIVE YAKUMO

MANABU KAMINAGA

# SECRET FILES 絆

## 主な人物紹介

| | | |
|---|---|---|
| **斉藤八雲** | ……………… | 中学生。「幽霊が見える」と噂されている。 |
| **高岸明美** | ……………… | 八雲の担任教師。八雲を気遣う。 |
| **斉藤一心** | ……………… | 僧侶。親代わりとして八雲を見守っている。 |
| **後藤和利** | ……………… | 刑事課に所属する刑事。 |
| **佐知子** | ……………… | 八雲のクラスメート。 |

FILE: 01

# それぞれの願い

# プロローグ

大学の講義を終えた小沢晴香《おざわはるか》は、ある人物に会うため、銀杏《いちょう》の樹が並ぶ坂道を登っていた。

黄色く染まった葉が、ひらひらと舞い落ちている。

いよいよ秋も深まってきた。

晴香の大学の友人、斉藤八雲《さいとうやくも》の叔父《おじ》である一心《いっしん》から電話があったのは、昨晩のことだった。

──時間があれば、明日、学校の帰りにでも寄って欲しい。

晴香には、願ってもない誘いだった。

坂道を登りきったところで、お寺の楼門が見えて来た。

その脇には、竹箒《たけぼうき》を持ち、作務衣《さむえ》を着て庭掃除をしている住職、一心の姿が見えた。

晴香が声をかける前に、一心が飛び上がるようにして大きく手を振る。

「こんにちは」

晴香は、楼門の前で立ち止まり、ペコリと頭を下げた。

「良く来たね」

弥勒菩薩《みろくぼさつ》のように、穏やかな表情を浮かべる一心の左の瞳《ひとみ》は、赤く染まっている。赤い色のコンタクトレンズを嵌《は》めているのだ。

一心が、不釣り合いなコンタクトレンズをするのには、理由がある。

甥《おい》である八雲に対する愛情からだ。

八雲は、生まれつき赤い左眼を持ち、死者の魂を見るという特異な能力が備わっている。

そのせいで周囲に疎まれ、気味悪がられ、自らの母親にさえ殺されかけた。

一心はそんな八雲の苦しみを、少しでも分かち合おうとして、自らの左眼を同じように赤く染め、晒《さら》している。

「本当に、お邪魔してしまって良かったんですか？」

晴香は、一心に訊《たず》ねる。

「もちろん。今日は、特別な日だからね」

一心が目を細めて微笑んだ。

「特別な日？」

「そう。だから、この前の話の続きをしようと思ってね」

「昔の八雲君の話……ですか？」

晴香の問いに、一心が大きく頷《うなず》いて答えた。

一週間ほど前、ある事件にかかわり、ここを訪れた際、一心が八雲の過去について語ろうとした。

しかし、それは八雲自身によって断ち切られてしまった。

——あとでまた、聞きに来るといい。

あのとき、一心は晴香にそう耳打ちした。

一心のあの言葉は、社交辞令ではなかったようだ。

本人が、語られるのを嫌がっている過去を知ろうとすることに抵抗はある。しかし、同時に晴香には、少しでも多く八雲のことを知りたいという願望がある。

晴香にとって、八雲は大学の友人というだけの存在ではない。

八雲との出会いは、晴香がある心霊事件に巻き込まれたことに始まる。

彼は、死者の魂が見えるという特異な体質により、心霊現象の謎を解き、表面化することのなかった殺人事件を解決に導いた。

以来、晴香は八雲と幾つもの事件にかかわってきた。

八雲に命を救われたこともある。

顔を合わせれば、いがみ合うのだが、いつしか、晴香にとって八雲は失いたくない大切な存在であり、もっとも信頼している人物になっていた。

しかし、そのクセ八雲について知らないことがあまりに多すぎる。特に、出会う前のことについては、全くといっていいほど知らない。

だから、少しでも知りたい——。

びゅんと風が鳴った。

――待っていました。

風に乗って、背後から声が聞こえた。

一心の声ではない。

――誰？

振り返ってみたが、そこに人の姿は無かった。

「今の声……」

「そうか。晴香ちゃんにも聞こえたか」

戸惑う晴香に、一心が満足そうに何度も頷きながら言った。

「え？」

「立ち話もなんだし、行こうか」

一心は、感慨深げに赤みを帯びた空を見上げると、玉砂利の庭を抜け、庫裡《くり》に向かって歩き始めた。

晴香には、その背中がどこか哀しげに見えた。

一心に案内されたのは、玄関を入ってすぐのところにある居間だった。

畳張りで、中央にちゃぶ台が置いてある。よく整理されているが、あまり生活感の無い部屋だった。

「まあ、座っててください。お茶を出そう」

一心は、そう言うと、居間と引き戸で区切られた台所に入って行く。

「お構いなく」

晴香は、一心に声をかけながら座布団の上に正座した。

静かだった――。

一心が、台所で湯飲み茶碗《ちゃわん》を用意したり、お湯を沸かしたりしている音が、やけに大きく聞こえた。

八雲は今は大学の〈映画研究同好会〉の部室で生活しているが、その前はこの寺で生活をしていた。

それを考えると、晴香には八畳ほどの空間が、特別なもののように感じられた。

「さて、前回はどこまで話したかな」

一心が、お盆に湯飲み茶碗を二つ載せて居間に戻って来た。

「忘れられない人がいるってところまでです」

晴香は、一心の差し出す湯飲み茶碗を受け取りながら答えた。

――八雲にとって忘れられない人がいる。

前回、一心がそう切り出したときに、タイミング悪く八雲が入って来て、話が尻切《しりき》れトンボになってしまった。

それはいったいどういう人なのだろう――。

もしかして、初恋の人？

あんなぶっきらぼうな八雲でも、誰かに甘い想いを抱いた思春期があるのだろうか？

晴香の中で、様々な憶測がぶつかり合っていた。

「そうか。ということは、まだ何も話していないのと同じだな」

一心が、一口お茶をすすってから言った。

「邪魔するぜ！」

玄関先で、聞き覚えのあるバカデカイ声が聞こえたかと思うと、クマみたいな身体をした男がぬうっと居間の襖《ふすま》を開けて入って来た。

よれよれのシャツに、緩んだネクタイ。

「ご、後藤《ごとう》刑事」

思わぬところでの顔合わせに、晴香は驚きの声を上げた。

後藤も、八雲とは深いかかわりをもっている。

偶然、母親に殺されそうになった八雲を救ったのが、何を隠そう後藤だった。

そして、死者の魂が見えるという、八雲の特異な体質を知り、事ある毎に八雲を引っ張り出し、その能力を警察の捜査に利用している。

「晴香ちゃんが、何でこんなとこにいるんだ？」

後藤が、驚きの声を上げる。

だが、驚いているのは晴香も同じだ。

「後藤さんこそ、何してるんですか？」

「いやな。ちょいと、墓参りをしようと思ってな」

後藤は、照れ臭そうに言うと、どかっとあぐらをかいて晴香の隣に座った。

「この前、ケガをしたそうじゃないか」

一心が、後藤の腹に目を向けながら言った。

晴香はあとになって知らされたのだが、後藤は一週間前の事件のときに、腹をナイフで刺され、入院していた。

「あれくらい、かすり傷だ」

後藤は何でもないという風に、ふんっと鼻を鳴らした。

「お前さんが怪我《けが》するのは勝手だが、八雲にあんまり無茶させせんでくれよ」

一心が、頬を引きつらせながら後藤に目を向ける。

「うるせぇ！　そりゃこっちの台詞《せりふ》だ！　俺が、八雲のせいでずいぶん無茶させられてんだよ！」

「相変わらず、声がデカイな」

興奮してまくしたてる後藤に、一心は呆《あき》れたように首を左右に振った。

「余計なお世話だ。それより、線香ねえか。線香」

後藤が、キョロキョロと辺りを見回す。

「墓参りに来たんだろ」

「ああ」

「なら、なぜ線香を持ってない？」

「うるせぇな。忘れたんだから仕方ねぇだろ」

後藤は、子どものようにふて腐れた顔をしながら、ポケットからタバコを取りだした。

「ここは禁煙だ」

一心が、後藤の口からタバコを取り上げる。

「水臭いこと言うなよ」

「何が水臭いだ。言葉の使い方を間違ってる」

「悪かったよ。それで、晴香ちゃんは何してるんだ？」

後藤が、タバコのケースをポケットにしまってから言った。

「私は、一心さんと話があったんです」

「話？」

後藤が、首を傾げる。

「晴香ちゃんに、六年前の事件の話をしておこうと思ってな」

一心が補足する。

「おお。あの事件か」

後藤が、ポンと膝《ひざ》を叩《たた》いた。

この口ぶりだと、一心が話そうとしていることの内容を知っているようだ。それに――。

「事件の話なんですか？」

「ああ、事件も事件。大事件だった。ついでにいうと、俺と八雲が組んだ初めての事件だ」

「そうなんですか？」

晴香が驚きの声を上げると、後藤が眉間《みけん》に皺《しわ》を寄せ、ぐいっと顔を近づけて来る。

「そうだ。物事には、必ず始まりがある」

今でこそ、八雲は大学生でありながら当たり前のように後藤の捜査に協力しているが、それにも始まりがある。

「とにかく、話を進めようじゃないか」

一心は、お茶を一口啜《すす》る。

「そうだな」

後藤が珍しく、素直に賛同した。

一心は、心得たという風に大きく頷《うなず》いてから話を始めた。

「あれは、八雲が未《ま》だ中学三年生の頃。話の発端は、ある噂だった……」


その学校には、ある噂があった——。

夜になると、学校の裏庭にある桜の樹から、声が聞こえてくるというものだ。
それは、女のすすり泣く声だという者もいれば、男の断末魔の叫びだという者もいた。
声だけではなく、目撃証言もあった。
あれは、自殺した教師だった。
いや、交通事故で死んだはずの子どもだ。
噂には尾ひれが付き、その真相を知る者は誰もいなかった――。

# 第一章

## 1

高岸明美《たかぎしあけみ》は、チャイムと同時に教室のドアを開け、教壇に立った。

休み時間の余韻《よいん》で、生徒たちがざわついている。

明美は教壇に両手をつき、教室を見回しながら、生徒が自発的に静まるのをじっと待った。

この年代の子どもは、静かにしなさいなどと言えば、余計に騒ぎ立てることを、高岸は知っていた。

思春期の子どもというのは、それがたとえ些細《ささい》なことであったとしても、自らの行動を指示されることを嫌う。

誰かに教わったわけではなく、明美が教師生活で自然と悟ったものだ。

次第に生徒たちが落ち着きを取り戻していく。

「では、始めましょう」

明美は、出席簿を開き、改めて教室を見回したところで、空席があることに気付いた。

廊下側の後ろから二番目の席――。

朝のホームルームの時には、確かにそこにいた。

「斉藤君は？」

明美は、誰とは限定せず、生徒全員に向かって声をかける。

「また、バックレじゃねえの」

最前列に座るクラスのリーダー格、司《つかさ》が嫌悪感を露《あら》わにした口調で言う。

――またか。

明美の中に、落胆の色が広がっていく。

「いつからいないの？」

司に訊《き》いてみるが、「知らねぇよ」と、おどけた調子で答える。

「さっちゃん、知ってる？」

空席の隣に座る、佐知子《さちこ》に目を向けた。

「あ、その、一時限目が終わるまではいたんですけど、休み時間に出ていったきり……すみません」

佐知子は、子どもの不始末を詫《わ》びる母親のような口調だった。

「いいのよ。あなたが悪いわけじゃないから」

明美は、佐知子に言いながらも、ため息を吐いた。

二時限目以降、いなかったのであれば、他の教師から連絡があって然《しか》るべきだ。だが、誰も彼がいなくなったことを気にかけない。

どうして、こんなことがまかり通ってしまうのか、明美には理解できなかった。

「早く授業やろうぜ。俺、勉強したくてウズウズしてんだ」

司が、声を上げる。

「嘘つけ!」

司のすぐ後ろの席に座る洋平《ようへい》が茶化す。

教室のあちこちから、クスクスと声を押し殺した笑いが起きる。

一人の身勝手で、授業を中断することはできない。それは分かっている。だが——。

「教科書の一六八ページを開いて。そこの文章を読んでいて下さい。すぐ戻ります」

明美の言葉に、「えぇぇぇ!」という非難の声が一斉に浴びせられる。

しかし、だからといって、抜け出した生徒を放置したまま授業を進めることはできない。

明美は、黒板に「自習」という文字を書いて教室を出た。

彼のいる場所は分かっている。

まるで連れ戻されるのを待っているかのように、いつも同じ場所にいる。

明美は、駆け足で廊下の突き当たりまで行き、階段を駆け上がり、屋上へと通じるドアを開けた。

秋の乾いた風が顔に当たる。

明美は、手をかざしながら屋上に出た。

——予想的中。

屋上のフェンスに張り付くようにして、ぼんやりと景色を眺めている男子生徒の後ろ姿が見えた。

——斉藤八雲だ。

その背中は、どこか哀しげで、何か背負っているように見える。

明美は、ゆっくりと八雲の許《もと》まで歩み寄る。

——なぜ、教室を抜け出したの？

八雲に、問い詰めても答えてくれないことは分かっている。

「ねえ」

明美は、八雲の背中に声をかけた。

八雲は、それに反応して、ゆっくりと振り返った。

身長は明美とあまり変わらない。百五十センチ前後。同年代の子と比べると、小柄な方だ。

明美は、同じ高さにある八雲の顔を見返した。

八雲は、痩身《そうしん》で、幼さを残しながらも整った顔立ちをしている。だが、生きているのか疑いたくなるほどに血色が悪い。

そして、その目は、どこまでも暗く、冷たかった。

何を考えているのか分からない。作り物のように、感情が宿らない無気力な視線。

思春期の男の子は、とかく自分を大きく見せようとするが、大概は虚栄《きょえい》に終わる。

しかし、八雲の場合は違う。

八雲の周りを、十五歳という年齢には不釣り合いな何かが取り巻いている。

「何の用だ？」

八雲が、面倒臭そうにガリガリと髪をかきながら言った。

声変わりが終わったばかりの、不安定な響きを持った声——。

そこには、自分には近づくなという拒絶の意思が込められているように感じられた。

八雲は、明美が担任教師だから拒絶しているのではない。

明美は、今まで八雲がクラスメイトと言葉を交わしているのを見たことがない。

勿論《もちろん》、必要最低限の会話はある。だが、それだけだ。八雲の口から出る言葉は、「ああ」「そうか」といった短い単語だけだ。

八雲が、どんな人となりをしているのか？　好きなモノは？　嫌いなモノは？　問われて答えられる者は、この学校には一人もいないだろう。

「何を見ているの？」

明美は、努めて笑顔を作りながら訊《たず》ねた。

「桜……」

八雲が、目を細めてポツリと言った。

明美は、八雲の言葉に違和感を覚えた。今の季節は秋だ。枝にわずかに枯れ葉がついているだけだ。

「花も咲いていないのに？」

「言うだろ。桜の樹の下には死体が埋まっているって」

八雲は、無表情に言った。

——死体。

明美は、心臓が飛び跳ねるような思いがした。

突然、恐ろしいことを口にする。

そういえば、ずいぶん前にそんな散文を読んだ覚えがある。

桜が美しいのは、樹の下に死体が埋まっているからだという妄想に憑《つ》かれた男が、それに象徴される惨劇に思いを馳《は》せるという話だった。

八雲も、そんな想いを抱いているのだろうか——。

「それで、見つかった？」

明美は、冗談めかして訊いてみた。

「何が？」

「死体」

八雲は明美の言葉に驚いたらしく、ぴくっと頬を引きつらせた。

だが、すぐにいつもの無表情に戻り、もう用はないと言わんばかりにポケットに手を突っ込み、明美の横を通り過ぎ、ドアに向かった。

「この場所が好きなの？」

明美は、視線で八雲の背中を追いかけながら声をかけた。

本当は、そんなことが知りたかったわけではない。ただ、少しでも多く八雲と言葉を交わしたいと願ったからだ。

それが、彼の心を開くきっかけになれば――。

甘いかもしれないが、明美にはわずかながら、そうした期待があった。

「は？」

八雲が、ドアの前でピタッと足を止めた。

「だって、いつもここにいるじゃない」

「頼むから、他の奴みたいに俺を放っておいてくれ」

それが、八雲の答えだった。

「放っておけるわけないでしょ！」

明美は、八雲の物言いに腹立たしさを覚え、つい荒い口調になる。

「……」

八雲が、背中を向けたまま何か言った。

だが、聞き取れない。

「言いたいことがあるなら、はっきり言って」

明美が、八雲に近づこうと足を踏み出した瞬間に、八雲が振り向いた。

その視線に射貫《いぬ》かれ、明美は背筋がぞくっとした。

凍《い》てつくような目だった。

明美は、言葉を失い、蛇に睨《にら》まれた蛙のように、ただ呆然《ぼうぜん》とその場に立ち尽くしていた。

「どうでもいいけど、お前うざいよ」

しばらくの沈黙のあと、八雲は突き放すように言って、足早に歩き去った。

明美は、大きくため息を吐き、八雲がやっていたのと同じように、フェンスに張り付き、ぼんやりと景色を眺めた。

裏庭の桜の樹が見えた。

「うざい……か……」

明美が産休から復職し、八雲のクラスを受け持つようになったのは、今年の春からだった。

前担任は「彼は特に害も無いし、放っておいた方がいい」と忠告してきた。

八雲は、自分以外の全てを拒絶し、見えない壁を張り巡らせ、その中からこちらをじっと監視している。

いくら手を差し伸べようと、決して壁の中から出てくることはない。

かかわれば心労が募るだけ。

明美自身、何度か諦《あきら》めようと思ったこともある。

学校の教師にできることなど、たかが知れている。それは分かっている。だが、どうしても八雲を放っておくことができなかった。

昔から、お節介な性格だということは自覚している。

だが、八雲を気にかけるのは、自分の性格に起因するところだけだろうか？

明美には、八雲がどうしても他人とは思えなかった。

当然、血のつながりなどあるはずもない。だが、もっと別の何か——つながりのようなものを感じてしまう。

もしかしたら、そう思ってしまうのは、彼にまつわる噂のせいかもしれない。

ともかく、八雲が心を閉ざすのには、何か原因があるはずだ。家庭環境や生活に、何か問題を抱えているのかもしれない。

考えてみれば、明美は学校での八雲の姿しかしらない。

——今日にでも、彼の家を訪問してみよう。

明美は、そう決意した。

## 2

すっとドアが開き、八雲が教室に戻って来た。

──良かった。

佐知子は、毎度のことながらほっと胸を撫《な》で下ろす。

八雲がいなくなるたびに、佐知子はひやひやしている。何か問題を起こすんじゃないかと心配したり、もう、教室に戻って来ないんじゃないかという不安に陥る。

だが、それは佐知子だけであって、他の生徒の反応は違った。

誰もが無言で八雲に軽蔑《けいべつ》の視線を投げる。

みんなの輪を乱すはみ出し者。そんな非難の声が聞こえてきそうだ。

だが、八雲はそれを気に留める様子もなく、佐知子の隣の席に座り、机の引き出しから辞書みたいに厚い文庫本を取り出すと、栞《しおり》が挟んであるページを開き、真剣な眼差《まなざ》しで文字を追っている。

それと同時に、方々から声が上がる。

「あいつ、本当にいい加減にしてほしいよな」

「なんかムカツクよな」

「でも、成績いいよね」

「カンニングだろ？」

「透視とかしてたりして」

「あ、それ本当かも。彼って、小学校のとき、幽霊が見えるって噂があったらしいわよ」

「マジ？」

「それでね、彼の眼って本当は、赤いんだって」

「あいつの親って行方不明なんだって」

「知ってる。あいつが殺したらしいじゃん」

「人殺し」

――また、始まった。

佐知子は、耳を塞《ふさ》ぎたい気分だった。

司たちだ。わざと聞こえるように、八雲を中傷している。こんな扱いを受ければ、教室を出て行きたくなる気持ちも頷《うなず》ける。

佐知子は憤りを覚えたが、残念ながらそれを口にするほどの勇気はない。

ちらっと隣の席の八雲に視線を送る。

八雲は、そんな噂話などまったく耳に入っていないという風に、読書にふけっている。

そこが、八雲が他の生徒と違うところ。陰口を叩《たた》く同級生のことなど眼中にない。

――大人なんだろうな。

あからさまに敵意を剝《む》き出しにして、噂話の中心になる司と同じ歳だなんてとても思えない。

「ひがんでるだけだから、気にしちゃダメだよ」

佐知子は、八雲に向かって声をかける。

八雲は、何も言わず少しだけ顔を上げた。

視線がぶつかる。

佐知子は、それだけで心臓が早鐘を打つのが分かった。

——八雲を意識し始めたのは何時からだったろう？

佐知子は、ふとそんなことを思った。はっきりとは覚えていない。だが、気がついたときには、夢中だった。

特に親しく話をするわけではないが、八雲の姿を見ただけで、一日幸せな気分でいられた。

だが、そのことを誰かに相談したことはない。

友だちに「好きな人は？」と訊《き》かれても、「いない」で通している。

八雲には、幽霊が見えるとか、眼が赤いとか、親に捨てられたとか、殺したとか、本当に腹の立つ噂がたくさんあって、みんな彼を気味悪がっている。

誰かに相談なんてしたら、あんな奴を好きだなんて気持ち悪い、と言われるのが目に見えている。

だが、自分の他にも、何人か隠れ八雲ファンがいることを佐知子は知っている。

八雲は、かっこよくて、ミステリアスで、何ともいえない魅力がある。

「なあ、斉藤。お前、幽霊が見えるんだってな」

佐知子は、司の声で空想から現実に引き戻された。

顔を上げると、八雲の前に司が立っているのが見えた。腰で穿《は》いたズボンのベルトに手を掛け、偉そうに八雲を見下ろしている。

——嫌な奴が来た。

佐知子は司が嫌いだ。理由はたくさんある。

まず制服の着こなしだ。シャツのボタンを胸元まで開けて、そのさらに下にネクタイがぶら下がっている。ラフな着こなしのつもりかもしれないが、司がやると下品だ。

それに、いつも偉そうだし、やたらとケンカが強いと誇示してくる。

何より、ことある毎に八雲に因縁をつけてくるのが耐えられない。

「答えろよ。幽霊が見えるって本当か？」

司が、巻き舌気味に八雲に詰め寄る。

だが、八雲はじっと本に目を向けたまま、顔を上げようともしない。

「おい、聞いてんのか！」

業を煮やした司が、バンッと音をたてて机に両手を突き、鼻がつくほどに顔を近づける。

明らかにケンカをふっかけている態度だ。

「ちょっと、やめなよ」

佐知子は、堪《たま》りかねて司の腕を引っ張った。司は佐知子の手をすぐに払い除《の》けて、睨《にら》みつけてくる。

「話してるだけだろ」

「嫌がってるじゃない」

「なんで、そんなに庇《かば》うんだよ」

「え？」

佐知子は言葉に詰まった。

なぜ、と問われても、答えようがない。

「お前さ、こいつのこと好きなの？」

「そんなんじゃないわよ！」

図星を指された佐知子は、ついムキになって大きな声を上げる。

周囲の視線が一斉に注がれ、恥ずかしさで顔が熱くなった。

「おいおい。まさか、本当に好きなのか？」

司は、佐知子の顔を覗《のぞ》きこんで来る。

――あんまり近寄らないでよ。気持ち悪い。

佐知子は、司からできるだけ距離をとるように身体を反らした。

「見えたらどうなんだ」

声が割って入った。八雲だった。

司の視線が、再び八雲に向けられる。

――私を庇ってくれたの？

「ほう。見えるんだ。なら、ちょっと付き合えよ」

司が言う。

「何に？」

巻き舌気味に話す司とは対照的に、八雲は本を読んでいるように淡々とした口調だ。

「聞いたことあんだろ。この学校に、幽霊が出るって噂」

その噂なら、佐知子も知っている。

夜になると、不気味な泣き声が聞こえてくるらしい。隣のクラスの男子生徒が、血塗《ちまみ》れの男を見たと、ちょっと前に騒ぎになっていた。

「知らない」

「そういう噂があるんだよ！」

「そうか」

興味無さそうに答える八雲に、司が苛立《いらだ》ちを露《あら》わにする。

「お前が幽霊が見えるって話、本当か確かめさせてもらうぜ」

「それで」

「今日の夜、学校に忍び込んで肝試しをやるんだ」

「だから？」

「お前も来いよ」

そう言って司がニヤリと笑った。

悪趣味だと佐知子は思う。どうして、こうも下らないことを思いつくのか不思議でならない。

「分かった」

八雲が、すっと顔を上げてから静かに言った。

「え？」

佐知子は、思わず声を上げた。

八雲は、絶対に司の誘いを断ると思っていた。

驚いているのは、佐知子だけではなかった。声をかけた司本人まで、八雲の意外な返答に、口をあんぐりと開けている。

「まだ、何か用か？」

八雲が、無表情に言った。

佐知子は、なぜ八雲が司の誘いに乗ったのか、その真意を汲《く》み取ることはできなかった。

「あ、いや……。今日の八時に校門前に集合だからな」

「分かった」

戸惑いながらも予定を伝える司に、八雲が短く答えた。

「ちょっと、バカなことは、やめようよ」

佐知子は、堪らず会話に割って入った。

司のことだから、八雲に何か嫌がらせをしようとしているのは間違いない。そんなところにノコノコついていくなんて、それこそ飛んで火に入る何とやらだ。

「佐知子。お前も来いよ」

司の視線が、佐知子に向けられた。

「え？」

急に話の矛先を向けられ、何のことかすぐには理解できなかった。

「だから、お前も一緒に来いよ」

「私も？」

「そう。お前も」

「いや、でも……」

——嫌だ。

拒否することは簡単だったが、佐知子は、すぐに返事ができなかった。

「さあ、授業を再開するわよ」

ドアが開き、明美が教室に戻って来た。

「絶対、来いよな。逃げんなよ」

司はそう言い残して、自分の席に戻って行った。

——何だかおかしな事になってしまった。

佐知子は、改めて隣に座る八雲の横顔を見た。

整った顔立ちではあるが、作り物のように無表情で、何を感じ、何を思っているのかまったく分からない。

思えば、佐知子は八雲のこの表情しか知らない。

もしかしたら司の企画した肝試しに参加することで、八雲の違った表情が見られるかも知れない。

考え方を変えれば、これはチャンスかも知れない。

佐知子は胸が高鳴るのを感じた——。

## 3

「くそっ！　イライラする！」

自席に戻った後藤は、机に拳《こぶし》を落としてから、タバコに火を点《つ》けた。

新任課長の井手内《いでうち》とかいう野郎。いったい何様のつもりなんだ。現場のことを何も分かっちゃいねえ。あんな人員配置で捜査なんかできるものか。

「くそっ」

後藤は、再び吐き出し、ネクタイを緩めると椅子にふんぞり返る。

「荒れてるな」

ダミ声に反応して振り返ると、背後に後藤の上司、宮川《みやがわ》が立っていた。

どちらかといえば小柄な体格なのだが、坊主頭に鋭い眼光。かもし出す雰囲気がまるっきりヤクザである。

両手をポケットに突っ込み、引き攣《つ》った表情を浮かべていると、余計にそれが際立つ。

街中を歩いたら、誰もが道を空けてくれそうだ。

「どうしたんすか？」

「そりゃこっちの台詞《せりふ》だろ。反抗期のガキみてえな態度取りやがって」

宮川はぶっきらぼうに返すと、ポケットからタバコを取り出し、フィルターを指先で弾《はじ》いて咥《くわ》えた。

「別にどうもしないっすよ」

後藤は、沸きあがっていた苛立ちを抑えながら宮川にライターの火を差し出す。

「お前は、本当に隠し事ができねえ奴だな」

宮川はあきれた表情を浮かべながら、タバコに火を点けた。

後藤は、否定することができなかった。確かに、宮川の言う通り、考えていることが、そのまま態度に出てしまうことは自覚している。

新人の頃から世話になっている宮川には、より一層、誇張して見えるのだろう。

「それで、何をそんなに怒ってるんだ？」

ゆっくりと煙を吐き出しながら宮川が訊《たず》ねる。

ついさっきまで、机をひっくり返しそうなほど神経が逆立っていた後藤であったが、次第に落ち着きを取り戻していくのを実感していた。

今回に限らず、後藤は宮川と言葉を交わしていると、精神が落ち着くのが常だった。

どんな状況であろうと、何とかなりそうな気がしてしまう。後藤が、宮川に対して抱く絶対的な信頼の表れなのかもしれない。

「いや、ちょっとダイエットでもしようかと思って」

「寝ぼけたこと言ってんじゃねえ。誤魔化すなら、もう少しマシなこと言いやがれ」

宮川の言う通り、後藤自身まったく説得力が無かったと思う。

「そうっすかね」

「まあ、いい。どうせお前のことだから、新任課長とウマが合わねえんだろ」

さすが、人の好き嫌いまでお見通しというわけだ。

後藤は肯定の返事をする代わりに、頭を掻《か》きながら表情を歪《ゆが》めた。

「お前、今からちょっと付き合え」

「え？」

「行くぞ」

宮川は、戸惑っている後藤をよそに、タバコを灰皿に押し付け、スタスタと歩きだす。

「ちょっと、待って下さいよ」

後藤は、椅子にかかったジャケットを鷲掴《わしづか》みにして、慌てて宮川の背中を追いかける。

「何処行くんすか？」

「捜査に決まってんだろ」

「捜査？」

「いい年の男が二人そろってお茶もねえだろ。少しは考えろ」

そりゃ確かに気持ち悪い。だが、後藤にはまだ分からないことがある。

「何の捜査です?」

口にするなり、後藤は宮川に後頭部をスパンと叩《たた》かれた。

「ガタガタうるせえな!」

宮川が、舌打ちをして後藤を睨《にら》む。

睨まれても、分からないものは分からない。

「しかし、その……」

言いかけたところで、宮川は後藤の肩に腕を回してぐいっと引き寄せ、そのまま廊下に出る。

周囲を見回し、誰もいないことを確認してから、宮川が小声で話を始めた。

「ついさっき、タレ込みがあった」

小声であっても、宮川の迫力は少しも失われない。

「タレ込みですか? 内容は?」

「内容なんか問題じゃねえ。ただな、ちょっと妙なんだよ」

「妙?」

後藤は、怪訝《けげん》な表情を浮かべた。

宮川は、この道二十年のベテランだ。大抵のことでは驚かないだろう。その宮川が、妙だと言う。

何か、嫌なことが起きる。そんな予感がした。

「実はな、そのタレ込みをした人間は、直接刑事課に電話を入れて来て、しかも、俺を呼び出したんだ」

「その人物に覚えは？」

「分からない。だから気になるんだろ」

宮川が妙だと感じたのはもっともだ。

民間人が警察に何かを通報するとしたら、一一〇番ないしは、近所の交番、相談窓口などを選択するだろう。

お抱えの情報屋ならともかく、わざわざ刑事課に電話してきて、捜査係の係長を呼び出すというのは、確かに妙だ。

しかも、宮川に覚えが無い——。

「相手は、男ですか？　それとも女ですか？」

「分からねぇ」

宮川が即答する。

「どういうことです？」

「ボイスなんとかってのがあるだろ」

「ボイスチェンジャーですか？」

「そう。それで声を変えてやがった」

宮川は、むず痒《がゆ》いといった表情で、首筋をかいた。

ボイスチェンジャーを使ってまで、自らの身分を隠しておきたかったらしい。そうなると、やはり気になるのは――。

「それで、その内容は？」

後藤が訊ねると、宮川はより一層険しい表情を浮かべた。

「まあ、内容もちょっとばかり妙なんだ……」

言いかけた宮川だったが、廊下を歩いて来る他の捜査員の姿を見かけ、口を閉ざした。

この反応からして、タレ込みがあったことは、誰にも報告していないようだ。

「とにかく、移動しながら話そう」

宮川は、そう言うと、背中を丸めて足早に歩き始めた。

## 4

明美がその場所に着いたときには、もう七時を回っていた。

五時前には学校を出たのだが、娘を友人に預けたり、ある人物に電話を入れたりしているうちに予定の時間をオーバーしてしまった。

銀杏《いちょう》並木のある坂道を登った先のお寺の楼門で立ち止まった明美は、もう一度住所を確認した。

間違いはない。ということは、彼の家はお寺なのか――。

明美は、戸惑いながらも、玉砂利の庭の先にある庫裡《くり》に足を向けた。

訪問することは、事前に電話で伝えてあった。電話口には、彼の父親と思われる人物が出て、快く承諾してくれた。

八雲が、あんな風に心を閉ざす原因の一端が、家庭環境にあるのかもしれないと考えての訪問だった。

だから、断られることも、ある程度覚悟していたので、拍子抜けした感はある。

玄関の前に立ち、インターホンを押した。

しばらくして、引き戸が開き、作務衣《さむえ》を来た三十代くらいの坊主頭の男性が、ひょっこり顔を出した。

「いやあ、お待ちしておりました」

彼は、笑顔を浮かべながら言った。

弥勒菩薩《みろくぼさつ》のように、穏やかな表情。明美は、既視感を覚えた。

――この顔を知っている。

明美は、まじまじと彼の顔を見つめた。彼に良く似た人物を知っている。声をかけるべきか？　だが、人違いかもしれない――。

「私の顔に何か？」

じっと見つめている明美に、彼が不思議そうに首を傾げた。

「あ、すみません。お電話させて頂いた、八雲君の担任の高岸と申します」

明美は、はっと我に返り、慌てて頭を下げた。

何かを感じ取ったのか、今度は彼が眉《まゆ》をひそめ、覗《のぞ》き込むようにして明美の顔に目を向ける。

やがて、彼は納得したようにポンと手を打った。

「もしかして、高岸明美さんではありませんか？」

彼が、言った。

名前を知っている。間違いない。この人は——。

「一心さん」

明美は、飛び上がるようにして声を上げた。

一心は、明美が高校三年生のとき、家庭教師をしてくれていた人物だ。

坊主頭になっていたことで、最初は違和感があったが、一度思い出してしまうと、まるで昨日のことのように、鮮明に当時の記憶が蘇《よみがえ》ってくる。

心まで、あの頃に戻り、甘酸っぱい感情がこみ上げた。

「いやぁ、懐かしい」

一心が、うんうんと何度も頷《うなず》く。

「本当に、お久しぶりです」

明美は、思いがけない再会に、何だか照れ臭くて俯《うつむ》いてしまう。

「ご両親は、お元気ですか？」

一心が、相変わらずの笑みを浮かべながら言った。

家庭教師に来ていた一心は、明美の両親にもいたく気に入られていた。母は、「恋人にするなら、ああいう人にしなさい」と口にしていたほどだ。

本当なら、母とも思い出話をしたいところだが、それは叶《かな》わない。

「昨年、事故で亡くなりました」

両親の乗る車が、居眠り運転のトラックと正面衝突した。運転していた父は即死。母は、意識不明のまま、一週間後に亡くなった。

明美の妊娠が発覚し、精神的にもっとも沈み込んでいた時期の突然の出来事だった。

もし、両親が健在であったなら、明美の選択もまた大きく変わっていただろう。だが、それは、仮定の話でしかない。

悔やんでも始まらない。

「それは……ご愁傷様です。悪いことを訊《き》いてしまったね」

一心が、合掌して静かに頭を下げた。

「いえ……」

明美は、左右に首を振りながらも、今までに起きた様々な出来事が、走馬灯《そうまとう》のように頭の中を駆け巡り、じわっと目頭が熱くなった。

「立ち話もなんだし、上がってください」

一心が、しんみりとした空気を払うように言った。

「あ、はい」

今日は、自分の身の上相談に来たわけではない。明美は、気持ちを切り替えた。

一心に招かれるかたちで、玄関の脇にある居間に通された。

座布団に正座し、ふっと一息吐いたところで、再び過去の記憶が蘇って来る。

一心は、まるで変わっていない。

当時、一心は大学生だったが、その頃から年齢不相応な落ち着きと、包容力というか、吸引力を持っていた。

明美は、そんな一心の授業を受けるのが楽しみだった。

一心が来る日は朝からそわそわしてしまい、髪形や服装が気になった。

それがどういう感情からくるものなのかは、考えないようにしていた。受験を控えて、それを考えてしまったら、勉強に手がつかなくなるのが分かっていたからだ。

——あのときに、自分の想いを伝えていたら、どうなっていただろう？

「すまんね」

明美の空想を断ち切るように、一心が湯飲み茶碗《ちゃわん》を載せたお盆を持って戻って来た。

「あ、いえ」

明美は、顔を上げる。

「八雲は、帰ってくるなり、どこかへ行ってしまったようだ」

一心は、明美の前にお茶を差し出し、ため息混じりに言って、よっこらしょっと腰を下ろした。

「いえ、今日は、保護者の方にお話を聞きたいと思っていましたので」

懐かしさにばかり浸ってはいられない。

明美は、姿勢を正し、一心と向かい合った。

「しかし、明美ちゃんが先生になってるとはね。驚いたよ」

一心は、しみじみといった感じで言うと、お茶をすすった。

「私も驚きました。まさか、一心さんが八雲君のお父さんだったなんて」

明美の言葉を受けて、一心は声を上げて笑った。

なぜ、笑われたのか、明美には分からない。

「笑うところですか？」

「いやね、私も、そんな風に見られる歳になったのかなと思ってね」

一心は、腕組みをしてうんうんと頷いてみせる。

「はぁ……」

「私はね、八雲の実の父親ではないんだよ」

「と、いうと……」

結婚した相手の連れ子だろうか？

明美は、首を捻《ひね》る。

「親代わりをしてはいるが、八雲は、私の子どもじゃないんだ。残念だが、私はまだ独身でね。まあ、名付け親は私だけどね」

一心は、からからと笑いながら言った。

言われてみれば、確かに不自然だ。一心は、明美の四歳年上だった。十五歳の子供がいるにしては若すぎる。

「では……」

——誰の子どもなのだろう？

「八雲はね。私の姉の子どもなんだ」

「お姉さんの……」

一心は、大きく頷いた。

なぜ、姉の子どもを一心が引き取っているのか？　その辺りの事情が気にはなったが、立ち入ってはいけない領域な気がした。

明美にも、他人に立ち入って欲しくない事情というものがある。

「それで、今日は、八雲のことで来たんですよね」

言葉を詰まらせた明美に代わって、一心が話を切り出した。

「ええ」

「八雲が、学校で問題を起こしたんですね」

一心が、ポツリと言った。

その表情に、少しだけ影が差した。まるで、そのうち問題を起こすことを覚悟していたような言い方だ。

「問題というほど大げさなものではないんですが……」

「なんです？」

「授業を抜け出すんです」

八雲の問題は、それだけだ。成績もいいし、喫煙や暴力沙汰《ざた》を起こしているわけでもない。

前担任が放っておけと言ったのも、彼の行動により、学校が迷惑をこうむることはないという事情もある。

「授業を……」

一心が、何か考えごとをするように、天井に視線を向けた。

明美は、八雲が授業を抜け出すのは、サインのように思えてならなかった。

彼は、心のバランスを崩し、今にも壊れそうになっている。それを誰かに気付いて欲しくて、助けを求めている。

勝手な思い込みかもしれないが、その考えを捨てることができずにいた。

「はい。それ以外は、とくに何かをするわけではないんですが、どこか塞《ふさ》ぎ込んでいるようにも見えるんです。何を考えているか、分からないというか……」

相手が一心ということもあってか、明美は思いがけず、自分の考えをストレートに話していた。

「私にも、八雲が何を考えているのか分かりません」

一心は、ふっと肩の力を抜きながら言った。

「え？」

「明美ちゃんだから話すんだが、八雲の母親は、失踪中《しっそう》なんだ。父親は、誰なのかはっきりしたことは分かっていない。それで、今は私が預かっている」

「失踪……ですか」

一心が大きく頷《うなず》いた。

「八雲は母親に殺されかけたんだ。幸いにも通りかかった警察官に助けられたんだが、その日を境に母親は姿を消した……」

明美には、意見を挟むことも、相槌《あいづち》を打つことすらできなかった。

想像していたのより、はるかに苛酷《かこく》な八雲の過去に、ただ、息苦しさを覚え、遠のいていく意識を繋《つな》ぎ留めているのが精一杯だった。

「結婚もしたことない男が、いきなりあの歳の子どもを育てるのは、あまりに色々なものが足りない……」

「そんな……」

「弱音は吐きたくないが、どう接したらいいのか分からないというのが本音だよ」

言い終わった後、一心は大きく首を横に振った。

空気が重かった。時間の流れすら止めてしまいそうなほどの沈黙——。

「なぜ？」

明美は、やっとそれだけ口にした。

しかし、一心には質問の意図が伝わらなかったのか、首をかしげた。

「なぜ、お母さんは八雲君を殺そうとしたんですか？」

明美は大きく息を吸い込み、肝の底に力を入れてから、改めて質問した。

一心は、その言葉を聞き腕組みをしながら「んん」と唸《うな》っていたが、不意に顔を上げた。

「明美ちゃんが、八雲の担任になったというのも、何かの縁かも知れませんね。人は、出会うべくして出会うものだと私は思っています。目に見えないつながりのようなものが、人を引き合わせる」

縁——。

一心の言ったその言葉に、明美の心は大きく揺り動かされた。

明美も少なからずそれは感じていた。

こうして、一心に再会したのも、単なる偶然ではなく、何か大きな力に引き寄せられてのことかもしれない。

「私は、自分が真実だと認識していることを話します。信じてもらえるかどうかは分かりませんが……」

一心はそう前置きをしてから話を始めた。

## 5

「それで、何を調べるんです？」

黒いセダンの覆面車両の運転席に座った後藤は、助手席の宮川に声をかける。

「取り敢《あ》えず、二丁目の交差点にある電話ボックスに向かってくれ。中学校の先にあるやつだ」

宮川が、タバコに火を点《つ》けながら言う。

「電話ボックス……ですか？」

目的地を聞けば、少しは捜査の内容が分かると思っていた後藤だったが、その当ては外れた。

まあ、考えていても仕方ない。後藤は、アクセルを踏み込んだ。

「実は、俺も内容を知らねぇんだ」

車が走り出すのと同時に、宮川が顔をしかめながら言った。

「知らない？」

想定外の返答に、後藤は思わず声が裏返った。

内容不明のタレ込み——普通に考えれば、イタズラとしか思えない。なぜ、そんなものを宮川が信じたのかが分からない。

「気に入らないって顔してるな」

「分かりますか？」

後藤は、素直に認めた。

「お前は、真っ直ぐすぎるんだよ」

宮川が鼻を鳴らして笑った。

「そうですか？」

「もう少し、周りに合わせるってことを考えろ」

「苦手なんですよ」

後藤は、苦笑いとともに答えた。

「そんなんじゃ、苦労するのは自分だぞ」

かくいう宮川も、他人《ひと》のことは言えない。部下のためであれば、課長だろうが、署長だろうが、平気で牙《きば》を剝《む》く。

上司からは狂犬と恐れられ、部下からは兄貴と慕われる。そんな人物だ。間違っても、世渡りの上手《うま》い方じゃない。

今回のタレ込みにしてもそうだ。

はっきりしたことが分かっていない状態で、わざわざ刑事課の係長自らが確認に行く必要はない。

だが、愚直な宮川は、わざわざ自分あてにかかって来たタレ込みを、他の誰かに任せることができなかったのだろう。

そういう意味では、似ているのかもしれない。

後藤は、思いはしたが、口に出すことはなかった。妙なことを言ったら、それこそ鉄拳《てっけん》が飛んで来る。

「で、タレ込みは、電話ボックスに行けって指示だけだったんですか？」

後藤は、ハンドルを捌《さば》きながら話を本筋に戻した。

「ああ。そこに、犯罪の証拠があるって言ってた」

「犯罪の証拠……内部告発ってやつですか？」

「たぶんな」

宮川は、不機嫌に灰皿にタバコを押しつけた。

「しかし、電話ボックスってのも、妙な話ですね。他の人が見つけたら、どうするんでしょうね」

「最近は、電話ボックスを使うやつなんて、ほとんどいねぇよ」

宮川は、脱力してシートに身体を沈めた。

確かに、宮川の言う通り、最近では携帯電話やPHSが普及して、公衆電話は使用されなくなってきた。

無用の長物として、一部の駅などでは、撤去が始まっている。

少し前、ポケベルが全盛だった時代は、誰もが公衆電話に列を作り、偽造テレホンカードが大量に出回り、社会現象にまでなった。

時代の流れに置き去りにされた公衆電話は、何かを隠すのにはもってこいの場所なのかもしれない。

大筋は理解した後藤だったが、まだ分からないことがある。それは――。

「なんで、宮川さんあてに連絡して来たんでしょうね？」

「そんなもん、俺が知るかよ！」

宮川は、ぶっきらぼうに言うと、車の窓を開けた。

ごうっ、と唸りを上げて、乾いた風が車内に流れ込んで来た。

**6**

佐知子は、約束の時間ギリギリに校門に到着した。

本当は、もう少し早く家を出るつもりだったのだが、着ていく服がなかなか決まらなかった。

お気に入りのミニスカートにしようかとも思ったが、鏡の前に立つと、自信をなくしてしまい、結局ジーンズにした。

おまけに、家を出る直前に、「何処に行くの？」と母に訊《たず》ねられ、言い訳をするのに時間がかかった。

指定された校門の前には、すでに司、多恵《たえ》、洋平の三人が集まっていた。

司は、退屈そうにフェンスに寄りかかり、多恵と洋平は、恋人同士のように寄り添い、談笑している。

司がいなければ、ダブルデートになったのに――。

佐知子は、小さな願望を胸に押し込みながら、歩みを進めていった。

校門の向こうには、暗闇の中に浮かび上がる白い校舎が見えた。

夜の学校というのは、何ともいえない不気味な雰囲気が漂っている。まるで、校門が異世界へと通じる門のようだ。

日中は、数百人の人間が一箇所に集中しているにもかかわらず、夜になると一人もいなくなる。そのギャップが、余計に不気味さを引き立てているのかもしれない。

「よお」

佐知子に気付いて、司が手を上げた。

俯《うつむ》き加減《かげん》で、覗《のぞ》き込むような目つきで視線を送ってくる。自分が、どう見られているのかを過剰に意識している。

「八雲君は？」

佐知子は、司の視線から逃れるように、辺りを見回した。

「まだ来てねえよ」

司が、舌打ち混じりに言う。

「そう」

――まだ、来てないのか。

期待していたぶん、落胆も大きい。

佐知子は、肩の力を抜いて校門に寄りかかった。

「お前さぁ」

司が、俯き加減のまま、佐知子の正面に立った。

「何？」

「あいつの、どこがいいわけ？」

いつものガサツな感じと違い、司がもぞもぞとした調子で言う。

佐知子には、質問の意味が分からない。

「何の話？」

「だからさ、お前は、あいつを……その……」

「もう。何言ってるか分かんない。はっきり言いなよ」

はっきりしない司の態度に腹を立てた佐知子は、詰め寄るような口調で言う。

「お前は、斉藤を狙ってんだろ」

「何それ？」

佐知子は、狙うとか、狙わないとか、そういう表現をされるのが不愉快だった。ただ、八雲が好きだという純粋な気持ちなのに、下心があるように聞こえる。

恋は、意識してするものではない。

「隠しても分かるって」

司が口を尖《とが》らせながら言った。

佐知子の言葉を、違う意味で受け止めたようだ。

「もう。うるさいな」

いちいち説明する気にもならない。佐知子は、突き放すように言った。だが、司は尚《なお》も話し続ける。

「俺には分かんねえな。あいつ暗いし、何考えてっか分かんねぇし、顔だって俺の方が全然かっこいいだろ」

司は、茶色く染めた髪をかき上げる。

——俺は、あいつより優れている。

そう言いたいのだろう。だが、ただ過剰に自信を持っているだけだ。それに、自分でアピールしてくる浅はかさが、佐知子には堪《たま》らなく嫌だった。

八雲なら、絶対にそんなことはしない。

「うざい」

佐知子は、司に聞こえないように、口だけ動かして言った。

「あいつ、来ねぇなぁ」

洋平が、大きく伸びをしながら言った。

「そうね。八雲君まだかな」

佐知子は、司から逃げるように、洋平の言葉に乗る。

「電話してみようよ」

多恵が続ける。

「司。PHSとか持ってる?」

洋平が言う。

「高校入るまでダメだって」

司が、肩をすくめる。

「佐知子は?」

多恵が訊ねる。

「持ってない」

佐知子の家でも、高校受験が終わるまでは、携帯電話やPHSはお預けだと言われている。

「洋平、ちょっと電話ボックス行って来いよ」

司が、洋平の肩を叩《たた》く。

「うへぇ、面倒臭《くせ》ぇよ」

「いいから行けよ」

司が、洋平の尻《しり》を蹴《け》り上げる。

洋平は、「なにすんだよ」と文句を言いながらも、それ以上抵抗することなく、歩き始めた。

「あいつ、逃げたのかもな」

司が、洋平の背中を見送りながら言った。

――八雲は、逃げたんじゃない。

佐知子は、ここに来て分かった気がする。

八雲は、司たちなど相手にしていない。だから、ここに来るつもりも、最初からなかったのだ。

――八雲が来ないなら、何か理由をつけて帰ろう。

佐知子は、空に浮かぶ青い月を見ながら、ぼんやりそんなことを考えていた。

**7**

歩道橋の下に、その電話ボックスはあった。

普段であれば、風景に溶け込み、見過ごしてしまいそうだが、タレ込みのこともあり、暗闇の中で、ぼんやりと浮かび上がっているように見えた。

「あれですね」

後藤は、助手席の宮川に視線を向ける。

「そのようだ」

宮川は、間延びした返事をすると、大きなあくびをした。

後藤は、一度電話ボックスを通り過ぎてから路肩に車を停め、外に出た。

片側二車線の幹線道路で、車通りはかなり多い。だが、どの車もスピードを出していて、電話ボックスなど気にとめる者はいないだろう。

後藤は、歩みを進め、電話ボックスの前に立った。

ガラスには、怪しげな広告がところ狭しと貼られ、中の様子が分からないほどだ。

扉に手をかけたところで、後藤は妙な胸騒ぎを覚えた。

――この扉を開けた瞬間に、自分の運命が大きく変わってしまう。

漠然としていて、根拠のない不安。

「どうした？」

躊躇《ためら》っている後藤を見かねたのか、背後から宮川が声をかけてきた。

「開けたらドカン！　なんてことはないっすよね」

怖《お》じ気づいたと思われるのは癪《しゃく》だ。後藤は、おどけてみせた。

「そんときは、骨くらい拾ってやるよ」

宮川が呆《あき》れた表情で言いながら、タバコに火を点《つ》けた。

「お願いしますよ」

後藤は、笑って返すと、改めて電話ボックスと向き合った。

勢いよく扉を開けると、澱《よど》んだ空気が鼻をかすめた。

緑色のお馴染《なじ》みの電話機があって、その下の棚には、分厚い電話帳が二冊置かれている。

一見すると、変わったところは見受けられない。

「どこに隠した？」

後藤は、呟《つぶや》きながら電話ボックスの中の捜索を始める。

電話帳のページをパラパラとめくってみたが、何も見つからなかった。次に天井に目を向ける。

カバーが壊れていて、剝《む》き出しになった蛍光灯が見えるだけだった。

「あったか？」

宮川が、扉を開けて声をかけてくる。

「ダメっすね」

「裏はどうだ？」

「裏？」

「電話機の裏側だ」

宮川が、ジェスチャーを交えて指示をする。

——確かに、可能性はある。

後藤は、宮川の指示に従って、ボックスと電話機の間にできたわずかな隙間に、手を突っ込み、まさぐる。

指先に、何かが触れた。

顔を押し当てるようにしてのぞき込むと、電話機の裏面に、ビニール袋のような物が、ガムテープで貼り付けられているのが見えた。

「これか……」

後藤は、ねじ込むように手を伸ばし、ビニール袋を引き剝《は》がしにかかる。

狭い場所なので、思うように身体が動かせず、なかなかうまくいかない。十分ほど格闘して、ようやくビニール袋を手にした。

ビニール袋の中には、A4サイズの茶封筒が入っていた。

「あったか？」

「ええ」

入り口から、くわえタバコで顔を覗《のぞ》かせる宮川に、後藤は茶封筒を差し出した。

「これが、情報ねぇ……」

宮川は、歩道橋の柱に寄りかかり、茶封筒を開き、その中から束になった書類を引っ張り出した。

後藤は、ジャケットの埃《ほこり》を払い、電話ボックスを出て、宮川の許《もと》に歩み寄ろうとしたが、不意に足を止めた。

背中に、視線を感じた。

――誰だ？

反射的に振り返った後藤だが、そこに人の姿はなかった。

だが、誰かに見られているという感覚は、依然として燻《くすぶ》っている。

――どこだ？

四方八方に視線を走らせた後藤の目に、一人の男の姿が飛び込んできた。

痩身《そうしん》で、黒いスーツを着た男が、歩道橋の上から、じっと電話ボックスを見下ろしている。

――もしかして、あいつが情報提供者？

「どうした？」

状況を察したらしい宮川が、小声で訊《たず》ねてきた。

後藤は、目で歩道橋の上を見るよう合図する。宮川は、引き寄せられるように後藤の隣まで歩いて来て、歩道橋の上に視線を向けた。

「いつから、あそこにいる？」

宮川が、声を潜めながら訊ねる。

「分かりません」

「職質をかけるか？」

「そうですね」

後藤は、返事をするなり、歩道橋の階段を上り始めた。

男は、それに気付いたのか、くるりと背中を向け、足早に歩き出す。

「おい。ちょっといいか」

歩道橋の階段を上りきった後藤が声を上げる。

だが、男は、その声が聞こえていないかのように、同じペースで歩みを進める。

「そこのお前！　待てといってるだろ！」

後藤が、怒鳴り声を上げると、男は驚いたようにビクッと肩を震わせて立ち止まった。

「ちょっと、話を聞かせてもらおう」

後藤は、男に駆け寄り、その肩に手を触れた。

その刹那《せつな》、男が素早い動きで振り返りながら、後藤の足を払った。

「おわぁ！」

後藤は、不意打ちを食らったかっこうになり、背中から倒れ込んだ。

男が、後藤の顔を覗き込んできた。

白い歯を見せ、笑っていた。

身体の芯《しん》まで凍りついてしまいそうなほど冷たい笑い。

そして、その両方の眼は、燃えさかる炎のように、真っ赤に染まっていた——。

「何をしている！」

宮川が、大声を上げながら、駆け寄ってくる。

それに気付いた男は、くるりと身を翻し、脱兎《だっと》のごとく反対方向に逃げていった。

「クソ！」

──舐《な》めやがって！

後藤は、素早く起き上がると、男のあとを追って走り出した。

## 8

一心の口から語られた、八雲の背負った運命は、明美が思い描いていたものより、はるかに重く、暗いものだった。

それと同時に、八雲に関する様々な噂を肯定するものでもあった。

八雲の出生にまつわる、おぞましい事件──。

生まれた瞬間から左眼の瞳《ひとみ》は赤く染まり、望まずに備わってしまった死者の魂が見えるという特異な体質。

それ故に、八雲は、多くの人から気味悪がられ、虐げられてきた。

人は、自分と違う者に対して、残酷なまでに冷酷になる。八雲が、どれほど心に傷を負ったか、想像しただけで胸が痛くなる。

そればかりか、本来であれば、そんな我が子を守るはずの母親が、彼を殺《あや》めようとした。

八雲は、生まれた瞬間から、自らの意思に関係なく、多くの業を背負わされてきた。

「八雲は、希望を失っているんだと思います」

一心が、哀しげに目を細めながら言った。

明美の頭に、八雲の顔が浮かんだ。能面のように無表情に、生気の失われた目。

一心の話を聞くまで、明美は、哀しみや寂しさから、そうした表情をしているのだと思っていた。

だが、八雲が抱いているのは、失望なのかも知れない。

自らを生んだはずの母親に殺されかけたとき、八雲は命は助かったが、その心は死んでしまった――。

胸を締め付けるような想いは、痛みを伴い、明美を苦しめた。

「なぜ……」

明美は、ポツリと言った。

その先は、言葉にならなかった。

――なぜ、八雲の母親は、彼を殺そうとしたのか？

明美は、その理由が知りたかった。そこに、わずかでも救いがあって欲しい。そう願ったからだ。

「それは、分かりません」

明美の心情を察した一心が言った。

「そうですよね」

本人が行方不明になっている以上、どんな理由を並べても、それは推測に過ぎない。人の気持ちは、本人にしか分からない。

「ただ、私にはどうしても信じられないんです」

一心が、小さく首を左右に振った。

「え？」

「確かに、姉は八雲の境遇のことで悩んでいました。しかし、それは、私の目からは子どもの未来を案じての悩みのように見えました」

「子どもの未来……」

明美は、その言葉を繰り返してみる。

確かに、同じ悩みでも、それだと意味合いが違ってくる。

「ええ。確かに、姉は精神的に弱い部分はありました。しかし、少なくとも私の知っている姉は、自らの子を手にかけるような人物ではなかった」

断言した一心だったが、その声は弱々しかった。

彼は、板挟みになっている。明美は、そう感じた。

自らの姉に対する愛情。そして、甥《おい》である八雲に対する愛情。

二つを併せ持っている一心だが、過去の出来事に照らし合わせてみると、その二つの愛情を両立させることは難しい。

一心の表情を直視するのが躊躇《ためら》われ、明美は顔を伏せた。

ポタ、ポタ——。

膝《ひざ》の上で握り締めた明美の拳《こぶし》に、水滴が落ちた。

明美は、それが自分の涙だと気付くのに、しばらく時間がかかった。

──なぜ、泣いているのだろう？

その理由は、明美自身が一番分かっていた。

八雲や、その母親の置かれた環境と、今の自分の置かれた環境を重ねたのだ。

「大丈夫ですか？」

一心が、明美にハンカチを差し出した。

「ごめんなさい」

明美は、それを受け取り、涙をぬぐってから顔を上げた。

──私に、涙を流す資格はない。

明美は、自分に言い聞かせ、ふわふわと不安定に揺れる心を落ち着かせた。

一心は、何も言わず、相変わらず穏やかな表情でそこにいる。

十年ぶりの再会のはずなのに、明美は、ずっとそばにいてくれたような安心感を覚えていた。

一心は、「自分が父親になるには、足りないものが多すぎる」と言ったが、明美は、むしろ逆なのだと思う。

親として必要不可欠な、深い愛情を持っている。

きっと、一心が親代わりでなければ、八雲は今よりもっと深い闇に落ちていた。あるいは、自らの命を絶つことだって充分にあり得ただろう。

一心の存在が、それをかろうじて踏みとどまらせている。

もっと早く、一心と再会できていれば、自分の選択も、違ったものになったかもしれない。

そう思うのと同時に、明美の口から自然と言葉がこぼれた。

「私にも、子どもがいます」

一心は、急に話の方向が変わったことに驚いたようだったが、それも一瞬のことだった。

「ほう。幾つだい？」

「一歳になったばかりの、女の子なんです」

「そうか。今、一番幸せな時期だね」

一心が目尻《めじり》を下げて、楽しそうに笑った。

だが、明美には「幸せ」という言葉を、素直に受け入れられない事情がある。

「違います」

「違う？」

「実は、子どもの父親がいないんです」

「そうですか」

一心は、変わらぬ穏やかな表情のままだった。

どんなに辛《つら》く、苦しく、哀しいことであっても、その全てを受け入れ、許してしまう。

一心には、そんな奥の深さがある。

明美は、今まで心に漂い続けていた澱《おり》を吐き出すように、訥々《とつとつ》と語り始めた。

「実は、乱暴されて生まれた子どもなんです」

言葉にしただけで、そのときの恐怖が鮮明に蘇《よみがえ》り、指が小刻みに震え始めた。

頭の中に、あの男の顔が何度も映し出される。

いい想い出は、やがて薄れていくのに、恐怖はどれだけ時間が経っても色褪《いろあ》せることはない。

あの男の目は、今でも忘れることができない。

「そうだったんですか」

「犯人は、まだ捕まっていません」

ずっと隠し通してきたことを、初めて口にしたことで、苦しみが少しだけ和らいだ気がした。

同じ経験をした明美には、八雲の母親の苦しみが、少しだけ理解できる。

「犯人が憎いですか？」

一心が、変わらぬ表情のまま言った。

「はい」

明美は、頷《うなず》いた。

正直に、今でも犯人は憎い。たとえ、犯人が捕まって、何らかの罰を受けたとしても、憎しみが消えることはない。

犯人が、まったくの偶然から、明美をターゲットにしたのか、あるいは、何らかの理由があったのかは分からない。

だが、その存在により、その後の生活の全てが壊されたのは事実だ。

「では、子どもを憎いと思ったことはありますか？」

一心が、静かな口調で言った。

「私は……」

明美は、言葉に詰まった。

二つの異なる想いが、心の中でぶつかり合っている。

「憎いと思ったことがあるんですね」

明美の心を見透かしたように一心が言った。

一心の前では、どんなきれいごとを並べても、心の深いところまで暴かれてしまう。

「あります」

明美は、自分で返事をしながら、その言葉の持つ恐ろしさに震えた。

だが、事実だ。

常にではないが、子どもの顔を見ると、あの事件を思い起こすことがある。この子は、自分の子ではあるが、あの男の子でもある。

子どもの顔と、あの男の顔が重なってしまう。子どもに罪はない。それは分かっている。

でも――。

軽蔑《けいべつ》されるかと思ったが、一心は、いつもの穏やかな表情で、納得したように頷いてみせた。

たったそれだけで、自分の罪が赦《ゆる》されたような気がした。

一心には、人の負の感情さえ呑《の》み込んでしまう懐の深さがある。

「でも、子どもを愛しているんでしょ」

しばらくの沈黙のあと、一心が異なる質問をした。

「もちろんです」

明美は、力強く頷いた。

その言葉に嘘はない。

――何があっても、この子だけは守ろう。

心の底で、強くそれを願っている。

相反する二つの感情。

明美は、大きな矛盾の上に立っているのだと改めて実感した。

「その言葉を聞けて良かった」

一心が、白い歯を見せて、楽しそうに笑った。

「でも、自分の子どもを、一度でも憎いと思うなんて、親として失格ですね……」

口に出して改めて自分の愚かさを認識し、明美は俯《うつむ》いた。

子どものためにも、強くならなければ——そう思っているのに、時折、どうしようもなく弱い自分が顔を出す。

「でも、明美ちゃんの子どもは、生きています」

一際、力強い口調で言った一心の言葉に、明美は、はっとなって顔を上げる。

「はい」

「そして、八雲も生きている。それが今の現実です。過去や、想いがどうあれ、子どもは今生きていて、これからも生きていくのです」

「生きていく……」

「そうです。これから、子どもたちに何がしてやれるか。それを考えていきましょう。一緒に」

一心の言葉が、すっと明美の心の隅々まで染み渡っていった。

考えてみれば、当たり前のことだ。だが、生活に追われる中で、その当たり前のことを忘れていた。

「確かに、お互い望まずに親になってしまったのかもしれない。ですが、それは子どもの責任ではないんです。俯いていては、何も始まりません」

真っ暗だった明美の目の前に、一筋の光が差したような気がした。

八雲の家庭環境を知る、というのが本来の趣旨であったが、いつの間にか立場が逆転してしまっている。

これでは、まるきり明美の悩み相談だ。

ただ、収穫はあった。

八雲は、小さい心に、過去の重荷を背負って生きている。

一心の深い愛情があって、辛うじて自分を保っているが、少しでもバランスを崩せば壊れてしまう。

話が一区切りついたところで、電話の呼び出し音が鳴り響いた。

一心は、ふうっと息を吐くと「ちょっと待っていて下さい」と言葉を残して席を立った。

明美は、ゆっくりと一心の言葉を噛《か》み締めた。噛む度に、じわっと温かさが広がっていく。

一心は十年前から何も変わっていない。

明美は、一心と顔を合わせているとき、いつも無防備になる。一心は、いつだって自分と他人を隔てる境界線を、いとも簡単に乗り越えてくる。

それに対する恐れはなかった。

ふかふかの布団に包まれているように、心地いい。

そんなことを考えているうちに、一心が戻ってきた。何だか釈然としない、という風な表情をしている。

「どうしたんですか？」

明美が訊《たず》ねる。

「いや、今晩、学校で何か行事でもあるんですか?」

一心が、首を捻《ひね》る。

今日は、行事は何もないはずだ。もしあれば、明美は、ここにいない。

「どういうことです?」

「いやね、八雲と同じクラスの洋平君とかいう子からだったんですが、学校で八雲と待ち合わせをしているのだが、まだ来ないと……」

「まさか!」

明美は、声とともに立ち上がった。

「心当たりがあるんですか?」

「本当に、あの子たちは」

心当たりはある。

今日、八雲を連れ戻したあと、教室で司たちが話しているのを聞いた。話だけで終わると思い、そのままにしていたが、そうではなかったようだ。

明美は、バッグを持ち、急いで帰り支度をする。

「どうしました?」

「あの子たち、きっと肝試しをするつもりなんです」

「肝試し?」

「ええ」

「この季節にですか？」

確かに、一心の言う通り季節外れではある。だが、今はそれは問題ではない。

「何人かの生徒が、八雲君を連れ出して、学校で肝試しをしようなんて計画をしていたのを聞いたんです。冗談かと思っていたんです。学生時代ってそういう口先だけの計画って沢山あるでしょ」

早口に言う明美に、一心は納得したように頷《うなず》いた。

「明美ちゃん。今から行くつもりかい？」

「ええ。何か問題が起きても困りますし……」

「では、私も行きましょう」

一心が笑顔で言った。

「え？」

「八雲がかかわっているかもしれないんですよね」

「はい……」

「だったら、放ってはおけない」

一心の言い分も一理ある。

「でも……」

「それに、女性の一人歩きは危ないですから」

一心は言い終わると、明美より先に部屋を出て行ってしまった。

# 9

八雲は、背中を丸め、足許《あしもと》を見ながら歩いていた。

辺りは、すっかり暗くなっている。

同級生がけしかけてきた肝試しにも、最初から顔を出すつもりはなかった。

家にいれば、呼び出しの電話を受ける可能性があった。そういった、わずらわしいことから逃げるように、家を出た。

肝試しなど、ただの悪ふざけに過ぎない。

彼らは、幽霊が、本当はどんなものか知らない。

知っているなら、肝試しなんて、バカげた発想は無いはずだ。

幽霊は、人の想いの塊だ。

いうなれば、剝《む》き出しの、生の感情。

それに日常的に触れることは、周囲が想像しているのより、はるかに苦痛を強いられる。

「くだらない」

八雲は、吐き出すように言って、歩調を速めた。

目的地があるわけではない。

自分が存在していい場所を探している。

細い路地、河川敷、高台、そんなところに、居場所があるとは、八雲自身思ってはいない。

だが、一カ所に留《とど》まっていると、無性に自分を壊してしまいたくなる。

やがて、小さな公園の前まで来たところで、ふと足を止めた。

きぃ、きぃ。

ブランコが風に揺れ、錆《さ》びた金属のこすれる音が、辺りに響いていた。

あてもなく、行ったり、来たり——。

まるで、今の自分のようだ。

八雲は、自嘲《じちょう》気味に笑い、ブランコに歩み寄った。

——ここにいていいのか？

心の中で訊ねるが、答えは返って来ない。

きぃ、きぃ。

八雲は、ブランコに座った。

母親に殺されかけて以来、八雲は、ずっとそのことを問いかけ続けてきた。

産んだ母親に、その存在を否定された自分に、居場所はあるのか？

やはり、自分は、あの日、母親に殺されるべきだったのかもしれない。そうすれば、自分の場所を探す必要もない。

悩み、苦しむこともなかった——。

# 10

佐知子は、フェンスに寄りかかり、その先に見える道路に目を向けていた。

——八雲君。早く来ないかな。

その期待が、時間が経つにつれて、諦《あきら》めへと変わっていく。

隣で、アスファルトに座っている司が、しきりに話しかけてきたが、佐知子は耳を傾けようとはしなかった。

司の話はいつもワンパターンだ。

自分が、いかに凄《すご》いかを誇張して喋《しゃべ》っている。要は自慢話だ。聞くだけ時間の無駄。

「洋平、遅いね」

多恵が、口を尖《とが》らせながら言った。

確かに遅い。電話をかけに行ってから、もう三十分は経つ。電話ボックスまでゆっくり歩いても、五分もあれば行けるはずだ。

一人だけ、もう帰ってしまったということも考えられる。

「ねえ、もう帰ろうよ」

佐知子は、思うのと同時に口に出していた。

司が、眉間《みけん》に皺《しわ》を寄せて睨《にら》んで来る。怖いというより、呆《あき》れた。

「そうね。時間も時間だし、帰ろっか」

多恵が、賛同の声を上げたタイミングで、バタバタと走って来る足音が聞こえた。

――八雲君？

反射的に目を向けた佐知子だったが、走り寄って来たのは洋平だった。

「悪い！　遅くなった！」

洋平が、息を切らしながら言う。

「ホント遅《おせ》ぇよ！　何やってたんだよ！　電話ボックスなんて、すぐそこだろ？　お前はカメか！」

司が、今にも殴りかかりそうな勢いでまくし立てる。

「しょうがねえだろ。電話ボックスんとこに、ヤクザみたいな二人組が張っててさ。別のとこ探してたんだよ」

「はぁ？　ヤクザ？　バカじゃねぇの？」

「文句があるなら、自分で行けば良かっただろ！」

洋平の言葉も、司に釣られて荒々しくなり、二人は一触即発の状態で睨み合った。

不穏な空気が流れる。

自分の意見を曲げずに他人とぶつかり、怒鳴り合うことが、かっこいいと思っているのだろう。佐知子は、そういった子どもっぽい衝突を見るのが嫌いだった。

仲裁に入ろうという気にもならない。

「それで、斉藤君は?」

多恵が、二人の間に割って入るかたちで訊《たず》ねた。

多恵にお熱の洋平は、すぐに怒りが収まり、表情を緩める。

「家にはいなかった。どっかに出かけたらしいけど、何処に行ったかは知らないって」

「じゃあ、向かってるのかな?」

多恵が、首を捻《ひね》る。

「そうなんじゃねぇの?」

洋平が賛同の声を上げた。

そうであって欲しいという願望がある。だが、佐知子は、もう八雲が来ないような気がしていた。

八雲は、司たちのように、無駄に意地の張り合いはしない。嫌だから来ない。それだけのことだ。

「ねえ、どうするの?」

佐知子は、司に話を振った。

「あいつ、怖くて逃げやがったな」

司は、本人がいないのに、凄みを利《き》かせる。

——八雲君は、怖くなったんじゃないよ。

佐知子は、心の中で呟《つぶや》いた。口に出したら、それこそ司が暴れ出しかねない。

「あんな奴ほっといて、行こうぜ」

司は、宣言するように言うと、背の高さほどあるフェンスをよじ登り始めた。

「ねえ、どうする？」

多恵が洋平に意見を求める。

「あいつ、言い出したら聞かねえからなぁ」

「だよね」

多恵と洋平の二人は、しぶしぶという感じではあるが、司のあとに続いてフェンスを登り始めた。

——嘘。みんな行くの？

佐知子は、判断に迷い、おろおろしてしまう。

「佐知子。早く。行くよ」

フェンスを乗り越えた多恵が言う。

司は、足早に歩いて行き、その姿がどんどん遠ざかっていく。

「行こうぜ」

洋平が、歩き出す。

多恵も、一緒に歩き出す。

行きたくはないけど、一人だけ取り残されるのは絶対に嫌だ。

佐知子は仕方なくフェンスをよじ登り、学校の敷地に入ると、みんなの背中を追いかけて走り出した。

## 11

後藤は、大通り沿いの公園の敷地に入ったところで、走る速度を緩め、やがて諦めて立ち止まった。

――見失った。

「クソ！　どこ行きやがった！」

後藤は、苛立《いらだ》ちのあまり、叫びながら地面を蹴《け》りつけた。

二つ目の角を曲がったところまでは、確かに男の背中を捕らえていたはずだった。

――あと少しで追いつける。

そう思った矢先、まるで煙みたいに男の背中が後藤の視界から消えた。

――油断したのか？

そう思うと、余計に腹が立ち、無駄だと分かっていながら、どこかに潜んでいるのではないかと、周囲に視線を走らせる。

そんな後藤の視界に、人の姿が飛び込んで来た。

五メートルほど先、公園のブランコに座り、じっと後藤の挙動を窺《うかが》っている。

――もしかして？

本能に従い、とっさに身構えた後藤だったが、すぐに別人だと気付いた。

さっき見た男とは明らかに違う。ブレザーの制服を着た少年だった。

後藤は、その制服に見覚えがあった。地元の中学のものだ。

中学生が、こんな時間に、一人で公園のブランコに乗っている。怪しいことこの上ない。

最近の若い奴は、何をしでかすか分かったもんじゃない。つい先日、中学生が公園で寝ているホームレスを撲殺するという事件が起きたばかりだ。

余計な考えを起こす前に、釘《くぎ》を刺しておこう。

後藤は思考を切り替え、ブランコの少年に歩み寄った。

少年は、まるで後藤の到着を待っているかのように、ブランコの上でじっとしている。

「ボウズ。ちょっといいか？」

後藤が声をかけると、少年は、酷《ひど》くゆっくりした動作で顔を上げた。

血が通っているのか、疑いたくなるような青白い顔をしていた。後藤に向けられた二つの瞳《ひとみ》は、どこまでも暗かった。

――このガキ、薬でもやってんのか？

後藤は、警戒しながら、さらに言葉を続ける。

「こんな時間に、何やってんだ？」

「暇つぶし」

少年は、まだ子どもっぽさの残る声で答えた。

「暇つぶしねぇ……」

「まだ、なんか用？」

少年が、面倒臭そうにガリガリと髪をかきまわした。

「ガキが、一人でフラフラしていい時間じゃねえだろ」

「あんたには、関係ない」

少年が突き放すように言った一言が、後藤の怒りに火を点《つ》けた。

——このガキ！　舐《な》めた態度取りやがって！

こういう奴は、少しビビらせた方がいい。後藤は大人気ないと思いながらも、ジャケットの内ポケットから警察手帳を取り出し、少年に提示した。

だが、それを見ても、少年は眉《まゆ》一つ動かさなかった。

「警察の者だが……」

「知ってるよ」

少年は、後藤の言葉に被《かぶ》せるように言った。

不意を突かれたかっこうになった後藤は、そのあとの言葉が続かない。

——知ってるってのは、どういうことだ？

「あんた、ウザイよ。警察手帳見せれば、誰でもビビると思ってるとしたら、おめでたいね」

混乱する後藤などお構いなしに、少年が淡々とした口調で言う。

「なんだと！」

「すぐ、頭に血が上る。相変わらずだね」

――口の達者なガキだ。

こういうタイプは、叩《たた》けばいろいろ出て来る。補導して、調べた方がいいかもしれない。

「お前、名前は？」

後藤の問いに、少年は、すっと目を細めた。

「前にも教えただろ」

「は？」

「もう、忘れたのかよ」

少年が、呆《あき》れた口調で言う。

少年とは、今日が初対面のはずだ。いい加減なことを言って、煙に巻こうとしているだけだ。

「俺は、お前なんか知らん！」

「そんなお粗末な記憶力で、よく刑事が務まるね。後藤巡査部長」

少年は、言いながら、すっと立ち上がった。

「なっ！」

後藤は混乱で、それ以上の言葉が出て来なかった。

少年は、くるりと背中を向けると、そのままスタスタと歩き去って行く。

——なぜ、俺の名前を知っている？

答えを見いだせない後藤は、黙ってその背中を見送ることしかできなかった。

## 12

——怖い。

佐知子は、怯《おび》えながら歩いていた。

司を先頭に、校庭を抜け、校舎の前まで進んだところで、一度全員が立ち止まった。

暗闇の中に、圧倒的存在感を持った校舎が聳《そび》え立っている。

佐知子は、自分の胸を押さえた。

恐怖と不安で、足がすくんでいる。

今すぐ逃げ帰りたいが、一人で戻るほどの勇気もない。何かにすがりたいが、すがるものがない。

見ると、多恵と洋平は、お互いの手を握り合っている。人の肌に触れていれば、少しは落ち着くのかもしれないが、司と手をつなぐのは嫌だ。

佐知子は、自分の手を後ろに回した。

「でもさぁ、あの噂も、微妙じゃねえ？」

言ったのは洋平だった。

声が、微《かす》かに震えている。怖さを紛らわすために話しているのだろう。

「微妙って何が？」

多恵が訊《たず》ねる。

「だってさ、赤ん坊の泣き声が聞こえるっていうけど、学校に赤ん坊なんているわけねぇじゃん」

「言われてみれば、そうだね」

「だろ」

「大げさに騒いでるだけで、本当は風の音とか、そんなんじゃねぇの？」

「そうかもね」

佐知子にしてみれば、洋平の推理など、どうでも良かった。

心霊現象の正体なんて、知りたくもない。それより、一刻も早く家に帰りたい。

「戻ろうよ」

佐知子は、我慢できずに口にした。

「俺がついてるから、平気だ」

司は、何を勘違いしたか、胸を張りながら言うと、意気揚々と歩き出した。

「待って！」

多恵が突然声を上げ、司の腕を摑《つか》んだ。

「うぉっ！」

突然のことに、司が飛び跳ねるようにして驚く。

司も、強がってはいるが、本当は怖いのだろう。

「何だよ。突然」

司は、含み笑いをしている洋平を睨《にら》みつけ、さっきの驚きは間違いだと言わんばかりに両手をポケットに突っ込み、平静を装いながら言う。

「今、何か聞こえなかった？」

多恵の言葉に、誰もが口を閉じた。

静寂の中、耳を澄ませる。

――。

「あっ」

佐知子は、心臓が止まるかと思った。

――聞こえてしまった。

風の音に混じって、ほんの微かにではあるが、何かが聞こえた。

佐知子は自分の空耳であって欲しいという願いを込めて、他のメンバーの顔色を窺《うかが》う。

三人とも、驚きで両目を見開いている。

「空耳だよね。何も聞こえなかったよね」

佐知子は、必死の思いで声を上げるが、誰もそれに答えなかった。

誰もが、信じられないという風に、呆然《ぼうぜん》としている。

——おぎゃぁ。
また、聞こえた。
——おぎゃぁ。
空耳だと思っていたのに。
——おぎゃぁ。
声は、段々大きくなってくる。
「嫌！」
佐知子は、両耳を塞《ふさ》いで座り込んだ。
——おぎゃぁ。
それでも、声は聞こえる。
「あっちだ」
司が、突然指差した。
全員が、同じ方に視線を送る。
その先には学校と道路を隔てるフェンスと、それに沿って立ち並ぶ桜の樹々があった。
「もう、止めようよ！」
佐知子の願いも虚《むな》しく、司がどんどん歩いていく。
多恵と洋平も、それに続く。
怖い。行きたくない。でも、一人は、もっと嫌だ——。

佐知子は耳を塞いだまま立ち上がり、多恵と洋平の背中に隠れるようにして、歩みを進めた。

桜の樹の下まで来たところで、突然、響いていた赤ん坊の泣き声が止んだ。

佐知子は、おそるおそる耳に当てた手を外してみる。

——もう、聞こえない。

「何、何、何、ちょー怖いんだけど！」

多恵が、洋平の腕を摑みながら叫声《きょうせい》を上げる。

佐知子は、安堵《あんど》から膝《ひざ》を崩してその場に座り込んだ。両手を胸の前で合わせる。心臓がバクバクと音をたてている。

「何だよ。つまんねえな」

司が不服そうに唾《つば》を吐く。

——これで詰まらない肝試しも終わりだ。

佐知子は、ふうっと大きく息を吐き出しながら、頭上にある桜の枝を見上げた。

その瞬間、ずしっと胸に何かが乗ったような重みを感じた。

——何？

考えている間に、その重みはどんどん増していく。

佐知子は、ゆっくり自分の胸元に視線を落とした。

——何かある。

自分のものではない何かが、胸の辺りに張り付いているのが見えた。

――これは何？

それは、赤ん坊だった。

土気色の肌をした赤ん坊が、佐知子にしがみついていた。

――こんなの嘘よ。

うまく呼吸ができない。

――ひっ、ひっ、ひっ、ひっ。

赤ん坊は、佐知子の胸元に埋《うず》めていた顔を、ゆっくりと上げた。

その両眼は、まるで血のように真っ赤に染まっていた。

「いやぁ！」

叫び声とともに、佐知子の意識は真っ暗な闇の中に落ちていった。

## 13

やっぱり廊下で話を聞いた時に、止めておくべきだった。

明美の中で、今さらのように後悔が広がっていく。

八雲を連れ戻したあと、司たちが肝試しの話をしているのを聞いていたが、どうせ話だけで終わるだろうと授業を再開した。

あのとき、ちゃんと問い詰めていれば――。

まだ、何も起きていないのに、不安だけがどんどん大きくなっていく。

学校が見えて来た。

自然に明美の歩調が速くなる。

「あまり、思い詰めない方がいい」

隣を歩く一心が、なだめるような口調で言った。

「そういうわけでは……」

「熱心なのはいいことです。でも、一人の人間が全てを管理できるものではありません。全てを自分の責任にして、深く考え込むのはよくないですよ」

「でも……」

「明美ちゃんは、少し真面目すぎるんです。もう少し、肩の力を抜いた方がいい」

一心が、人懐こい笑みを浮かべた。

確かに、一心の言う通り、明美は肩肘《かたひじ》を張って、融通が利かないところがある。根が心配性なのだ。ときどき、頑《かたく》なになりすぎて、生徒たちに煙たがられることがある。

「そうかもしれませんね」

明美は、意識して歩調をゆるめた。

まだ、何も起きていないうちから、あれこれ悪い想像をするのはバカげている。もっと、気持ちを楽にしよう。

「そうそう。その笑顔」

一心に言われ、明美は、初めて自分が微笑んでいることに気付いた。

「一心さんといると、学生時代に戻った気分になってしまいます」

明美は、なんだか照れ臭くなり、俯《うつむ》いた。

久しぶりの再会だというのに、学生時代と変わらず甘えてしまう自分に、明美は戸惑いを覚えていた。

「そうか。私が明美ちゃん、などと呼んでいるからいけないんだね。今はもう、八雲の担任教師なのだから、ちゃんと高岸先生と呼ばないと」

一心が、ゴホゴホと咳払《せきばら》いをしてから、改まった口調で言った。

「いえ、そういう意味ではないんです」

明美は、慌てて一心の言葉を否定した。

——高岸先生。

などと呼ばれたら、それだけで距離を置かれているような気になってしまう。戸惑いはあるが、それが不快なわけではない。むしろ、心地いいと感じている。

今まで、本当にいろいろなことがあった。

知らず知らずのうちに、一人で全てを背負い込み、毎日の生活が苦痛になっていた。

それが、一心と再会した一時間足らずで、今まで抱え込んでいた荷物を、下ろせたような気がした。

だから、せめてもう少しだけ——。

「今まで通り、明美ちゃんでいいです」

明美は、足許《あしもと》に視線を向けたまま言った。

「では、遠慮なく明美ちゃんと呼ばせてください」

一心が、はにかんだように言った。

それきり、二人とも黙り込んだままアスファルトの道を歩いた。

なんだか、本当に高校時代に戻ったような気がする。

「誰か、いるようですね」

校舎の裏手まで来たところで、一心が指差した。

目を向けると、道路と学校の敷地を隔てるフェンスの向こう側に、たむろしている少年少女の姿が見えた。

「あの子たち……」

明美は、呟《つぶや》いた。

見覚えのある顔だ。司と洋平のコンビ。それに、多恵。さらには、佐知子もいる。だが、八雲の姿は無かった。

「いやぁ！」

明美が、フェンスに近づいたところで、悲鳴が聞こえた。

佐知子が、胸を押さえるようにしたかと思うと、そのままうつ伏せに倒れた。

「大丈夫⁉」

多恵が、佐知子に駆け寄る。

司と洋平は、どうしていいか分からず、右往左往している。

「さっちゃん！」

明美は、フェンスに張り付くようにして声を上げる。

だが、佐知子からの返事はなく、ビクッ、ビクッ、と手足を痙攣《けいれん》させている。

「先生。助けて」

明美の存在に気付いた多恵が、泣き出しそうな声で言う。

「今、行くから」

明美は、必死でフェンスをよじ登り、学校の敷地に飛び降りた。

パンプスを履いていたせいで、着地のときにバランスを崩し、よろけて転びそうになった。

「大丈夫ですか？」

同じように、フェンスを乗り越えてきた一心が、明美の身体を支えてくれた。

「ありがとうございます」

明美は、礼を言いながら佐知子に駆け寄り、多恵と協力して、彼女の身体を仰向《あおむ》けにする。

佐知子の痙攣が止まらない。

肩を落とした司と洋平が、無言のまま佐知子を見下ろしていた。

明美の中に、怒りがこみ上げてきた。だが、今は彼らを咎《とが》めることより、佐知子を助けることの方が先決だ。

「引きつけを起こしているようですね。早く、救急車を」

一心は、明美の考えを先読みしたように言うと、佐知子の上半身を抱き起こし、てきぱきと応急処置を始める。

「分かりました」

明美は、携帯電話を取りだし、すぐに一一九番をプッシュし、現在位置と状況を簡潔に説明すると、血色を失った佐知子の顔に目を向けた。

「なんで、こんなことに……」

明美は、唇を噛《か》んだ。

「これは、八雲の分野だな」

一心が、呟くように言った。

——八雲の分野。

それは、どういう意味なのだろう?

明美の思考を遮るように、遠くから救急車のサイレンの音が聞こえてきた。

## 14

——これは、いったい何なの？
佐知子は、自分の身に起きていることを、認められずにいた。
理屈や常識の範囲を超えている。
信じられないし、信じたくないのだが、現実として、それは目の前にある。
肝試しの夜以来、佐知子の胸には、赤ん坊がしがみついている。
——あなたは、悪い夢を見ているのよ。
——疲れているだけだ。
両親も医者も、口を揃えて言った。
佐知子の言葉を、信じようとはしなかった。
なぜ、私にだけ見えるの？
なぜ、他の人には見えないの？
なぜ、赤ん坊はここにいるの？
佐知子の頭の中では、同じ疑問が延々と繰り返される。
——おぎゃぁ。
佐知子にしがみついたまま、泣いている。

延々と続く、その泣き声に、佐知子はろくに眠ることもできない。

このままだと、気が狂いそう。

お願い。

誰か助けて。

赤ん坊が顔を上げてこっちを見る。

お願い見ないで。

その赤い眼で、私を見ないで。

佐知子は、ただうずくまって泣くことしかできなかった。

## 15

明美は、次の授業に向かうために、廊下を歩いていた。

自分でも、今日は精彩を欠いていると思う。

この前の夜の出来事が、ずっと頭の片隅に引っかかっていた。

あのあと、佐知子はすぐに病院に運ばれた。

極度の興奮状態にあったが、身体に特に問題はなく、鎮静剤を打っただけで両親に連れられて家に戻って行った。

佐知子の父親が、娘を連れ出した司たちに逆上し、怒声を上げる場面があったが、一心が間に入り、なんとかその場を収めてくれた。

司は、責任を感じてか、見ていてかわいそうになるほどに意気消沈していた。

佐知子も、一日、二日は学校を休むことになりそうだが、とにかく大事に至らなくて良かったと、一安心したはずだった。

だが、佐知子は、三日を過ぎても学校には出てこなかった。

佐知子の母親の話では、あの日以来、部屋に閉じ籠《こ》もり一歩も出て来ないのだという。

明美の脳裏に、一心の言っていた言葉が蘇《よみがえ》る。

——これは、八雲の分野だな。

根拠があるわけではないが、明美は、その言葉と、今の佐知子の状況に、何か関係があるのではないかと考えていた。

一心に、あの言葉の意味を訊《たず》ねてみるのも一つの手かもしれない。

明美が、考えごとをしながら担任する教室の前を通りかかったとき、ガタンッと、何かがひっくり返るような、けたたましい音がした。

「スカしてんじゃねぇよ！」

叫び声が、響く。この声は——。

明美は、すぐに扉を開けて教室に飛び込んだ。

教室の隅を取り囲むように、人垣ができていた。

明美は、それを掻《か》き分けるようにして進んでいく。

司が、八雲の胸倉を摑《つか》み上げ、睨《にら》みつけているのが見えた。

興奮し、目を大きく見開き、肩で呼吸をしている。

一方の八雲は、まるで他人事《ひとごと》のように無表情で、されるがままになっている。

「何で、お前はいつもそうなんだよ！」

司が、声を張り上げる。

だが、八雲は、その声が聞こえていないかのように、じっとしている。

「そうやって、他人のことバカにしてんだろ！」

八雲のその態度が、余計に司の怒りを買ったらしく、さらに怒声を響かせる。

「てめぇ！　ぶっ殺してやる！」

怒りが頂点に達した司が、拳《こぶし》を振り上げる。

「やめなさい！」

明美は、精一杯の声を出し、二人の間に割って入ろうとしたが、遅かった。

司の拳が、八雲の頰を捕らえた。

ゴツン、と骨のぶつかるような音がした。

八雲の唇の左が切れ、流れ出した血が、顎《あご》先を伝い、ポタポタと床に滴り落ちる。

明美は、その異様な光景に言葉を失った。

二人を取り囲んでいた生徒たちも、さっきまでの騒ぎが嘘のように、静まりかえっていた。

「お前は何なんだよ！」

感情の収まらない司が、なおも八雲に殴りかかろうとする。

「いい加減にしなさい！」

明美は、飛び出していって、八雲と司の間に身体を滑り込ませた。

「うるせぇ！　どけよ！」

司が、明美に詰め寄り、叫び声を上げる。

「もう、止めなさい！」

「どけって言ってんだろ！」

興奮状態の司が、明美の肩を突き飛ばし、なおも八雲に向かって行こうとする。この段階になって、ようやく洋平を始めとする何人かの生徒が、司を止めにかかった。

「お前は何で怒らねえんだよ！　悔しかったらかかって来いよ！　こらぁ！」

洋平たちに身体を押さえられながらも、司は顔を真っ赤にして叫ぶ。

司は、今まで八雲をライバル視してきた。本人は、それと認めないだろうが、見ていれば、誰の目にも明らかだ。

だが、八雲にとって、司は同級生の中の一人に過ぎない。眼中にないのだ。

司にとっては、これは屈辱以外のなにものでもない。

「お前のせいで、お前のせいで、佐知子がぁ！」

司の目から、涙がこぼれた。

明美にも、ようやくケンカの原因が分かった。

だが、言いがかりもいいところだ。そもそも、肝試しを計画したのは司だ。それに、八雲は現場にいなかった。

「大丈夫？」

司は、一旦《いったん》洋平たちに任せて、明美は八雲に向かって声をかけた。

明美は、ハンカチを取り出し、八雲の唇の傷に、それを当てようとしたが、押し退《の》けられた。

「殴りたい奴には、好きなだけ殴らせればいい」

八雲が、無表情のまま言った。

感情どころか、音の強弱すら感じられない声だった。

その一言が、収まりかけていた司の怒りに、再び火を点《つ》けてしまった。

「何だとぉ！　てめぇ！」

司は、周囲の人間を振り払い、明美を突き飛ばすと、再び八雲の左の頬を殴りつけた。

八雲の顔が、衝撃で仰《の》け反る。

だが、それだけだった。両腕をだらりと垂らし、反撃しようともしない。

「気が済んだか？」

八雲が、相変わらずの口調で言った。

「親にも捨てられたカスがぁ！　この赤眼野郎！　お前に生きる資格はねぇんだよ！」

司が、八雲に向かって吐き捨てた。

その瞬間、八雲の目がすっと細められる。

——怖い。

明美は、その目を見てぞくっとした。

どこまでも暗く、冷たい目だった。

「なんだよ。その目……」

司は、最後まで言うことができなかった。

八雲は、素早く右手を突き出し、司の喉仏《のどぼとけ》を摑み、絞め上げていく。

司は、咽にかかった八雲の手を引き剝《は》がそうと必死にもがくが、咽の深くまで指が食い込んでいて剝がれない。

堪《たま》らず、司が床に膝《ひざ》をついた。

だが、それでも八雲は手を離さない。

「死ね」

八雲が、口許《くちもと》に笑みを浮かべた。

「止めなさい！」

明美は、叫びながら八雲を突き飛ばした。

八雲の手が、司の咽から外れる。

司は、ゴホッ、ゴホッ、と何度も咳《せ》き込みながら、うつ伏せに倒れた。

その姿を、八雲が無表情に見下ろしていた。

## 16

後藤は、自席の椅子にもたれ、天井を見上げながらタバコの煙を吐き出した。

タレ込みにより、宮川と見つけた書類には、ある病院で日常的に行われている犯罪の詳細が記されており、それを裏付けるカルテの写しが同封されていた。

この三日間、その裏付け捜査で奔走し、身体の芯《しん》から疲労が滲《にじ》み出ている。

「まったく、とんでもない貧乏くじを引いちまったな……」

宮川が、後藤の隣の椅子に座りながら言った。

後藤は、思わず笑ってしまった。貧乏くじとはよく言う。

「自分で首を突っ込んだんじゃないっすか」

「うるせぇ。それより、俺にも一本くれ」

後藤は、宮川に自分のタバコを差し出した。

「お前の方は、終わったのか？」

タバコに火を点けながら、宮川が訊ねてくる。

「ええ。患者の一人から、証言がとれました」

「で？」

宮川が先を促す。

「黒です。真っ黒」

後藤は、吐き出すように言った。

胸クソが悪くなる。

タレ込みされた犯罪は、産婦人科の医院で行われている、無許可の中絶及び、不妊手術。

中絶は、母体保護法により定められた条件を満たした場合のみ、医師会に指定された医師によって行うことができる。

その後、担当した医師は、都道府県知事に届け出を行わなければならないのだが、問題の病院の医師は、届け出はおろか、医師会からの指定も受けていなかった。

そこまでであれば、厚生労働省が動けばすむ話だが、問題はその先だ。

中絶希望の患者に金を掴ませ、出産させた子どもを不妊に悩む夫婦に有料で斡旋《あっせん》している。

海外には、代理出産というものがあるが、それとは全く性質が違う。

やっていることは、明らかに人身売買だ。

後藤は、最初はその内容に疑いをもっていたが、この三日間の捜査で、問題の医師が無免許で開業していたことが判明し、患者からの証言を得るに至り、疑いは確信に変わりつつあった。

「俺の感触も、黒だな」

宮川が、ゆっくり煙を吐き出しながら言った。

「タレ込みは、真実だったってことですね」

「そのようだ」

「でも、誰なんでしょうね？」

後藤は、胸の奥で燻《くすぶ》っている疑問を口にした。

宮川が、難しい顔をした。

タレ込みをした人物の捜査は、一向に進んでいない。

電話ボックスで回収した資料を、鑑識に回したが、検出されたのは、髪の毛一本だけだった。鑑定結果が出るまでに時間がかかるだろう。

――誰が、何のために？

その疑問だけが、横たわっている。

「知らねぇよ。どっかの誰かだろ。俺たちは、余計なことは考えずに、犯人を捕まえればいい」

宮川が舌打ち混じりに言った。

本当に裏表のない人だ。

「そうですね」

後藤は、思わず笑ってしまった。

人使いの荒さは、署内一ではあるが、この人なら、どんな理不尽な指示であっても、迷うことなく突っ走ることができる。

元来、考えることを得意としていない後藤にとって、無条件に信じることができる存在というのは、何物にも代え難い。

「それより、お前、時間あるか？」

宮川が、タバコを灰皿に押しつけながら言った。

「大丈夫ですが……」

「面、拝みに行くか」

「容疑者のですか？」

「他にあるかよ」

容疑者が、どんな人物か会ってみたいという願望はある。だが――。

「令状はありませんよ」

「逮捕に行くわけじゃねぇ。ちょっと、顔を見るだけだ」

宮川が、本当に顔を見るだけで終わるとは思えない。

上の指示に反するところではあるが、後藤は、そういう宮川の無鉄砲なところが嫌いではない。

むしろ、自分も同じ部類の人間だ。

「分かりました」

後藤は、返事をして立ち上がった。

## 17

仕事を終えた明美は、その足で佐知子の家に向かった。

体調を崩しているだけなら、わざわざ家まで押しかけたりはしない。だが、今回は、肝試しの一件がある。それに、八雲と司のケンカも引っかかっていた。

あの夜、明美の知らない何かが起きていたのかもしれない。

足を運んだところで、すぐに問題が解決するとは思わないが、それでも、じっとしていることができなかった。

佐知子の家は、駅前の商店街を抜けた先にある、新興住宅地の一角にあった。

枡目《ますめ》状に細い道路が走り、そこに、同じような形状の建物が並んでいる。どこも同じ風景に見えてしまい、到着するのに、思いのほか時間がかかった。

玄関のドアの前に立った明美は、表札を確認してからインターホンを押した。

〈お待ち下さい〉

インターホンから声が聞こえてきたあと、ドアが開き、佐知子の母親である智子《ともこ》が顔を覗《のぞ》かせた。

四十代前半くらいで、線の細い感じがする女性だった。

「すみません。わざわざいらしていただいて」

智子は、恐縮したように、深く頭を下げる。

「こちらこそ、突然押しかけてしまい、申し訳ありません」

「いえ、とんでもないです。どうぞ、お上がり下さい」

挨拶《あいさつ》を済ませ、明美は智子に招き入れられるかたちで、玄関を上がった。

よく掃除の行き届いた家だった。

「娘は上なんです」

智子は、玄関を入ってすぐの廊下から延びている階段を、陰鬱《いんうつ》そうに見上げた。

明美も、同じように階段の上に視線を向ける。

「さっちゃんの様子は、どうでしょうか？」

「相変わらず、部屋から出て来ようとしないんです」

智子は、力なく肩を落とした。

「行っても、よろしいでしょうか？」

「是非、お願いします」

智子は、明美を先導するかたちで、階段を上っていく。

「佐知子。先生がいらっしゃったわよ」

階段を上って、すぐのところにあるドアの前で、智子がノックをしてから声を上げる。

だが、反応は無かった。

「佐知子。いるんでしょ」

さらに、智子が声を上げるが、結果は同じだった。

智子が、呆《あき》れたように首を左右に振る。

「さっちゃん。高岸よ」

明美は、ドアに顔を近づけ、できるだけ優しく声をかけてみた。

「少し、話をしましょう」

もう一度呼びかけてみる。

「話したくない」

しばらく経って、ドアの向こうから掠《かす》れた声が聞こえてきた。

まるで、別人のようだ。

「クラスのみんなも心配してるのよ」

明美は、ドアに耳を近づける。

微《かす》かに、衣擦《きぬず》れの音が聞こえる。だが、返事はない。

「ねえ、少しでいいから、話がしたいの。開けて良《い》いかし――」

「来ないで！」

明美が言葉を言い終わる前に、耳をつんざくような金切り声が聞こえた。

驚きで、明美は反射的にドアから身体を離した。

「普段は、あんな子じゃないんです……」

智子が、表情を曇らせながら言った。

「分かってます」

佐知子が、普通ではないことは、明美にも充分に分かっている。少し、大人しいところはあるが、今どきには珍しく素直で真面目な娘《こ》だ。

「私は、どうしたらいいか……」

智子の声が、微かに震えていた。

「やっぱり、肝試しの日からですか？」

「ええ。あれ以来、佐知子は幽霊がどうしたと言い出すようになって……」

「幽霊？」

「赤ん坊の幽霊が出るって言うんです。でも、私には、何も見えませんし……思い込んでるだけだと思うんです」

智子は、お手上げだという風に、首を左右に振りながらため息を吐いた。

――これは、八雲の分野だな。

一心の言葉が、明美の脳裏に浮かんだ。

## 18

後藤が、その病院前に立った時には、すっかり日が暮れていた。

二階建ての、古い擬洋風の造りをしていて、壁には蔦《つた》がはっている。

どことなく不気味な佇《たたず》まいだ。

以前にこれとよく似た建物を見たことがある。確か、悪魔のなんちゃらというホラー映画だった。

「本当にここでいいんですか？」

後藤は、首を捻《ひね》った。

とても、こんな場所で産婦人科を開業しているとは思えない。

「看板が出てるだろ」

宮川が、ブロック塀に貼り付けられた、鉄製のプレートを顎《あご》で指し示した。

錆《さ》び付いてはいるが、プレートには、「下村《しもむら》産婦人科」という文字が確認できる。

問題の産婦人科医に間違いないようだ。

この病院の現在の経営者は、下村祐介《ゆうすけ》、四十歳。

だが、後藤には解せないことがある。この医院は、親の代から続くもので、下村はそれを継いだかたちだ。

「下村の親も、医者だったんですよね？」

後藤は、疑問をそのまま口にした。

「ああ」

「だったら、息子が無免許で医者やってるって、気付きそうなもんでしょ」

「知ってたんじゃねえのか」

宮川は、さも当然だという風に答えた。

「無免許だと知っていて、どうして跡を継がせたりしたんです？」

「世間体だよ。まあ、下村の親は、死んじまってるから、確認はできねぇがな」

「そんなもんですかね？」

「お前も、親になれば分かるさ」

宮川は、バツが悪そうに坊主頭を撫《な》でた。

「そういうもんですか……」

曖昧《あいまい》に答えた後藤の頭に、妻の敦子《あつこ》の顔が浮かんだ。

敦子が、流産したのは、半年前のことだった。

後藤が、病院に駆けつけたときには、すでに手術が終わっていた。

――ごめん。

病院のベッドに横たわる敦子は、声を震わせながらそう言った。

彼女に、悪いことなど一つもない。ただ、運が悪かっただけだ。だから、謝る必要なんてない。

だが、後藤はそれを口に出すことができず、黙って頷《うなず》いただけだった。

「どうした？」

黙り込む後藤の顔を、宮川が覗き込んできた。

「なんでもありません。それより、行きましょう」

後藤は、マイナスに傾きかけた思考を断ち切るように、先陣を切って、装飾の付いた門扉を開いた。

玄関まで続く、レンガ敷きの通路を歩き、飾り模様の彫り込まれた、木製のドアの前に立った。

ドア脇の柱には「休診中」の札がかかっていた。

今日は、患者として来ているわけではない。後藤は、チャイムを鳴らした。

だが、反応はなかった。

建物に電気は点《つ》いているし、ガレージにベンツもある。

「不在ってことはないっすよね」

後藤は、再びチャイムを鳴らし、ドアに耳を押し当てる。

ガタンと何かがぶつかる音——。

次いでタタタッと人の走る足音——。

だが、玄関のドアは開かれなかった。

微かに、焦げたような臭いがする。

——様子がおかしい。

「裏回ってみます」

後藤は宮川にそう告げると、玄関を離れ、建物の側面に回る。

壁に面するダクトから、一筋の白い煙があがっているのが見えた。

「まさか！」

後藤は、近くにある窓に駆け寄った。

磨《す》りガラスになっていて、中の様子ははっきり見えないが、パチパチと音をたてて赤い炎が揺れているのが分かった。

——何てことだ。

後藤は、肘《ひじ》を当ててガラスを叩《たた》き割る。

ガラスが砕け散るのと同時に、煙とともに、真っ赤な炎が渦を巻いて噴出した。

「クソ！」

後藤は、思わず身体を仰《の》け反らせる。

「どうした！」

宮川が音を聞きつけて、駆け寄ってきた。

説明の必要はなかった。宮川は、見た瞬間に全てを察し、消防を呼ぶために、車に向かって走っていった。

消防の手配は宮川に任せ、後藤はもう一つ奥の窓を肘で割った。

煙が吹き出してはきたが、炎はここまで達していない。

——行ける。

後藤は、手を内側に入れ、鍵《かぎ》を外すと、窓を開けて室内に飛び込んだ。

新生児室と思われる部屋だった。

赤ん坊用の小さなベッドがいくつも並んでいる。煙で視界がはっきりしない。

後藤は、手近にあったガーゼを手に取り、鼻と口を押さえながら、辺りに視線を走らせる。

霞《かすみ》がかった部屋の入り口近辺に、動く影を見つけた。

白衣を着た男だった。

おそらく、あれが下村祐介だろう。

「下村祐介だな？」

後藤が言うのと同時に、下村はくるりと身を翻して走り出した。

「待て！」

後藤は、すぐに下村の後を追う。

小さなベッドを幾つか蹴《け》り倒しながら、やっとの思いで部屋の外に出た。

真っ直ぐ延びた廊下の先、五メートルほどの距離のところに、下村の姿が見えた。

「早く、外に出るんだ」

後藤は、自分の方に来るように、手で合図する。

だが、下村は、まるで人形のようにじっとしたまま動かない。

——さっきは、逃げようとしたのに、何を考えている？

「死にたいのか！　早くしろ！」

後藤が、もう一度声を上げるのと同時に、下村はクーラーボックスほどの大きさの箱を両手で持ち上げた。
——何をしている？
下村が、その箱を、後藤に向かって投げつけた。
後藤は、とっさに両手で頭をガードして、頭への直撃は免れた。
箱が、音を立てて床に転がる。
箱の中に入っていた液体が撒《ま》き散らされる。
ツンと鼻を突く、独特の刺激臭がした。
——これは、ガソリン。
「しまった！」
気付くのが遅かった。
下村は、手に持っていたライターの火を点け、床に落とす。
ぼわっと炎が舞い上がり、大蛇《おろち》のごとく後藤に向かって襲いかかってくる。
「クソ！」
後藤は、叫びながら身体を翻し、全速力で廊下を走った。
腕に火が点いた。
だが、構っている余裕はない。
廊下の突き当たりに、小窓が見えた。
あそこに飛び込めば——だが、身体があの窓を通るだろうか？

躊躇《ためら》っている余裕はなかった。

後藤は、腕で顔面をかばいながら、窓に向かって飛んだ。

ガラスが砕ける音の後に、ぐるりと身体が一回転して、ドスンと重い衝撃が背中に走った。痛みでむせ返る。

「おい。大丈夫か？」

言われて後藤ははっと身体を起こす。

宮川が走って来るのが見えた。

なんとか、建物の外に抜け出すことができたようだ。

——助かった。

後藤は、ほっと胸を撫で下ろす。

「おい、腕が燃えてんぞ！」

駆け寄ってきた宮川に言われて初めて気がついた。

「熱っ！」

後藤は慌ててジャケットを脱ぎ捨て、地面に叩きつけた。

それと同時に、ガラガラッと物凄《ものすご》い音を立てて二階部分が崩れ落ちた。

## 19

佐知子の家を出たあと、明美は、一心のお寺の庫裡《くり》の前にやって来た。

筋違いなのは分かっていた。

だが、明美には、彼の他に相談を持ちかける人物がいない。

——これは、八雲の分野だな。

一心が言ったその言葉が、気になったというのもある。

まるで、何かを知っているような口ぶりだった。

明美は、覚悟を決めてインターホンを押した。

すぐに引き戸が開き、穏やかな表情を浮かべた一心が顔を出した。

「夜分に申し訳ありません」

明美は、まず自分の非礼を詫《わ》びた。

突然の訪問に、怪訝《けげん》な扱いをされるかと思ったが、一心は納得したように頷《うなず》いてみせた。

「そろそろ、来る頃だと思っていました」

一心は、微笑みながら言うと、「どうぞ、中に入って」と明美を招き入れる。

まるで、明美の訪問を最初から知っていたかのような応対だ。

明美は、戸惑いながらも、一心のあとについて、居間に足を運んだ。

そこには、八雲の姿があった。

あぐらをかき、窓の外に目を向けていた。明美が部屋に入ったことは分かっているはず
なのに、身じろぎ一つしない。

明美は、八雲の背中に呼びかけるが、やはり反応は無かった。

「まあ、おかけになって下さい」

一心に促され、明美は、座布団に腰を下ろす。

「お茶を用意します」

一心は、そう告げると部屋を出て行った。

「何で、あんたがいるんだ」

一心がいなくなるのを見計らったようなタイミングで、八雲がポツリと言った。

感情のこもっていない声だった。

「ちょっと、訊《き》きたいことがあったの」

「今日のことなら、もうすんだ」

八雲が、ガリガリと髪をかき回した。

「すんでないわ。はっきりした理由も聞いてないし……」

「理由なんてない。帰ってくれ」

そうまで言われてしまうと、明美には返す言葉がない。

「そんな言い方はないだろ」

湯飲み茶碗《ちゃわん》を載せたお盆を持って、一心が部屋に戻って来た。

八雲は、軽く舌打ちしたが、反論することはなかった。

「今晩は」

一心は、「まったく」と嘆くように言いながら、明美の前に湯飲みを置き、向かいに腰を下ろした。

「さて、何の話から始めましょうか」

場が落ち着いたところで、一心が話を切り出した。

本題に入る前に、明美には、気になっていることがあった。

「一つ、訊いていいですか？」

「どうぞ」

一心が、お茶をすすりながら促す。

「なぜ、私が来ると分かったんですか？」

明美の問いに、一心は「うぅん」と唸《うな》りながら天井を見上げた。

「まあ、簡単に言ってしまえば、勘ですかね」

「カン？」

「今日、八雲が顔に痣《あざ》を作って帰って来たので、事情を問い質《ただ》したんです」

一心の説明を聞き、明美ははっと我に返る。

色々ありすぎて、物事の順番がバラバラになってしまった。本来なら、まずは学校内のケンカで、八雲がケガをしたことに対して、然《しか》るべき謝罪をすべきだった。

「本当に申し訳ありません。私の監督不行き届きです。殴った生徒には、後日謝罪に……」

慌ててお詫びの言葉を並べる明美だったが、一心は「いえいえ、気になさらず」と言葉を遮ってしまう。

「八雲にも問題はあるんです」

「でも、八雲君に落ち度はありません」

明美は、思ったままを口にした。

「それは、八雲が何もしていないからですか？」

「はい」

明美は、頷いた。

今回の一件は、司が一方的に八雲にケンカをふっかけたのだ。それは、誰の目にも明らかだ。

「私は、八雲が何もしなかったことこそ、落ち度だと思っているんです」

一心は、いつになく厳しい口調だった。

「どういうことです？」

「人間関係の中で、何もしないことが、逆に相手の感情を逆撫《さかな》でしてしまうことは、往々にして起きます」

「そうでしょうか？」

「本人にそのつもりがなくても、優越感に浸っているように見られてしまいます。何を考えているか分からないからこそ、相手は不安に思うということもあります」

一心の考えは一理ある。

だが、それを踏まえても、司はやり過ぎたと思う。どんなに腹が立っても、暴力に訴えてはいけない。

「しかし……」

「いいんです。殴られたことで、八雲には薬になったでしょう」

「でも……」

「それに、誰かとケンカしたというのは、八雲にとって大きな進歩ですよ」

一心が、目を細めて楽しそうに笑った。

「そうでしょうか？」

明美は、八雲の背中に目を向けた。

一心の言葉に反論するかと思ったが、同じ姿勢のままじっとしている。

「それはともかく、ケンカの原因を辿《たど》っていったら、例のお嬢さんに行き当たったってわけです」

一心の言う「例のお嬢さん」というのは、佐知子のことだろう。

「それで、私が来ると？」

明美の言葉に、一心が頷いた。

「彼女、まだ学校に出て来てないんですよね？」

「ええ」

「しかも、それが原因でケンカが起こった。心配性の明美ちゃんのことだから、そろそろ顔を出すんじゃないかと思ったんです」

「はあ……」

「この前のとき、私が意味ありげな言葉を残してしまいましたしね。これは、八雲の分野だな……と」

一心が、その言葉を意識してくれていたのであれば、話は早い。

「あんたら、勝手なことを言わないでくれ」

八雲が、背中を向けたまま言った。

さっきまでの無感情ではなく、嫌悪を滲《にじ》ませた声だった。

「だが、お前の分野であることは確かだ」

一心が言う。

「お断りだ。俺には関係ない。絶対にやらない」

八雲が、さっきよりも強い口調で拒否する。

「さっきから、ずっとこの調子なんです。関係ないって」

一心が、呆《あき》れたように首を振る。

だが、明美には、二人が何を言い合っているのか分からない。

やるとか、やらないとか、八雲が何を拒絶しているのか理解できない。

「どういうことなんですか？」

明美は堪《たま》らず疑問を投げた。

「そうですね。説明不足でしたね。すみません」

一心が、自嘲《じちょう》気味に笑ってから説明を始める。

「以前、八雲の特殊な能力というか、体質について話したことを覚えていますか？」

八雲は、生まれながらに赤い瞳《ひとみ》を持ち、死者の魂を見ることができる。

明美は、一心からそう聞かされていた。

その能力というか、体質は、所在不明の父親から受け継がれたもの。明美にとって、その話は、忘れたくても、忘れられるものではない。

「はい」

「ちょっと待て、何でそれをこいつに話した！」

八雲は、素早く振り返り大声を上げた。

その表情には、明らかに怒りが込められていた。

明美は、感情を露《あら》わにした八雲を見るのは、初めてだった。

今まで、八雲には感情が無いのではないか——という疑いを持っていた。だが、それが思い違いだと改めて知った。

考えてみれば、感情のない人間などいるはずがない。

八雲は、苦しみや、悲しみ、怒り、全ての感情に蓋《ふた》をして、じっと耐えていただけなのだ。

「勝手に話してすまなかったな」

一心は、穏やかな視線を八雲に投げかけながら続ける。

「だが、先生なら、きっとお前のことを理解してくれる。そう思ったんだ。お前だって、少なからずそう感じているだろ」

一心の言葉に、八雲は何も答えることなく再び背を向けた。

学校では、孤高の存在であるかのようだった八雲も、一心にかかれば、どこにでもいる反抗期の中学生に見えてしまうから不思議だ。

きっと、それだけ一心の懐が深いのだろう。

「話を戻しましょう。おそらく、あの女の子は霊にとり憑《つ》かれたんです」

一心が、真剣な眼差《まなざ》しで明美を見た。

「霊に憑かれた？」

明美は、驚きで上ずった声を上げた。

だが、一心はそれに動じることなく、話を続ける。

「私は、八雲のように見えるわけではない。確かなことは言えませんが、状況から見て、そうなのではないかと思っています」

あの夜、佐知子は、何かに怯《おび》えていた。

他の人には見えない何か――。

病院での検査では、佐知子の身体には特に異状はなかった。

にもかかわらず、部屋に閉じ籠《こ》もったままになっている。

佐知子の母親である智子も言っていた。

――幽霊がどうしたと言い出すようになって……。

一心の推測を受け入れると、全てのことに説明がつくような気がする。

「八雲。助けてやってはくれんか」

一心が、改まった口調で言った。

「あいつらは、自分たちで勝手にバカな遊びをして、自滅したんだ！　俺の知ったこっちゃない！」

八雲は、怒鳴りつけるように言った。

明美は、その言葉を聞いた瞬間、分かってしまった――。

なぜ、八雲があれほどまでに周囲を拒絶するのか？

なぜ、感情を表面に出さないのか？

なぜ、一人でいることを望むのか？

なぜ、時折授業を抜け出すのか？

その全てが繋《つな》がってしまった――。

「八雲君。怖いのね」

八雲は、怖れているのだ。

「怖い？　俺が？」

八雲が、相変わらず背を向けたまま言う。

八雲は、母親がそうしたように、いつか、その特異な体質故に、信じた者に、その存在を否定されることを怖れている。

怯えから、小さくなり、自分の殻に閉じこもっている。

「そう、怖いんでしょ」

「あんたに何が分かる？」

八雲の言葉に、苛立《いらだ》ちが混じっていた。

母親に、その命を奪われそうになったとき、八雲はきっと、全てに失望したのだろう。

そして、心のバランスを保つため、自らの周りに壁を張り巡らせた。

「安心して、少なくとも私はあなたを怖がったりしないから」

八雲は、すっと立ち上がりこちらに向き直ると、俯《うつむ》き加減になり、左眼から何かを取り出した。

そして、再び顔を上げた八雲の左眼は、燃え盛る炎のように真っ赤に染まっていた。

明美は、目を逸《そ》らすことなく、その視線を受け取った。

「噂の通り、俺は呪われているんだ。もう、俺に構うな」

明美は、八雲の言葉に大きく首を振った。

――あなたは、誰にも呪われてない。

明美は立ち上がり、正面から八雲と向き合った。

同じ高さにある眼――。

昨日までは、その表情が大人びて見えていた。

だが、今の明美には、八雲が小さく見えた。

張り巡らされた壁の中の八雲は、小さくなって一人震えていたのだろう。

「大丈夫。私は、あなたを怖がらないから」

明美は、そう言って八雲の身体に手を回して抱き締めた。

八雲の心臓の音が聞こえた――。

彼は生きている。表面に出さないだけで、悲しんだり、苦しんだり、悩んだりしながら、生きている。

暫《しばら》く、じっとしていた八雲だったが、不意に明美を突き放した。

「あんたは、いったい何なんだ。なぜ、教師がそこまでする」

明美は、八雲の問いかけに答えられるはずもなかった。

明美自身知りたい。なぜ、一人の生徒にそこまで入れ込むのか――。

明美は、じっと八雲の目を見た。そこに、答えがあるような気がした。

やがて、八雲は、明美から視線を外すと、部屋を出て行こうとする。

「八雲」

一心が、諭すような口調で八雲を呼び止める。

それに反応して、八雲が襖《ふすま》に手をかけたところで立ち止まり、もううんざりだという風に首を振った。

「言っておくが、俺は霊媒師じゃない。除霊ができるわけじゃないんだぞ」

「死者の魂は、新種の生き物でも、妖怪《ようかい》でもなく、人の想いの塊。それが、お前の理論だろ。だったら、除霊は必要ない」

一心が、言った。

「除霊しないで、俺にどうしろと？　俺は、見えてしまうだけなんだ」

「しかし、見えれば、それが何か分かる。何か分かれば、なぜかが分かる。なぜかが分かれば、それを取り除くことができるかも知れない」

「簡単に言うね。それが一番難しいんじゃないのか？」

八雲が、ふんと鼻を鳴らした。

明美には、二人のやり取りが、禅問答のように聞こえていた。

言葉をぶつけ合うことで、何かの答えを見つけようとしているようだ。

「では、どうする？　また逃げるか？」

一心は、いつになく厳しい表情だった。

八雲は、その問いに答えることなく、暫くじっとしていたが、やがて諦《あきら》めたようにふっと肩の力を抜いた。

それと同時に、一心がしてやったり、という風にニヤリと笑った。

「丁度、明日は休日だ。それで良《い》いかな？」

「勝手にしろ」

八雲はそう吐き捨てると、部屋を出て行った。

呆然《ぼうぜん》とその姿を見送っている明美の目の前に、ハンカチが差し出された。一心だった。

明美は、ハンカチを受け取り、初めて自分が涙を流していることに気付いた。

「どうぞ、座って下さい」

一心に促されて、明美は座布団に座り、涙を拭《ぬぐ》った。

これは、どういう感情からくる涙なのだろう？　明美には、その答えが見つけられなかった。

「明美ちゃんのお陰だよ」

「私は、何も……」

明美には、一心の言葉の意味が分からなかった。

自分が、八雲のために、何かできたとは思えない。

「八雲はね、乗り越えなくちゃいけないんだ」

「乗り越える？」

「ええ。八雲は、死者の魂が見えてしまう、自分の赤い左眼を嫌っている。周囲から化け物扱いされるだけの、無用の長物だと思っているんだ」

「私は、そんな風には思いません」

明美は、身を乗り出すようにして言った。

そう考えてしまうことで、八雲は自分を追い詰めている。

一心は、腕組みをして、頷《うなず》いた。

「私も、そう思います。見えてしまうのには、何か理由があると思うんです。人と人との出会いのように。見えるべくして見えている」

「必然ということですか？」

「はい。だから、誰かの為に積極的にその能力を使うことが、八雲が抱えた暗い過去を、乗り越えるきっかけになるんじゃないかって……」

ここに来て、明美もようやく納得した。だから、一心は、八雲に事件の解決をするよう勧めたのだ。

八雲が、心を閉ざしてしまっているのは、赤い左眼と、その能力に起因するところが大きい。

心を開くには、まず、その能力を八雲自身が受け入れ、克服しなければならない。

「だから、明美ちゃんのお陰なんだ」

一心は、最後に、そう付け加えた。

だが、明美には、やはり自分が何かしたとは思えなかった。八雲を導いたのは、やはり一心だ。

「私は何も……ただ、見ていただけです」

「それが重要なんです」

「そうでしょうか？」

明美には、そう思えなかった。

自分など、いても、いなくても、変わらない。

「そうです。今に始まったことではありません。明美ちゃんは、ずっと八雲を見てくれていた。目を逸らすことなくじっと見てくれていた」

「教師として、当然のことです」

「いいえ。当然ではありません。今まで、目を逸らさずに、正面から八雲と向き合ってくれた人は、残念ながら一人もいなかったんです」

明美は、一心の言葉を聞いて、前担任の言葉を思い出した。

——放っておいた方がいい。

確かに、誰も、八雲と向き合おうとはしていなかったかもしれない。

だが、明美には迷いがあった。

——本当にこれで良かったのか？

八雲の境遇を考えれば、このまま誰とも深く関わらない方が、彼にとって幸せだとは考えられないだろうか？

自分の勝手な価値観に当て嵌《は》め、八雲を望まぬ道に導いてはいないか？

「まあ、何にしても、まだスタートラインに立ったに過ぎない。これからが一番大変だ」

一心は、明美の心情とは裏腹に、楽しそうに笑った。

# 第二章

## 1

ここまでの話を聞き終えた晴香は、大きくため息を吐いた。

八雲の、忘れられない人の話を聞くために、一心のもとを訪れたときには、初恋とか、そういった類《たぐい》の話だと思っていた。

だが、後藤まで登場して、話は思わぬ方向に転がっていく。

何より、今の八雲とのギャップに驚いていた。

八雲は、ぶっきらぼうではあるが、他人を拒絶するところまでは至っていない。

それに、赤い左眼と死者の魂が見えるという自分の体質についても、快くは思っていないが、変えようのないものであると容認しているように思う。

だが、過去の八雲は違う——。

「驚いているんだね」

ここまで話し終えた一心が、晴香の顔を覗《のぞ》き込むようにして言った。

「少しだけ」

晴香は、俯《うつむ》き加減に答えた。

もし、自分が過去の八雲に出会っていたら、どんな風に思っただろう？

ふと、そんな疑問が浮かんだ。その答えは――考えたくない。

「こんなところで、驚いてもらっちゃ困るな。事件はまだ始まったばかりなんだ」

後藤が、目を輝かせながら、ニヤニヤと笑った。

「これは、笑い話ではないはずだ」

一心が、後藤を窘《たしな》めるように言う。

「すまねえ。そうだったな」

珍しく、後藤が自分の非を素直に認めた。

急に、空気が重くなった気がする。

「少し、休憩を入れよう。お茶も冷めてしまったな」

一心が、停滞した空気を払拭《ふっしょく》するように言うと、湯飲み茶碗《ちゃわん》をお盆に下げて、居間を出て行った。

「あの時の八雲は、本当に怖い目をしていたよ」

不意に、後藤が口にした。

タバコのケースを弄《もてあそ》びながら、遠くを見るように目を細めている。

「ああ。世の中の全てを憎んでいるって目だ」

「想像できるような、できないような……」

晴香は、八雲の顔を思い浮かべた。

いつも眠そうな目をしていて、寝グセだらけの髪を、ガリガリとかきまわしている。

ぶっきらぼうで、無愛想で、言うこと、なすこと、全て皮肉交じり。それでいて、表には出さないが、強い意志と優しさを併せ持っている。

晴香が危険な目に遭ったとき、迷うことなく、身を挺《てい》して救ってくれた。

それが晴香の知る八雲だった。

だが、八雲は、ときどき、もの凄《すご》く怖い目をすることがあるのも事実だ。

だが、そこにあるのは、悪意に対しての怒りの感情だと晴香は感じていた。

他人に対する憎しみではない。

「あいつは、あの事件をきっかけに変わりはしたが、全くの別人になったわけじゃねえ。同じ人間の、延長線上なんだ」

後藤の言っていることは分かるが、やはり晴香は、根本的に何かが違うような気がしていた。

「いや、お待たせ」

中座していた一心が、お茶を持って戻って来た。

「遅い。お茶を摘みに行ってたのか？」

後藤が、理不尽な不満を並べる。

「気の短い男だな」

一心は、呆《あき》れたように言いながらも、それぞれの前に湯飲み茶碗を置いた。

「さて、どこまで話したかな？」

一心が、手をすりあわせながら切り出す。

「八雲君が、事件の究明に乗り出したところです」

晴香の返しに「おお、そうだった」と一心が、納得したように膝《ひざ》を打つ。

「その翌日に……」

「順番が違う！」

後藤が、一心の言葉を遮った。

「そうか？」

「そうだよ。俺の話が先だ。そうじゃねぇと、つながらねぇだろ」

後藤は、憤然とした表情で腕組みをする。

「好きにしろ」

一心の言葉に、後藤が満足げに頷《うなず》いてから話を始めた。

「危うく燃えかけた俺は……」

## 2

――全部燃えちまった。

後藤は、袖《そで》が焼け焦げたジャケットを肩にかけ、呆然《ぼうぜん》と焼け跡を眺めていた。

あのあと、すぐに消防隊が駆けつけたものの、あまりの火の勢いに、周辺への延焼を防ぐのがやっとだった。

壁の一部と、柱数本を残し、綺麗《きれい》に崩れてしまった。

まるで、空襲にでもあったような有様だ。

病院の敷地に持ち込まれた屋外灯の中、青いつなぎを着た鑑識の人間が、エサを探す野良犬のごとく這《は》いずり回っている。

彼らの執念には敬服するが、この状態では、有力な物証は期待できないだろう。

「えらい事になったな」

宮川がぼやきながら、後藤に缶コーヒーを差し出してきた。

「本当ですよ。危うく燃えちまうところでしたよ」

後藤は受け取ったコーヒーを開け、ぐいっと一口飲んだ。

カフェインが、胃に染み渡る。

焼け跡から、下村は発見されなかった。あのあと、混乱に乗じて逃げ出したのだろう。

後藤の腹から、悔しさがこみ上げてくる。すぐ手が届くところに下村がいた。それを、みすみす取り逃がすとは、本当に情けない。

「逃げられたのはお前の責任じゃねえよ」

胸中を察したか、宮川が後藤の肩をポンポンと叩《たた》いた。

後藤の性分からすれば、こういうときは、拳骨《げんこつ》でも貰《もら》った方が気がまぎれる。慰められると、余計惨めだ。

「今度会ったら、絶対に逃がしませんよ」

後藤は、タバコに火を点《つ》けた。

いつもより煙が苦く感じる。

「そう熱くなるな。また燃えちまうぞ」

宮川が、ニヤつきながら笑えない冗談を口にする。センスがもうおっさんだな。

「後藤。ちょっといいか？」

会話に割って入るように、声をかけてきたのは、後藤と同期の鑑識官の松村《まつむら》だった。

顔は勿論《もちろん》、体形まで馬のような男で、どこか垢抜《あかぬ》けない印象がある。

「なんだ？」

「ちょっと、見てもらいたい物がある」

松村が、口に物を入れているみたいに、ボソボソとした口調で言った。

「女房の浮気現場でも押さえたか？」

「そんなんじゃない。とにかく来てくれ」

松村は、後藤の冗談を軽く流すと、スタスタと歩いていってしまう。

——辛気臭い野郎だ。

後藤は、心の中で呟《つぶや》き、宮川と並んで松村の背中を追った。

放水でぐちゃぐちゃになった通路を抜け、病院の裏手に回る。

裏庭の隅にある柿の樹が、ライトアップされていた。

その樹を挟むように、スコップを持った鑑識官が二人立っている。

足許《あしもと》には、土の山が出来ていて、その脇に、直径一メートルほどの穴が口を開けていた。

「宝でも見つけたのか？」

後藤は、松村の背中に向かって声をかけた。

穴の前で足を止めた松村が、ため息を吐いて睨《にら》みつけてきた。

「宝かどうか、自分で確かめろ」

後藤は、松村のつれない物言いに腹を立てながら、鑑識官の一人を押しのけ、穴の中を覗き込んだ。

人の背丈ほどの深さがある。

その穴の底に、白いボールのような物が見えた。

いや、違う。あれはボールなんかじゃない。あれは——。

「もしかして、人骨か？」

後藤より先に、宮川が言った。

「ええ、そうです。生後間もないものばかりです。ざっと、四、五体はあります」

松村が、額の汗を拭《ぬぐ》いながら答えた。

後藤は、知らなかったとはいえ、宝などとはしゃいでいた自分の浅はかさを悔いた。

生後間もない赤ん坊の遺体を、こんなところに埋めるとは——その神経を疑う。

「この穴は、元々空いてたのか？」

宮川が言いながら、片膝《かたひざ》の姿勢で穴に顔を突っ込み、観察を始める。

「いいえ、一箇所だけ土の色が違う場所があったので、掘り返してみたんです。……まったく。酷《ひど》いことしやがる」

松村が奥歯をぎりぎりと噛《か》み締めている。その想いは後藤も同じだった。

宮川が、膝の土を払いながら立ち上がり、夜空を見上げた。

「雲行きが怪しくなってきやがった」

後藤も同じように空を見上げる。

星は、見えない。都会の空はいつだって雲行きが怪しい——。

## 3

翌朝、明美がお寺に到着したのは、約束の時間から一時間以上遅れてのことだった。

娘を預かってもらえる知人を探すのに、思いのほか時間がかかってしまった。散々駆け回ったのだが、結局、都合がつかず、連れて来てしまった。

今は、胸の前に下げた抱っこ紐《ひも》の中で眠っている。

だが、知らない人を見たら、火が付いたように泣き出すに違いない。娘の奈緒《なお》は、他人に対して異常なまでの警戒心を見せる。

それに、突然子どもを連れて行ったりしたら、一心や八雲も扱いに困るだろう。

明美は、今日の予定をキャンセルする事も考えたのだが、すでに佐知子の家に連絡してしまっていたし、せっかく動き出そうとしている八雲の想いを潰《つぶ》したくないという想いもあった。

これ以上考えても仕方ない。どうするかは、一心に会って相談してみよう。

明美は、気持ちを切り替え、お寺の敷地を抜け、庫裡《くり》のインターホンを押した。

しばらくして引き戸が開き、作務衣《さむえ》を着た一心が、いつもと変わらぬ笑顔で出迎えた。

「いらっしゃい」

「あの、すみません。子どもを預かってくれる人が見つからなくて……」

明美は、真っ先にそのことを告げた。

「この子が明美ちゃんの」

少しは驚くかと思っていたが、一心は相変わらずの笑みを浮かべたまま、奈緒の頭を撫《な》でた。

それに反応して、奈緒が目を開けた。

一心と目が合う。

泣き出すかと思ったが、奈緒の反応は、明美の想像とは違うものだった。

奈緒は、一心に向かって手を伸ばすと、手足をバタバタと動かし、楽しそうに笑った。

初対面の人の前で、泣かなかったのは、初めてだ。

「この子、名前は？」

一心が、奈緒の手を包み込むように掴《つか》みながら言った。

「あ、はい。奈緒です」

明美は、あっけにとられながらも、娘の名前を口にした。

「初めまして、奈緒ちゃん」

一心が、奈緒の顔を覗《のぞ》き込む。

奈緒は、さらに嬉《うれ》しそうにはしゃいでいる。

「抱かせてもらっていいかな？」

一心は、明美の返答を待たずに奈緒を受け取り、慣れた手つきで、抱きながらあやし始めた。

いつもは、他人に近づくだけで、表情を硬くする奈緒が、初対面の一心に抱かれている。

一心も、実の父親ではないかと思ってしまうくらいに、愛情に溢《あふ》れた表情をしていた。

――本当に、この人が奈緒の父親だったら。

明美は、そんな叶《かな》いもしない願望に捕らわれた。

「どうしました？」

空想に浸り、呆《ほう》けている顔を、まじまじと一心に見られ、恥ずかしさのあまり、耳まで真っ赤になる。

「いえ、奈緒は、本当は人見知りするんです。初対面で泣かなかったのは、初めてで……」

取り繕うように言った明美の言葉を受けて、一心が納得したように頷《うなず》いた。

「それは、明美ちゃんが相手を警戒しているからだよ」

明美は、急に背中を押されたように、ドキッとした。

「私が、警戒している？」

「そうです」

一心は、目を細めながら言うと、奈緒の頬を指先で突《つつ》いた。

くすぐったい顔をしている奈緒の表情を見て、一心の言葉の意味を理解した。

親が警戒していれば、子どもも敏感にそれを感じ取る。そういうことなのだろう。

思い当たる節は、たくさんある。あの事件以来、誰に対しても心を開くことができなかった。

事件のことを詮索《せんさく》されることを怖れ、警戒し、周りの視線から逃げるように生活してきた。

奈緒が泣かないのは、明美が一心を警戒していないから――。

「外は寒い。まあ、上がって下さい」

一心はそう促すと、奈緒を抱いて庫裡の中に入っていった。

明美も、引きずられるように一心のあとに続く。

居間に入ると、すでに八雲が待っていた。

ジーンズに白いワイシャツという出《い》で立ちで、足を伸ばして座り、退屈そうに天井を眺めている。

明美の存在に気付くと、わざとらしく大きなあくびをしてみせた。

「八雲。奈緒ちゃんだ」

一心は、奈緒を抱いたまま、八雲の前に座った。

八雲は、一心と同様に、特別驚いた様子も見せずに、じっと奈緒を見ている。

奈緒が、手を伸ばして八雲の髪の毛を引っ張った。

怒るかなと思ったが、八雲は嫌な顔ひとつせず、されるがままになっている。

「この子は先生の？」

八雲が、間延びした口調で訊《き》いてきた。

八雲に質問されるなんて、明美には初めての経験だった。

「ええ、そうよ」

八雲は、「ふーん」と興味なさそうに答えると、じっと奈緒の顔を覗きこみ、指先で頬を突いた。

奈緒が、嬉しそうに手足をばたばたさせている。

何だか、不思議な感じがする。一心だけならまだしも、八雲に対しても奈緒は、警戒心をみせない。

赤の他人のはずなのに、この居間にいる四人が、家族のように思えてしまう。

八雲の表情が、ほんの一瞬だけ、ゆるんだような気がした。

学校では、決して見せたことのない柔らかく、温かみのある表情——。

——やっぱり、八雲は、自分の感情を閉じ込めている。

明美は、改めてそれを実感した。

「この子……」

八雲が、突然眉間《みけん》に皺《しわ》を寄せると、奈緒の耳元でパンと手を打った。

奈緒はその音に反応せず、楽しそうに笑っている。

「もしかして、この子、耳が？」

八雲の問いに、明美は頷いて答えた。

奈緒は、耳が聞こえない。小児検診の時に発覚した。

この子の将来を考えると、ときどき息苦しさを覚えることがある。生まれつき、困難な生活が義務付けられている。

誰の責任でもない。周囲はそう言うが、明美は自分を責めずにはいられなかった。

——きっと奈緒がこうなったのは、私のせいだ。

明美は、頭に浮かぶ悪い考えの連鎖を断ち切ろうと、必死に笑顔をつくってみせた。

しかし、無理に笑っているのは明美だけだった。

八雲は事実を知り、それで満足してしまったらしく、奈緒と戯れている。

それは、一心も同じだった。

——耳が聞こえない。だからどうした。

そんな、一心と八雲の声が聞こえてきそうだった。娘のハンディキャップに悩む行為こそ、差別なのかも知れない。

とても、大切なことを教わった気がする。

「いつまでも、遊んでるわけにはいかんな。そろそろ行かないと」

一心が、時計に目を向けてから言った。

「さっさと終わらせよう」

八雲が、それに賛同して立ち上がる。

確かに、本来の目的を忘れるところだった。

今日は、八雲と佐知子の家に向かうために、ここに集まったのだ。だが、明美には、すぐに賛同できない理由があった。

——奈緒をどうするか？

まさか、佐知子の家に連れていくわけにはいかない。

「奈緒ちゃんは、戻って来るまで私が面倒を見ましょう」

一心が明美の心情を察したらしく、切り出した。

「え、でも……」

これだけ奈緒が懐いているのだから、願ってもないことなのだが、ただあやしていればいいわけではない。

おむつを替えたり、離乳食を食べさせたり、やることはたくさんある。

「大丈夫。檀家《だんか》の子どもを、何度も預かったことがある。それに、八雲のおむつだって替えたこともあるんだ」

一心が、明美の考えを先読みしたように言う。

確かに、経験があるなら、任せても安心だ。だが、やはり申し訳ない気がする。

「本人がそうしたいんだから、やらせておけば良《い》い」

迷っている明美を後押しするように、八雲が、髪をガリガリとかきながら言った。

その言葉に、いつものトゲトゲしさは無かった。

「八雲の言う通り。ささ、早く行って下さい」

一心が、促す。

まだ迷っている明美を無視して、八雲がさっさと部屋を出て行ってしまった。

「申し訳ありません。では、よろしくお願いします」

明美は、おむつや離乳食を入れたバッグを一心に渡し、簡単に説明をしてから、八雲のあとを追って部屋を出た。

## 4

火災から一夜明け、後藤は、宮川と病院の地下廊下を歩いていた。

明らかに照明が足りず、薄暗いばかりか、換気が悪く、湿った空気が充満している。ガラス張りで、清潔感あふれる地上のエントランスとくらべると、とても同じ建物とは思えない。

結局、裏庭から発見された子どもの遺体は全部で七体――。

どれも生後間もない子どもだった。

出生届が出されているかさえ怪しいそれらの子どもの母親を特定するのは、困難な作業になるだろう。

頼みの証拠も火災で燃えてしまった今、行方をくらませている下村医師を捕まえ聞き出す。それが、一番確実な方法だ。

本来なら、後藤も被疑者である下村の追跡に加わりたいところなのだが、宮川のはからいで、監察医の解剖所見を聞きに行くことになった。

廊下を真っ直ぐに進み、一番奥にあるドアの前で宮川が立ち止まった。

監察医に会うと決まって以来、宮川はどうも浮かない表情をしている。

宮川をここまで陰鬱《いんうつ》にさせる人物とは、いったいどんな人となりをしているのか、急に興味がわいてきた。

「宮川さん。監察医ってどんな人物なんです？」

「畠《はた》っていう、今にも死にそうな爺《じじい》なんだがな。まあ、一言で言えば変態だよ」

「変態？」

──爺がナース服でも着ているのか？

想像しただけで、笑ってしまいそうだ。

「とにかく、爺に何を言われても、適当に流せよ。いちいち相手にすると、身が持たん」

宮川の忠告を聞いて、より一層人物像が摑《つか》めなくなった。

後藤が、質問を重ねようとしたが、その前に宮川がドアをノックした。

「刑事課の宮川だ」

「開いとるよ」

ドアの向こうからしわがれた声が聞こえてきた。

宮川が、ドアを開けて部屋に入る。後藤もその後に続いた。

六畳程の正方形の狭い部屋だった。窓が無いせいだろうか。ホラー映画なら何か出てきそうなくらいに薄暗い。

その部屋の一番奥にデスクが一つ。そして、それを取り囲むようにキャビネットが並んでいる。

書類が散乱したデスクの前に、白衣を着て、呑気《のんき》にお茶をすすっている老人の姿があった。

白髪で、骨と皮だけの、今にも死にそうな爺だ。

「またお前さんか」

畠が、面倒臭そうに眉《まゆ》の上をポリポリとかいた。

「こっちも好きでこんなところ来るかよ」

宮川の言葉に、畠は、ひっひっひっひっ、と痙攣《けいれん》でも起こしたように肩を震わせながら笑った。

なんだか、薄気味悪い。

「それで、後ろにいるでくの坊は？」

畠が、顎《あご》で後藤を指しながら言った。

初対面の人間に向かって、いきなり「でくの坊」とは、とんだ言い草だ。

「こいつは、俺の部下で後藤ってんだ。今後、ちょくちょく顔を出すかも知れん」

「後藤です。宜《よろ》しくお願いします」

宮川の紹介を受けて、後藤は畠に向かって頭を下げた。

だが、当の畠は、興味無さそうにグリグリと首を回す。

——この爺。人が頭下げてるってのに。首を引っこ抜いてやろうか。

後藤は、沸き上がる怒りをぐっと堪《こら》えた。

「まあ、その辺に適当に座ってくれ」

畠の言葉に反して、部屋の中に椅子はない。

——おちょくってんのか？

宮川は、戸惑う後藤とは対照的に、表情も変えずに近くにあったキャビネットに寄りかかった。

この態度からして、畠は、いつもこの調子なのだろう。

——爺に何を言われても、適当に流せよ。

後藤は、宮川の言葉の意味が、少し分かってきた気がした。

仕方なく、腕組みをしてドア脇の壁に背中を預けた。

「今日は、例の産婦人科から出た遺体の件で来た」

宮川が話を切り出す。

その瞬間、皺《しわ》だらけの畠の顔が、オモチャを見つけた子どもみたいに輝いた。

「いやあ、あれは大漁だったなぁ」

畠が楽しそうに笑う。

——大漁？　おいおい。子どもの死体に対して使う言葉じゃねえだろう。

後藤の中で、畠に対する嫌悪感が広がっていく。

「それで、何か分かったか？」

宮川が、黙ってろと言わんばかりに後藤を一瞥《いちべつ》してから話を進める。

「昨日の今日だ。まだ何もわかりゃせんよ」

「まあ、そう言うな。爺《じい》さんほどの腕があれば、経験からわかってることはあるだろ」

宮川が、他人をよいしょするなんて珍しい。

畠は、気を良くしたのか、だらしなく表情をゆるめ、口を開いた。

「まあ、白骨死体だからな。はっきりしたことはわからんが、見た限りでは目だった外傷はない。殺害されたのだとしたら、薬かなんか使った可能性もあるな」

「首を絞めたって可能性は？」

後藤は、頭に浮かんだ疑問を口に出した。

その瞬間、畠の蔑《さげす》んだ視線が後藤を射貫《いぬ》く。

「大人が、生まれて間もない子どもの首なんか絞めたら、骨が折れちまうんじゃよ」

畠が、首を絞める動作の真似をした。

確かにその通りだ。後藤は、自分の質問の愚かさに納得したが、同時に腹も立っていた。

もう少し言い方ってものがあるだろうに——。

「死後経過はどうだ？」

宮川が、構わず話を進める。

「現段階で、詳しい分析結果は出てないが、見た感じバラバラだな。ここ一カ月くらいのものもあれば、十年以上前なんじゃないかってやつもある」

もし、畠の所見が正しいのであれば、あの場所で十年以上もの間、ああやって子どもの死体を遺棄していたということになる。

——人の命を物みたいに扱いやがって。

後藤は、腹の底から震えるほどの嫌悪感と怒りを覚えた。

「他に何か分かったことは？」

訊《たず》ねる宮川に、畠が首を振って答えた。

詳しい情報が分かるまでには、もう少し時間がかかりそうだ。

「あ、そうじゃ。妙なことなら一つあったぞ」

畠が、ボリボリと背中をかきながら、立ち去ろうとした後藤と宮川を呼び止めた。

「妙なこと？」

後藤は、眉間《みけん》に皺を寄せる。

「数が合わんのじゃよ」

「数が合わない？」

それだけでは、意味が分からない。

後藤の心中を察したのか、畠が手許《てもと》にあった資料をデスクの上に広げた。

そこには、発見された子どもの遺体の写真が、何枚も貼ってあった。

こういうのには慣れているはずなのに、想像以上の惨状に、後藤は思わず目を背けたくなった。

畠は、その写真の中から一枚を抜き出し、トントンと指差す。

その写真には、小さな白い棒のようなものが写っていた。

腕、もしくは足の骨だろう。

「どうしても、腕が一本多い」

他の部分の骨が見つかっていないのか？

いや、それは考え難《にく》い。

あの穴の周辺は、徹底的に掘り起こされた。あの場所にまだ残っているとは考え難い。

足りないならまだ納得がいくが、多いというのは——。

「そりゃ、確かに妙だな。腕だけ切り落として、そこに埋めたってわけでも無さそうだしな」

宮川が掌《てのひら》で顎鬚《あごひげ》をゴリゴリ擦《こす》りながら呟《つぶや》いた。

畠が、残っていたお茶を一気に飲み干し、ぷはあっと息を吐き出した。

「しかし、どうせ殺すなら、もう少し育ってからにして欲しいもんじゃ。解剖していても全然楽しくないからな」

「おい！　爺！　今、何て言った！」

後藤は、考えるより先に言葉を発していた。

畠は、怒りを込めた後藤の叫びを聞いても、しれっとしている。

「言葉通りじゃよ。わしは、成人の、生の死体が好きなんじゃ」

後藤は、今になって宮川が最初に言っていた言葉の意味を理解した。

——このド変態め！　言うに事欠いて、何て野郎だ！

後藤が、畠に掴《つか》みかかろうと手を上げたが、宮川に羽交い締めにされた。

「止めないで下さい！　俺は、この爺《じじい》を殴らねえと気がすまねえ！」

「頭を冷やせ！」

宮川は叫びながら勢い良く後藤を壁に押し付ける。

後藤は、胸を強打して激しくむせ返った。

「さっき言ったろ。この爺の言うことを一々真に受けるな！」

「しかし……」

「うるせえ！」

宮川の拳《こぶし》が脳天に落ちた。痛みで少しは怒りが和らいだ。

畠は、騒ぎを目の当たりにしてもなお、涼しい顔をしている。そればかりか「ひっひっひっ」と妖怪《ようかい》みたいな声で笑った。

――やっぱり許せねえ。

暴れようとする後藤の脳天に、もう一発、宮川の鉄槌《てっつい》が落ちた。

**5**

明美は、八雲と一緒に佐知子の家の前に立っていた。

ここに来るまで、八雲は一言も口を利かなかった。

明美は、当たり障りの無い話題を選んで話しかけてみたが、試合前に集中力を高めるアスリートのごとく、八雲はろくに返事もしなかった。

意外に緊張しているのかもしれない。

「準備はいい？」

インターホンを押す前に、明美は八雲に訊《き》いてみた。

「準備することなんて、何もない。俺は、見るだけだ」

八雲が、無表情のまま言った。

さっき、家にいた時は、少しだけ八雲との距離が近くなったような気がしたが、それは、蜃《しん》気《き》楼《ろう》と同じで、錯覚だったようだ。

落胆する気持ちはあるが、そんなに簡単に関係が築けるはずもない、と気持ちを切り替え、インターホンを押した。

しばらくして、智子が玄関のドアを開けて顔を出した。

昨晩、電話をしてあったので、特に説明の必要はなく、八雲ともども家の中に招き入れられた。

勿《もち》論《ろん》、説明と言っても、真実を話したわけではない。

お宅の娘さんには幽霊がとり憑《つ》いているようなので、幽霊が見えるという同級生を連れて行きます。などと言ったら、それこそ変人扱いをされてしまう。

あくまで、同級生とお見舞いということになっている。

智子に案内され、二階にある佐知子の部屋の前に立った。

「佐知子。先生がいらっしゃったわよ」

智子が、ドアをノックしながら声をかけた。

だが、反応は無い。

「さっちゃん。高岸よ。ちょっと、お見舞いに来たの。入ってもいい？」

智子に代わって、明美が声をかける。

「来ないで！」

ドアの向こうから、佐知子の拒絶の声が聞こえてきた。

こうなることは、ある程度予測していたので、それほどショックはない。

「さっちゃん。今日は、心配して八雲君も来てくれているのよ」

明美は、さらに声をかける。

ダシに使われたことが気に入らないのか、八雲がピクッと頰を動かして、嫌そうな顔をした。

「嘘……」

しばらくの間を置いて、ドアの向こうから、消え入りそうな佐知子の声が聞こえてきた。

自分の憧《あこが》れの同級生が、突然お見舞いに来た。今の佐知子は、喜びと戸惑いが入り混じり、動揺していることだろう。

「本当よ。だから、開けて欲しいの」

明美は更に押してみるが、佐知子からの返答はない。

せっかく八雲を連れて来ても、ドアを開けてくれないことには始まらない。

明美が、次にかける言葉を思案していると、八雲がずいっと一歩前に出て、ドアノブをがちゃがちゃと回す。

だが、鍵《かぎ》がかかっていてドアは開かない。ずいぶん強引なアプローチだ。

「俺だ。斉藤だ。お前は、幽霊にとり憑かれている」

八雲が、ドアをガンガン叩《たた》きながら言う。

智子が、八雲の言葉と、その行動に驚き、目を大きく見開き、口を押さえている。

智子は、幽霊が出るという娘の言葉を信じていない。それなのに、お見舞いに来たはずの同級生まで、こんな態度では、動揺しない方がおかしい。

「先生。この子、佐知子の同級生なんですよね？」

智子が、疑いの目を向ける。

「あ、はい。そうなんですが……その……」

明美は、何とかその場を取り繕おうとするが、言い訳が思いつかず、しどろもどろになってしまう。

「早く開けろ。このままにしておくと、取り返しのつかないことになる。死者の魂に憑かれた人間は、死ぬんだ」

八雲は、明美の心情などお構いなしに、ドアの向こうの佐知子に向かって話し続ける。

「死ぬって……あなた、どういうこと？」

智子が、堪《たま》らず八雲の肩を掴んだ。

「こうでも言わないと、開けないだろ」

八雲が、無表情に智子を見た。

睨《にら》んだわけではないが、その目には、相手を威圧するような光が宿っていた。

智子が、気後れして口を閉ざした。

重苦しい沈黙が流れる。

どうすべきか、迷っている明美の耳に、カチッと鍵の外れる音が聞こえた。

「ほら、開いた」

八雲は、満足そうに言うと、智子の手を振り解《ほど》き、ドアを開けて部屋の中に入って行った。

明美も、八雲の後に続いて部屋に入ろうとしたところで、智子に腕を掴まれた。

「あの、先生……」

智子は、まだ納得していないらしく、すがりつくような目で、説明を求めている。

「大丈夫ですよ。佐知子さんが、ドアを開けるようにするための方便です。お母さんは外にいて下さい」

体裁だけの嘘をならべ、未《ま》だ納得のいかない表情を浮かべている智子を残して、部屋の中に入ると、後ろ手にドアを閉めた。

ふうっと息を吐く——。

佐知子の部屋は、その印象に違《たが》わずよく片付いていた。

学校には行かなくても、しっかり勉強はしていたのだろう。机には教科書とノートが広げられている。その脇の書棚には参考書が並んでいた。

受験間際の中学生を象徴するような部屋だ。

窓際には、裏返しにされた姿見とベッドが置かれ、佐知子はその上にパジャマ姿で膝《ひざ》を抱えて座っていた。

枕元にあるクマのぬいぐるみが、じっとこちらを見ている。

八雲が、部屋の中央に立ち、眉間《みけん》に人差し指を当て、じっと佐知子と対峙《たいじ》している。

「八雲君。どうなの？」

「うるさい。少し、黙ってろ」

八雲は、その姿勢を崩すことなく言い放った。

ビリビリと痺《しび》れるような緊張感——。

死者の魂を見るために、八雲なりに集中しているのかもしれない。

明美は、ベッドの上に座っている佐知子に目を向けた。

髪は、いつもと変わらずブラッシングされ、整っていたが、目は充血し、クマができている。

顔は青白く、唇まで色素を失っているように見える。

「さっちゃん。大丈夫？」

「……私、怖いの……誰も信じてくれなくて……どうしたらいいか分からなくて……」

佐知子の声が震えていた。

彼女の苦しみは、痛いほどにわかる。幽霊のことを訴えても、医者はもちろん、両親もそのことを信じなかった。

誰にも信じてもらえないというのは、思春期の女の子にとって、霊に憑かれることよりも、心を傷つけていたに違いない。

少しでも佐知子の慰めになればと、明美は、彼女を抱き寄せようと近づいた。

「触るな！」

八雲が、血相を変えて叫んだ。

尋常ではない八雲の態度に驚き、明美は思わず動きを止めた。

──なぜ、佐知子に触れてはいけないの？

その答えを求めて、八雲に視線を向ける。だが、八雲はさっきと同じ姿勢のまま、じっと佐知子を見ているだけだ。

「八雲君。私……」

「君が、胸に抱えている子どもは誰だ？」

口を開きかけた佐知子を制するように、八雲が言った。

それと同時に、佐知子がビクッと肩を震わせる。

——子ども？

明美には何も見えない。

だが、八雲には何かが見えているということなのか？

明美は、死者の魂を見るのは、何かの儀式や呪文《じゅもん》を唱えることで可能になるのだと思っていた。

だが、今の八雲の態度を見る限り、自分の意思とは関係なしに、日常的に幽霊が見えているようである。

もし、そうだとすると、八雲は、明美など想像もつかないような世界を見てきたことになる。

「もう一度訊《き》く。その子は誰だ？」

八雲が、すっと佐知子の胸のあたりを指差した。

「私にもわからない」

佐知子が、両手で顔を覆い、髪を振り乱して首を左右に振る。

「その子が憑《つ》いたのは、肝試しのときからか？」

「わからない。八雲君。私、どうしたらいいの⁉」

佐知子が、ヒステリックに声を上げる。感情が昂《たか》ぶり、興奮状態にあるようだ。

「肝試しのときなのか？」

八雲は、佐知子の心情を気遣うわけでもなく、同じ質問を繰り返す。

「……たぶん、そうだと思う」

佐知子は、小さな声で答えた。

八雲は、「やっぱり、そうか……」と呟《つぶや》くと、佐知子のすぐ前まで歩み寄り、射貫《いぬ》くような視線を向けた。

その迫力に圧《お》され、佐知子が身体を仰《の》け反らせる。

凍りつくような静寂が流れた——。

明美は、呼吸をすることすら忘れ、その光景をじっと見つめた。

しばらくの沈黙のあと、八雲は突然振り返り、驚いたように目を見開いて明美を見た。

「あんたか……」

八雲が、声を潜めて言った。

——何が起きたの？

状況を整理できない明美をよそに、八雲は、左眼を押さえ、崩れるように膝を床に落とした。

痛みを堪《こら》えているように、身体がぶるぶると小刻みに震えている。

「大丈夫？」

明美の呼びかけに、八雲は答えない。

額に玉のような汗を浮かべながら、肩で大きく呼吸を繰り返す。

「ねえ、八雲君」

助け起こそうとした明美だったが、八雲はそれから逃げるように立ち上がった。

目眩《めまい》をおこしたみたいに、ふらふらしている。

「どうしたの？」

明美は、八雲の肩に手を置いた。

「離せ！」

八雲は、明美の手を払いのけ、鬼の形相で睨む。

そこには、激しい憤りの感情があるように思えた。

八雲は、しばらく明美を睨んでいたが、何も言わずに部屋を出て行ってしまった。

「さっちゃん。ちょっと待ってて」

明美は、佐知子の部屋を出て、八雲の後を追った。

廊下に出た途端、「何ごとか？」と騒ぎ立てる智子に出くわしてしまった。

「すぐ戻りますんで」

明美は、逃げるように智子を振り切り、玄関を飛び出した。

八雲の姿はすぐに見つかった。

電柱に寄りかかり、左手で顔を覆い、うな垂れている。全力疾走をしたあとのように、
呼吸が乱れていた。

「八雲君。大丈夫？」

八雲の身体に触れると、猫のような素早さで飛び退《の》き、明美との距離をおいた。

「近づくな」

八雲が上目遣いに睨《にら》み、人差し指を突き出し、明美を牽制《けんせい》している。

八雲は、なぜ、それほどまでに警戒しているのか？　そして、何を見たのか？

「あんたは知ってたのか？」

八雲が、息を切らしながら言った。

質問の意味が分からない明美は、黙っていることしかできなかった。

お互いに口を開かないまま、風の音が耳障りに感じるほどの静寂が流れた——。

八雲がふっと肩の力を抜き、明美に背中を向けた。

しかし、だからといって、八雲の周りに張り巡らされた、拒絶する空気が消えたわけではない。

「もういい。あんたは、先に戻ってろ。それから、あの女には、二度と近づくな」

八雲は、早口にそう言うと、おぼつかない足取りで歩き始めた。

「どこにいくの？」

訊きたいことはたくさんあったが、八雲は、歩みを止めることも、振り返ることもなく、行ってしまった。

——八雲を、連れて来るべきではなかったかもしれない。

明美の中に、じわじわと後悔が広がっていった。

# 6

八雲から置いてきぼりをくった明美は、一旦《いったん》佐知子の家に戻り、先ほどの非礼を詫《わ》びてから、一心と奈緒の待つ庫裡《くり》に戻った。

「明美ちゃんの責任ではありませんよ」

事情を説明した明美に対して、一心が小さく首を振りながら言った。

心霊事件をきっかけに、八雲が自分の殻を破るのでは？　と考えていた一心にとっては、思惑が外れたことになる。

口には出さずとも、落胆しているに違いない。

「もし良ければ、八雲君が戻って来るまで、待たせてもらえないでしょうか？」

明美は、図々《ずうずう》しい申し出だとは思いながらも口にした。

八雲は、佐知子の部屋に行ってから、様子が急変した。

何か、とんでもないものを見てしまったのかも知れない。それがいったい何だったのか、どうしても知りたい。

それに、もう少しだけ一心と一緒にいたいという気持ちもあった。

「何もないところですが、どうぞ、ゆっくりしていってください。私も奈緒ちゃんともう少し遊びたい」

一心は言いながら、抱きかかえている奈緒の顔を覗《のぞ》き込む。

奈緒が、嬉《うれ》しそうにはしゃぎ、一心の鼻に指を入れた。

――何てことを。

「あの、私が」

明美は、慌てて奈緒を受け取ろうとするが、一心はそれを拒んだ。

それればかりか、奈緒までいやいやと首を振る。

「本当に、一心さんといると、自分が教師だということを忘れてしまいそうです」

考えてみればおかしな話である。教師が生徒の家に上がり込み、自分の娘を生徒の保護者に抱かせている。

「明美ちゃんは、私から見れば八雲の担任の教師であると同時に、可愛い教え子でもあるんです。細かいことは、この際いいじゃないですか」

一心の言葉は、かなり強引な言い回しのはずなのだが、それもそうだな、と思えてしまうだけの説得力がある。

本当に不思議な人だと思う。

「お言葉に甘えさせてもらいます」

「じゃあ、お茶でも淹《い》れましょう」

一心は、そう言うと、奈緒を抱いたまま立ち上がった。

「いえ、私がやります」

明美も釣られて立ち上がる。

「いいえ、大丈夫ですよ。座っていて下さい」

「では、奈緒は私が」

「それも、大丈夫です」

何でも自分でやりたがるのが、一心の唯一の欠点なのかも知れない。

だが、それも何だか可愛らしく見えてしまう。

「どっちかにして下さい」

明美は、腰に手を当て、怒った素振りを見せながら一心に詰め寄った。

一心は、困り果てたような表情で「うーん」と唸《うな》った後に、奈緒を選び座り直した。

明美は台所に入らせてもらい、見回してみる。

よく整理はされているが、調味料の数が圧倒的に少ない。冷蔵庫を開けてみると、予想通り、食材と呼べるような物はほとんど見当たらない。

「一心さん。普段、何を食べているんですか？」

「そうだな。男の二人暮らしだからね。冷凍食品とか、スーパーのお惣菜《そうざい》を買ってきたり、いろいろだね」

それは、いろいろではない。

だが、考えてみれば仕方のないことなのかも知れない。一心は、一人で住職の仕事をしながら、八雲の親代わりもやっている。

全部をまかなうのには、無理がある。

かくいう明美も、仕事を持ちながら自炊をするのは、なかなか骨の折れる作業ではある。

――よし、決めた。

「すみません。奈緒をしばらくお願いします」

明美は、居間に戻ると一心にそう告げ、バッグを手に取った。

「どこに行くんですか？」

一心が、不思議そうに明美を見上げる。

「夕飯の買い出しにです」

明美の回答に、一心が面食らった顔をしている。

さすがの一心も、その言葉の意味を噛《か》み砕いて理解するのに、時間がかかったようだ。

「いや、そんな。えっと……」

一心が思いついたように立ち上がり、しどろもどろに言葉を並べる。

断ろうとしているのだろうが、どう言っていいか分からないといった様子だ。

「任せて下さい」

明美はそれだけ言い残すと、引き止められる前に居間を出た。

なぜだろう。自分もいい年なのに、八雲を見ているときの佐知子に負けないくらいに浮かれている。

本当に、私はどうかしている――。

# 7

八雲は、学校の裏庭に立っていた。

事件の発端となった、桜の樹——。

土曜日なので、学校には誰もいないと思っていたが、予想が外れた。

グラウンドでは、野球部とサッカー部が、体育館ではバスケットボール部が、それぞれ練習に精を出し、かけ声やボールの弾む音が響いていた。

八雲は、深く息を吸い込んでから跪《ひざまず》いた。

桜の樹の根元に、まるで墓標のように、細長い石が突き刺さっていた。

一見しただけでは分からないが、その一帯だけ、土の色が違っていた。

佐知子に何が起きているのか、さっき、その部屋に行ったときにだいたいは理解した。

どうすれば、心霊現象を解決できるのかも、分かっている。

だが、それを実行に移す気にはなれなかった。

八雲は、立ち上がり、そっと樹の幹に触れた。

「お前も、望まれなかったのか？」

答えは返って来なかった。

胸を締め付けられるような息苦しさを感じた。

なぜ、こうも苦しまなければならないのか？

何も知らなければ、こんな風に頭を悩ますこともなかった。

「俺は……」

「てめぇ、何やってんだ！」

八雲の呟《つぶや》きを遮るように、声が聞こえた。

振り返ると、そこにはジャージ姿の司が立っていた。

司に従うように、洋平を始めとした、取り巻きの生徒の姿もあった。

「訊《き》いてんだろ。答えろよ」

巻き舌気味に言った司が、八雲に詰め寄って来る。

――こいつらは、俺を、壊してくれるかもしれない。

八雲は、ふと、そんな破滅的思考に辿《たど》り着いた。

「お前らには関係ない」

八雲は、敢《あ》えて挑発する言葉を発し、その場を立ち去ろうとする。

「待てよ！」

司が、敵意に満ちた目で睨《にら》みながら、八雲の行く手を阻む。

八雲は、足を止め、司の目を見返した。

「邪魔だ」

「なんだと？　あんま調子に乗ってっと、ぶっ殺すぞ！」

司が、額をぶつけるようにして、八雲を睨む。

――そうか。殺してくれるのか。

「やれよ」

八雲は、無表情に言った。

「あん？」

「殺すんだろ。俺を」

「てめぇ……」

司が、怯《ひる》んだのか、少し後退《あとずさ》る。

「殺せよ。それが望みだろ。それとも、怖いのか？」

「このガキ……」

「お前らのリーダーは、怖くて、俺には手を出せないそうだ」

八雲は、司の背後にいる取り巻きに向かって声を上げた。

司の表情が、屈辱に歪《ゆが》む。

「やっちまえよ」

洋平が言った。

「そうだ。やっちまえよ」

他の取り巻きたちも、あとに続いて声を上げる。

「意地を見せろよ」

八雲が言うのと同時に、司の右の拳《こぶし》が飛んで来た。

不意打ちを食らった格好になり、八雲はバランスを崩した。

畳みかけるように、何度も蹴《け》られた。

地面に倒れたところで、取り巻きの生徒も加わり、滅多打ちにされた。

——これで、もう、苦しまなくていい。

八雲は、激しい痛みの中で、解放されることへの喜びを感じていた。

8

変態観察医の病院を出た後藤は、そのまま宮川と、情報提供者の捜索にあたることになった。

捜索とはいっても、電話ボックス周辺の聞き込みという地味な作業だ。

頭を使うことを苦手とする後藤からしてみれば、こういう仕事のほうが性に合っている。

だが、今のところ有力な情報は何一つ摑《つか》めていない。それも仕方ない。電話ボックスは、歩道橋の下にあり、道路からは死角になる場所にある。

それに、電話ボックスは、不特定多数の人間が使用している。

そうそう都合よく目撃証言が集められるわけがない。

せめて日付や時間が限定できていれば話は別だが、それも曖昧《あいまい》だ。

もし、情報提供者が、そこまで計算に入れていたのだとしたら、なかなか頭の切れる人間だ。

後藤は、歩道橋の上から見ていたあの男を思い出した。

黒ずくめの格好をした、薄気味悪い男。奴が情報提供者に違い無い。後藤は、確信にも似た思いを抱いていた。

「後藤。少し休憩するぞ」

宮川は、後藤の返答を待つことなく、学校と道路を隔てるフェンスに背中を預け、タバコに火を点《つ》けた。

「宮川さんも歳ですね。この程度で音を上げるなんて」

後藤はいつものお返しとばかりに、チクリと言ってみた。

怒り狂うかとも思ったが、宮川は鼻で笑い飛ばしただけだった。

「つまんねえこと言ってねえで、何か温《あった》かいもん買って来い」

宮川が、後藤に向かって五百円玉を投げてくる。

「コーヒーでいいっすか？」

「なしなしだぞ！」

宮川が大声で言いながら、軽く手を上げる。

——確か、こっちに自販機があったはずだ。

後藤は、フェンス沿いの道を右に折れ、校舎の裏手に回る。

記憶していた通り、そこに自動販売機があった。

後藤は、小走りに自販機に駆け寄り、お金を投入する。宮川希望のブラックコーヒーは見つからなかった。

別の自動販売機を見付けるのも面倒だし——。

「お茶でいいだろ」

自動販売機のボタンを押している後藤の耳に、突然、声が聞こえてきた。

「死ね！　こらぁ！」

中学校の敷地近くで聞くのには、あまり思わしくない罵声《ばせい》だ。

視線を走らせると、フェンスの内側、枯れた桜の樹の下に、ジャージを着た四、五人の中学生が、円になるようなかたちで群がっているのが見えた。

その中心には、倒れている同年代の少年の姿があった。

後藤は、考える前に駆け出していた。

「おい、お前ら！　何やってる！」

フェンスによじ登り、腹の底から怒声を発する。

少年たちは、突然の来訪者に、蜘蛛《くも》の子を散らすように退散し、うずくまって倒れている少年だけが残された。

「おい。大丈夫か？」

後藤はフェンスから飛び降り、少年の許《もと》に駆け寄った。

手を貸そうとしたが、その必要はないと言わんばかりに、少年は左の眼を押さえながら自力で立ち上がろうとする。

だが、ダメージは大きいようだ。生まれたての子鹿のように危うい動きだ。

「おい。無理すんな」

後藤は、少年を強引に地面に座らせ、傷の具合を見ようと顔を覗《のぞ》き込む。

少年と目が合った。

「お前！　あん時の！」

後藤は身体を仰《の》け反らせ、驚きの声を上げた。

それは、情報提供者と思われる男を追いかけていたとき、公園で会った少年だった。

「耳許でうるせぇよ」

少年が、ペッと血の混じった唾《つば》を吐き出しながら言った。

——ボロボロのクセに、生意気な口利きやがって。

「お前、さっきの奴らは知ってる顔か？」

「知ってるが、あんたに言うつもりはない」

少年は、服の汚れも落とさず、樹の幹を支えに立ち上がろうとする。

後藤は、素早く少年の腕を掴んだ。

この少年には、他にも訊《き》きたいことがたくさんある。

「離せよ！」

「いいや。離さねえ。お前には、いろいろ訊きたいことがある」

「俺は、話すことなんてない」

「黙れ。親の助けを借りなきゃ何にもできねえようなガキが、いきがってんじゃねえよ!」

後藤は、相手をねじ伏せる一言を言ったつもりだった。

だが、言葉を失ったのは後藤の方だった。

少年は、左眼を押さえていた手をゆっくりと離した。真っ赤に染まった瞳《ひとみ》が、眠っていた後藤の記憶を呼び覚ました。

——俺は、前にもこの赤い眼を見たことがある。

あれは、十年近く前の雨の夜だった——。

当時、制服警官として交番に詰めていた後藤の前に、一人の男が現れた。

——子どもが、殺されそうなんですよ。

男は、そう言った。

後藤は、その男の言葉に従い、建設中のビルに向かった。

そこで、女に首を絞められ、殺されそうになっていた子どもを助けることになった。

その子どもは、目の前の少年と同じように、左眼が赤かった。

あとで知ったことだが、殺そうとしていた女は、母親だったらしい。

——自分の母親に殺されかけた子どもが、この先、どんな人生を歩んでいくのか?

当時の自分は、そんな疑問を持った覚えがある。

そして、今、目の前にその答えがある。

たいそう荒れている。世の中の全てを否定しているような目だ。

この少年の心を占めているのは、憎しみか、あるいは絶望か——。

「確か、名前は八雲だったな」

後藤は、頭の片隅に残っていたその名前を口にした。

「今さら思い出したのか」

八雲が、後藤を睨《にら》んで吐き出す。

——何て口のききかたしやがんだ、このガキは。

後藤は、握り締めた拳を振り上げないようにぐっと腕に力を込めた。

「ああ、そうだな。この前会ったときに気付くべきだった。だが、あんまり変わっちまってたんで分からなかったよ。それに、あんときは、こんなに小さかったろ」

後藤は、掌《てのひら》を地面と水平にして、腰の辺りに当てる。

八雲は、冷たい視線で、じっと後藤を見ている。

——ガキのクセに、覚めた目をしやがる。そんな目で、俺を見るんじゃねぇ。

「さっきお前を殴ってた奴らだが、同級生か？」

後藤は居心地が悪くなり、話を元に戻した。

だが、八雲は答えようとしない。自分のことなのに、まるで興味が無いみたいだ。

「名前を言えよ。これは立派な暴行だぞ」

後藤は、八雲の肩に触れたが、その瞬間に跳ね返された。

「下らないお節介を焼くんじゃねぇ」

八雲が、敵意剝《む》き出しの声で言った。

「下らなくはねえだろう。お前のためを思って言ってんだよ。その場限りの対応をして、後は知らん顔なんだろ。だったら最初からかかわるんじゃねぇ」

——このガキ。黙って聞いてれば言いたい放題言いやがって。

後藤は、理性の回路がショートした。

「お前、いい加減にしろよ！　自分だけ、かわいそうな奴だなんて思ってんじゃねえだろうな？」

「何が言いたい？」

「かわいそうなのは、お前だけじゃねぇんだ！　人間は、助け合って生きてんだ！　あん時だって、俺が助けなきゃ、お前は死んでたんだぞ！」

後藤は、八雲の胸倉を摑《つか》み上げ、凄《すご》んでみせた。

「……誰が……」

八雲が後藤から顔をそらし、小声で言った。

「言いたいことがあるなら、はっきり言いやがれ！」

叫ぶ後藤に、再び八雲の赤い左眼が向けられた。

後藤の背筋に、ぞくっと寒いものが走る。

「誰が、助けてくれって頼んだ？」

「あん？」

後藤は八雲の言葉の意味が分からずに、訊き返す。

「誰が助けろと頼んだ！　俺は、あのまま死んでいれば良かったんだよ！　生きているから苦しむんだ！　なぜ、母親が殺そうとしたのか？　自分はいらない人間なのか？　なぜ、生まれてきた？　あんたに、その答えが出せんのか？」

顔を真っ赤にしてまくしたてる八雲は、角と牙《きば》が生えているのかと錯覚するほどの迫力だった。

圧倒された後藤は、質問の意味を冷静に考えることすらできていなかった。

「答えも出せないのに、俺を助けたのか？　なぜだ！」

八雲が、後藤に向かって吠《ほ》える。

こいつは、いったい何を言ってやがるんだ。俺はただ、目の前に消えそうな命があったから助けただけだ。先のことなんか考えちゃいない。

怒りと困惑があいまって、後藤は完全に理性を失っていた。

自分でも意識することなく、自然に拳《こぶし》を振り上げ、八雲の横っ面に向けて叩《たた》き落とした。

八雲が尻餅《しりもち》をついて倒れる。

さすがに、さっきまでの勢いは消え、たちの悪いドッキリを仕掛けられたみたいに呆然《ぼうぜん》とした表情をしている。

「黙れ、小僧！　そんなもんはな、自分で考えろ！　そんなに死にたかったなら、俺が今この場所で殺してやるよ！」

後藤は、怒りの熱に任せて再び拳を振り上げた。

「バカヤロー！　てめえは何やってやがる！」

叫び声と同時に、後藤の後頭部に激しい衝撃が走った。

地面が揺れ、立っていることが出来ずに、後藤は崩れるようにして膝《ひざ》を落とした。

——どこのどいつだ？

後藤は、頭を振って顔を上げる。

「お前はいい年こいて、カツアゲでもするつもりか？」

宮川が、仁王立ちして後藤を見下ろしていた。

タイミングがいいんだか、悪いんだか——。

「じっくり事情を聞かせてもらうぞ」

後藤は、改めて八雲に目を向けた。

なぜ、子ども相手に、これほどまでにムキになったのか、自分でも良く分からなかった。

もしかしたら、昔の自分に似ているからかもしれない。

後藤は、自嘲《じちょう》気味に笑った。

# 9

――夕飯の支度をしているうちに、八雲も戻ってくるだろう。

明美の考えとは裏腹に、料理がちゃぶ台に並んでも、八雲は戻って来なかった。

やはり、追いかけておくべきだった。後悔先に立たず。

「うん。美味《おい》しそうだ。八雲など待たずに、食べてしまおう」

一心は呑気《のんき》にそんなことを言いながら、から揚げを一つ摘《つま》み食いする。

美味しいと顔をほころばせた一心は、膝の上に抱えている奈緒にも食べさせようとしている。

「奈緒は、まだ食べられません」

「そうか。美味しいのに残念だな」

一心は、イタズラが見つかった子どものように、肩をすくめてみせる。

明美は、心配性なところがあると自覚しているが、逆に一心は、呑気に構えすぎているように思う。

「私、少し見て来ます」

明美が立ち上がったところで、八雲が居間に入って来た。

「どうしたの？」

八雲の顔を見て、明美は思わず声を上げた。

酷《ひど》い様だ。あちこちに擦り傷が出来ていて、唇には出血の痕《あと》があり、頬には青あざができている。

それに、左眼のコンタクトレンズが外れ、赤い眼が露《あら》わになっていた。

「大丈夫？」

傷の具合を見ようとした明美を、八雲が押し退《の》ける。

「何でもない」

「何でも無いことないでしょ」

「放っておいてくれ！」

八雲が、すごみを利かせて、明美を睨む。

そんな風に感情的に反発されたら、明美に返す言葉はない。

「どこに行ってたんだ？」

一心が、明美に代わって八雲を問い質《ただ》す。

「依頼された件の調査だよ」

かなり痛みがあるのだろう。八雲は、顎《あご》を押さえ、表情を歪《ゆが》めながら答えた。

「学校か？」

「ああ」

八雲は、短く答えると、あぐらをかいて座った。

一心は、「なるほど」と、納得したように頷《うなず》き、それ以上、八雲を追及しようとはしなかった。

場所を聞いただけで、ケガの原因まで分かってしまったかのようだ。

「これは何だ？」

八雲が、怪訝《けげん》な表情で、ちゃぶ台の上の料理を指差した。

「見れば分かるだろう。夕飯だ」

一心が楽しそうに笑った。

「俺が言ってるのは、そういうことじゃない」

「じゃあ、どういうことだ？」

逆に質問を返された八雲は、照れ臭そうに、ガリガリと髪をかく。

こういうところは、やっぱり思春期の少年なのだなと思う。

「さ、早く食べよう。冷めたらもったいない」

一心に促された八雲だったが、警戒する猫の如くじっとちゃぶ台を眺めている。

明美は台所に向かい、炊飯ジャーからご飯を茶碗《ちゃわん》によそい、それを八雲に渡す。

八雲は、まだ状況を受け入れられていないのだろう。茶碗を持ったまま呆気《あっけ》に取られている。

「いただきます」

一心は、手を合わせてから、がっつくようにご飯を食べ始めた。

八雲は、初めこそ周囲の顔色を窺《うかが》っていたが、食欲の勝利なのか、黙々とご飯を食べ始めた。

今日、初めて食卓を共にするはずなのに、ずっと繰り返されている日常の一コマのように感じられた。

——本当に、そうだったらいいのに。

明美は、願わずにはいられなかった。

あの事件以来、ずっと怯《おび》えながら生きてきた——。

十年後の自分の姿を想像して、絶望したこともある。自分にはもう明るい未来など無いと信じていた。

だが、もしかしたら、自分にもこんな幸せな未来があるのではないか？

こうやって、家族で食卓を囲む日常が訪れる日が来るのではないか？

きっと一心となら——。

明美は、叶《かな》わぬ想いに胸を躍らせる自分を恥ずかしく思い、年甲斐《としがい》もなく頰が赤くなった。

「なあ、八雲。例の幽霊について、何か分かったのか？」

食事を終えるのと同時に、一心が切り出した。

少しだけ緩んでいた八雲の表情が、急激に硬化した。

「その話は、したくない」

八雲は、それだけ言って口を閉ざした。

心霊現象について、解決の糸口を摑《つか》んでいるようだった。だが、それを、実行に移したくない。そんな感じだ。

「知っていて、何もしないのは罪だ」

一心が、静かに言った。

「何をすればいいのか分からない」

八雲の声は、今にも消え入りそうなほど弱々しいものだった。

「分からなくても、知っているのなら、何かをすべきではないのか？」

「それをすることで、俺に何か得があるのか？」

八雲は、一心との会話から逃げるように立ち上がった。

「そういう話をしているんじゃない」

昨日は、佐知子の身の上に起きた、心霊現象の解明に乗り出そうとしたはずなのに、態度を百八十度変えてしまっている。

八雲のケガと、何か関係があるのだろうか？

「俺は、やれるだけのことはやった。これ以上は首を突っ込みたくない」

八雲は、一方的に告げると、一心の制止を無視して、居間を出て行った。

「まったく。頑固でいかん」

一心は、泣き笑いのような表情を浮かべて俯《うつむ》いた——。

# 10

後藤は、車を運転しながら助手席の宮川を横目で見た。

いかつい顔でタバコを吹かしている。

宮川は、元の顔が怖いので、未《ま》だ怒っているのか、判断が難しい。

「本当にすんません」

後藤は、何度目かの謝罪を口にした。

「もう気にするな。丸く収まったんだからいいじゃねぇか」

宮川が、ぶっきらぼうに言った。

確かに、丸く収まったといえば収まった。だが、後藤は、釈然としていなかった。

宮川に止められたあと、後藤は、八雲に訴えられることを覚悟した。

だが、八雲が言ったのは、別の言葉だった。

——もう、忘れた。

あまりに、あっさり言われたので、拍子抜けした。

それとは別に、後藤は、八雲が何を考えているのか、その腹の底が見えなかった。

疑問は燻《くすぶ》り、苛立《いらだ》ちに変わり、やがては、怒りにも似た感情を抱いていた。

「後藤。お前、あのガキを知っているのか?」

宮川が、タバコを備え付けの灰皿に押し込みながら言った。

「ええ。ついさっきまで忘れちまってたんですが、あのガキは、小さい頃に、自分の母親に殺されかけているんです」

「それで」

宮川が、先を促す。

「当時、交番勤務だった俺が、偶然にもそれを助けたんです」

「なるほど。で、その母親は何で子どもを殺そうとした？」

宮川が、新しいタバコに火を点《つ》け、深くシートにもたれた。

その疑問は、後藤にもあった。肝心の母親が、事件以来、失踪《しっそう》してしまっているので、確かなことは分からないが、心当たりはある。

「宮川さんも見たでしょ。あの眼……」

「ああ」

八雲の赤い左眼を思い出しているのか、宮川が目を閉じた。

「あの眼が、関係あるかもしれません」

「障害を持つ子どもの将来を苦にして、無理心中……よく聞く話だな」

宮川の言う通り、そういった事件はよく耳にする。

保護者が、ノイローゼに陥り、冷静な判断力を失っている場合が多い。八雲の母親も、同じ境遇だったのかもしれない――。

だが、後藤には納得できなかった。その理由は、すぐに見つかった。

「ですが、あいつの場合は、左眼が赤いだけです」

外見が、少しだけ人と違う。それだけのことだ。生活に支障を来すような障害とは違う。

「みんな、お前みたいだったら、楽なんだけどな」

宮川が、笑った。

「どういう意味です？」

「人はな、自分と違うものに対して、どこまでも冷酷になれるんだよ」

「はあ……」

「あのガキは、あの眼のせいで、数え切れないくらいの苦痛を強いられてきたはずだ」

確かに、宮川の言う通りかもしれない。

──誰が、助けてくれって頼んだ？

さっき、八雲が言っていた言葉が、頭を過《よ》ぎる。

「俺は、あいつを助けるべきじゃなかったのか？」

言うつもりは無かったのに、自然と口から飛び出していた。

「どういう意味だ？」

宮川が、英字新聞でも読んでいるような難しい顔で訊《たず》ねる。

言ってしまった以上、説明しないわけにもいかない。

「さっき、あいつに言われたんですよ。なぜ、自分を助けたのかって。生きているから、苦しむんだって……」

「母親に殺されちまえば、苦しまずに済んだってか……」

宮川が、唸《うな》るような声で言った。

「ええ」

「確かに、それも一理あるな。だが、お前には無理だろ」

「何がです？」

「お前は、相手が誰であろうと、消えそうな命があれば、助ける。そういう奴だ」

「そうですかね……」

褒められているのか、けなされているのか、後藤には分からず、曖昧《あいまい》に返事をした。

十年前のあの日、八雲を助けるべきだったのか？　あるいは——。

どちらの選択が正しいかなんて、誰にも分からない。

人間は、勝手な生き物だから、見捨てたら見捨てたで「なぜ助けなかった」と文句を並べるに違いない。

——まったく、クソ生意気で、気に入らねえガキだよ。

だが、どうにかしてやりたい。

理由など分からない。ただ、後藤は、そんな感情に支配されていた。

## 11

明美は、一心と肩を並べて歩いていた――。

奈緒は、一心が抱いている。

こうやって、三人でいると、本当の家族のように思えてしまう。

明美は、最初、「家まで送ります」という一心の申し出を、固辞していたのだが、押され負けしてしまった。

申し訳ないという気持ちはあるものの、浮き足立つような喜びを感じているのも、事実だった。

特にこんな寒い夜は、たとえ触れていなくとも、その存在を感じるだけで温かい気持ちになれる。

「本当にすまんね」

一心が、満天の星を眺めながら言う。

口から白い息が漏れた。

「八雲君のことなら、私の方こそすみません」

明美が頭を下げると、一心が首を振った。

「八雲は、何かを知っている」

「そうでしょうか？」

明美も一心と同意見ではあったが、ここはあえて別の意見を口にした。

「本当は、明美ちゃんも、そう思っているんだろ」

すっかり心の内を見抜かれているようだ。

一心を前にして、曖昧な回答は意味をなさない。

「そうですね」

明美は、肯定の返事をした。

「八雲の態度の変貌《へんぼう》は、誰が見ても不自然です」

一心の言う通り、一度は死者の魂の見える能力を使い心霊現象の謎を解くことを了承したはずの八雲が、態度を急変させた。

――何かを知り、それを隠そうとしている。

明美には、そう思えた。だが、そうだとして、八雲は何を隠そうとしているのか？

「もしかして、今日、ケガをして来たことに関係あるんでしょうか？」

具体的に関連づけが出来たわけではないが、明美に思いつくのは、それしかなかった。

「いや、あれは無関係です」

一心は、断言した。

八雲に、何があったのか聞きだしてはいない。

「どうして、そう思うんですか？」

「八雲は、学校に行ったと言っていたでしょう」

「ええ」

「たぶん、また同級生とモメたんでしょう」

「本当ですか？」

明美は、思わず一心の腕を強く摑《つか》んだ。

八雲は、かなりの傷を負っていた。もし、司たちが、また何かしたのだとしたら問題だ。

ここまで来ると、嫌がらせのレベルではない。

然《しか》るべき対処をする必要がある。

「まあ、落ち着いて下さい。私も、確かな証拠があって話をしているわけではないんです」

「でも……」

明美は、一心の推理が正しいのだと思い始めていた。

司は、サッカー部に所属している。土曜日には練習があって、学校にいる。

本当に、八雲が学校に行ったのだとすれば、そこで鉢合わせになり、トラブルに発展したということも、充分に考えられる。

この前の学校での騒動——。

司が、八雲を一方的に殴ったように見えるが、最後には、手痛い反撃を食らっている。

あの歳の子どもからしてみれば、それは決して黙っておくことのできない屈辱だ。

まして、司のように、プライドが高く、力で自分の存在を誇示するタイプであれば、なおのことだ。

「前にも話しましたが、八雲が同級生とモメるというのには、あいつにも大きな原因があるんです」

一心は、明美とは違い、落ち着いていた。

「でも、八雲君は、悪くありません」

「自分は悪くない。そう思っているうちは、人間関係が成立しませんよ。これは、保護者である私からのお願いですが、しばらく様子を見てやって下さい」

「しかし……」

口を開きかけた明美を、一心が手をかざして制した。

真っ直ぐな視線が、明美に向けられる。

「いいんです。そのケンカした子も、ある意味、八雲と正面から向き合っている人間の一人なんです」

「そうでしょうか？」

それは、凄《すご》く希望的観測な気がする。

「今まで、八雲にはそういう同級生もいなかった。みんな、かかわりを避けていたんですよ」

一心は、春の風のようにさらりと言ってのけた。

だが、見守ることは、簡単なように見えて、一番勇気の要る選択だと思う。

明美には、一心のように達観した物の見方はできない。やはり、目の前にある現実を見て、その場で対処しようと動いてしまう。

どちらが正しいのか、明美に判断などつくはずもなく、保護者の申し出として頷《うなず》くしかなかった。

「まあ、八雲が何を知り、何を隠しているにせよ、あの女の子のためにも、もう一度あいつのケツを叩《たた》かないといけないですね」

一心が、ふっと肩の力を抜いて言った。

その意見には、明美も賛成だ。

——まだ何も終わっていない。

佐知子の身の上に起きた不可解な事態を解決しなければ、前に進めない。

「そうですね。頑張るぞ」

明美が、拳《こぶし》を突き上げるようにして言うと、一心が笑った。

「どうしました？」

「ああ、すみません。つい昔を思い出したんです。明美ちゃん、難しい問題を解く時に、今と同じことを言っていました。変わってないんだな。そう思ったら嬉《うれ》しくてね」

言われてみれば、そうだったのかも知れない。

でも——。

「私は、変わってしまったように思います」

哀しいことや、辛《つら》いことがたくさんあり、本来の自分すら見失っていた時期もある。青春時代に抱いていた幻想も枯れ果て、今は目の前の現実に向かい合うことで精一杯になっている。

これが、大人になるということかもしれない。

「いいえ、明美ちゃんは昔のままです」

一心が珍しく、神妙な顔つきで明美を見た。

そんな目で見られると、何だか照れ臭い。

思えば、一心が家庭教師をしているころ、明美は、その顔を正面から見たことなど無かった。

ふわふわとした居心地の悪さに戸惑っているうちに、アパートの前に辿《たど》り着いた。

「家、ここなんです」

「そうですか」

一心の表情が、いつもの微笑みに戻った。

「本当に、ありがとうございます」

明美は頭を下げ、一心の胸から奈緒を受け取る。

それと同時に、奈緒が火が付いたような勢いで泣き始めた。

奈緒が、別れ際にこんな風に泣くなんて、初めてのことだ。

時間も時間だし、オロオロしてしまう。

この子は、幼く、耳が聞こえなくとも、一心と離れることを察し、それを嫌がっている。

「奈緒ちゃん。またね」

一心が、泣きじゃくる奈緒の頭を撫《な》でた。

すると、まるで魔法にでもかかったように奈緒に笑顔が戻った。

明美はもう一度一心に頭を下げ、アパートの階段を登った。

玄関にたどり着き振り返ると、こちらを見上げている一心の姿が見えた。

「おやすみなさい」

明美は小声でそう囁《ささや》いた。

## 12

後藤は、椅子の背もたれに身体を預け、大きく伸びをした。

関節がバキバキと音をたてる。

事件が発覚してから、一度も横になって眠っていない。身体に疲労が蓄積され、寝覚めが悪い。

タバコを吸おうと思ったが、ケースが空だった。

「クソ!」

声とともに、タバコのケースを投げ捨てた。

「ガラにもなく疲れてるじゃねえか」

宮川が、紙コップに入ったコーヒーを差し出した。

「俺に気を遣うなんて、宮川さんの方こそガラにもない」

「コーヒーで顔洗いたいか？」

宮川が物凄《ものすご》い形相で睨《にら》んでいる。

冗談に聞こえない。実行に移される前に、素直に頂くことにした。

コーヒーの苦味が、乾ききった口の中に広がっていく。

「しかし、これほどまでに目撃情報が無いのも珍しいっすね」

後藤は、大きなあくびをしながら口にした。

情報提供者の目撃証言を追って、聞き込みを続けているが、今に至るも、めぼしい証言は得られていない。

下村の捜索を行っているチームも、一向にその足取りを掴めていない。

完全に行き詰まっている。

「当たり前だ。俺たちは、勘違いをしていたんだよ」

宮川が、不敵な笑みを浮かべた。

「勘違い？」

言葉の意味がわからず、声が裏返ってしまう。

「俺たちは、あの日、歩道橋の上から見ていた男を、情報提供者だと踏んでいた」

宮川の言う通りだ。

だから、目撃証言も、あの男の特徴と一致する人物を訊《たず》ね歩くかたちで進めていた。

だが、宮川のこの口調。もしかして——。

「違うんですか？」

「ああ。今朝、鑑識に顔出して来たんだが、あの封筒に髪の毛が交じっていただろ」

宮川の言葉を受け、後藤にもあの時の記憶が鮮明に蘇《よみがえ》る。

一本だけ交じっていた髪の毛があった。

「ええ」

「鑑定の結果、あの髪の毛に、整髪料が付着していた」

「整髪料……ですか？」

証拠の一つにはなるが、そこから人物を特定するのは難しいだろう。

「そうだ。コンビニで市販されているものらしい」

「誰でも手に入りますね」

「問題は、そこじゃねぇ」

「と、いうと？」

「その整髪料は、女性用なんだ」

宮川が、得意げに言った。

——女性。

後藤の頭の中が、一瞬、真っ白になった。

「じゃあ、俺たちは……」

「そうだ。お前が見たって男を、情報提供者だと勘違いしちまっていたわけだ。聞き込みはやり直しだよ」

宮川が投げやりに言いながら、ぺしぺしと自分の頭を叩いた。

——何てこった！

今回は、最初からドジ続きだ。ここらで名誉挽回《ばんかい》しないと、役立たずのレッテルを貼られてしまう。

「行きましょう！」

後藤は、勢い良く立ち上がった。

「まあ、待て。話はもう一つある」

宮川が、後藤の焦りに反して、のんびりとタバコに火を点《つ》けた。

「何です？」

後藤は椅子に座り直し、宮川に向き直った。

「今朝早く、下村医院の看護師だった女が出頭してきたんだ」

「看護師が出頭？　事件に関係のある人物ですか？」

宮川が大きく頷《うなず》いた。

「その看護師は、知っていることを話す代わりに、警察に保護を求めてきた」

「下村のやってたことを、知ってたってことですか？」

「ああ」

よく考えれば、知っていて然《しか》るべきだ。

今回の事件は、医師が単独でやれるようなものではない。協力者が必要だ。だが――。

「保護ってのはどういうことです？　誰かに追われているってことですか？」

「昨夜《ゆうべ》、下村が家に来たそうだ。警察にタレ込んだのは、お前かって……」

――なるほど。

下村は、自分が警察に追われる身でありながら、自分を陥れた人間を、血眼になって探しているということだろう。

「じゃあ、その看護師が、情報提供者だったんですか？」

「そうだったら、苦労はなかったんだがな……」

――違うのか。

「下村より先に、情報提供者を見つけた方がいいですね」

「そういうことだ」

宮川が、力強く頷いた。

## 13

週が明けても、佐知子は登校して来なかった。

——いつまでこんな状態が続くのか。

明美は、先の見えない状況に、苛立《いらだ》ちと不安を抱いたまま、教室に入った。

生徒たちに、落ち着きがない。

いつものように教壇からじっと教室を見回した明美は、空席が三つあるのを確認した。

一つは佐知子。もう一つは、隣の席の八雲——。

それと、一番前にある司の席だった。

朝のホームルームのときは、二人とも席にいた。

八雲だけなら、いつものエスケープなのだろうが、司の姿もないというのが、どうも引っかかる。

「八雲君と司君は？」

全員に向かって訊ねる。

だが、誰も答えない。

知らないから答えないのではない。知っているけど、答えたくない。そんな雰囲気だった。

じっと待っていると、窓際の席にいる多恵が手を挙げた。

「多恵ちゃん。知ってるの？」

「二人とも屋上だと思います」

多恵が、はっきりとした口調で言った。

斜め後ろの席の洋平が「ああ、もう」と大げさに落胆の声を上げる。

「屋上？　なぜ？」

洋平が、多恵の腕を引っ張る。

「お前、余計なこと言うなよ」

洋平は、小声で喋《しゃべ》っているつもりだろうが、明美には丸聞こえだ。

「洋平君。私は、多恵ちゃんに訊《き》いているの」

明美は嫌な予感がして、普段は出さないようなキツイ口調で詰め寄る。

「司が連れ出したんです」

多恵が、洋平の視線を気にしながらも説明する。

「お前、何で言うんだよ！　これはな、男の問題なんだよ！　女子は黙ってろ！」

洋平が興奮気味に多恵に詰め寄る。

「うるさいわね！　あんたたち、男らしくないわよ！　この前だって、集団で斉藤君に暴力をふるったでしょ！　私、見てたんだから！」

多恵が、洋平に負けないくらいの大声で叫んだ後、両手で顔を覆い、わっと泣き出した。

近くの席の女の子たちが、多恵に群がる。

「ああ、多恵ちゃん泣いちゃった」

「最低！」

洋平は、女性陣から一斉に罵声《ばせい》を浴びせられる。

集中砲火にあった洋平は、堪《たま》らず両耳を押さえ、机に突っ伏してしまった。

教室内が混沌《こんとん》に包まれる。

収まりをつけないといけないが、それよりも優先させることがある。

「自習にします！」

明美は一方的にそう告げると、走って教室を出た。

——そのケンカした子も、ある意味、八雲と正面から向き合っている。

一心は、司のことをそう評していた。

だが、明美の目から見れば、司の行動は、度を越していると思う。野放しにしたら、暴力が横行することにもなりかねない。

——間に合って欲しい。

明美はその願いを込めて、屋上へと通じるドアを押し開けた。

——いた！

八雲と司が、向かい合って立っていた。

今にもゴングが鳴らされそうな、緊張した空気が流れている。

明美が二人の間に割って入ろうとした瞬間、司が八雲に向かって頭を下げた。

「頼む。お前なら佐知子を助けられるんだろ」

司の口から出た意外な言葉に、明美は足を止め、出しかけた言葉を呑《の》み込んだ。

「何のことだ?」

八雲が無表情のまま、司をじっと見ている。

「昨日、佐知子に会いに行ったんだ。そしたら、あいつ、幽霊にとり憑《つ》かれてて、お前が助ける方法を知ってるって言ってた。そうなんだろ。だから、な、頼む」

司が、八雲の両肩を摑《つか》み、すがるように何度も頭を下げる。

おそらく司は、相当の覚悟をしてこの場に臨んでいるのだろう。

自分の恋敵に、頭を下げる。

思春期の少年にとってはこの上ない屈辱なはずだ。

「勝手なことを……」

八雲が、司の手を振り払う。

明美は、振り返った八雲と対峙《たいじ》した。

明美は、八雲に言葉をかけようと思ったが、咽につかえて音にはならなかった。

「なあ、頼むよ。佐知子を助けてくれ」

司が、八雲の後を追って来て、なおも懇願する。

八雲の肩が、小刻みに震えはじめた。身体から、黒い焔《ほのお》が立ち上っているようだった。

「散々人をコケにしておいて、今度は助けろだって？　都合が良すぎるんだよ」

八雲が、両方の拳《こぶし》を握り締め、筋雲の流れる空に向かって言った。

今まで、司は八雲を目の敵にして、散々中傷してきた。

そればかりか、ことあるごとに噛《か》み付き、腹いせに集団で殴りかかるという暴挙にまで出た。

八雲からしてみれば、司の申し出など、到底受け入れられるものではない。だが、八雲の叫びは、今この瞬間の司にだけ向けられたものではないのだろう。

きっと、母親を含め、今までの人生の中でかかわってきた、全ての人に対する怒り――。

「八雲君」

呼びかける明美を、八雲は焼きつくような視線で睨《にら》んだ。

言葉はなくとも、八雲の胸に秘められた負の感情が伝わってくる。

一心の言う通り、八雲には、今こそ誰かが正面から向き合わなければいけない。

――その役目は、私が買おう。

明美の胸の中に、強い決意が生まれた。

八雲に対して、ずっと感じていた絆《きずな》のようなものは、きっとこういうことだったのかもしれない。

「私からもお願いするわ。八雲君、さっちゃんを助けてあげて」

明美の訴えに、八雲の目から怒りの焔が消え、少し涙ぐんだように見えた。

「嫌だ！　俺は、こいつらに何の義理もない！　何で自分の大切なものを犠牲にしてまで、助けてやらなきゃなんないんだ！」

八雲が断ることは分かっていた。

だが、その理由が、明美の想像とは違っていた。

――大切なものを犠牲にして。

八雲は、大切な何かを守ろうとして、今回の事件解決を途中で放棄したのか？

世の中の全てを否定するような態度をとっていた八雲が、守ろうとしているものとはいったいなんだろう――。

明美には、分かるはずもなかった。

「八雲君が、守ろうとしているものって何？」

八雲は、訊《たず》ねる明美から視線を逸《そ》らした。

「今回のことと、その大切なものが関係あるの？」

「うるさい！」

八雲が、強引に明美を押し退《の》けて立ち去ろうとする。

だが、明美は身体を使ってそれを阻止した。

――八雲と向き合わなきゃ。

「どけ」

「いいえ。どかない。八雲君の、大切なものって何？」

「お前には関係ない」

明美は八雲の両肩を押さえ、しっかりと自分の方に向ける。

視線がぶつかった。

本当に、哀しい目をしている。

「ちゃんと、言葉にしないと分からないの。だから、言って」

八雲は、明美の手を払いのける。

「もういい加減にしてくれ。どうして俺の邪魔をする。俺には、何かを失ってまでこいつらを助ける義理はない」

八雲が、胸にどんな感情を秘めているのかは分からない。だが、その表情が歪《ゆが》み、弱々しく揺れているように見える。

彼は、悩み、苦しんでいる――。

無表情なように見えて、ずっと自分の感情を閉じ込めてきた。今こそ、殻を破るときだ。

「本気でそう思っているの？」

「だったら、何だよ」

「だとしたら、それは大きな間違いよ」

「間違い？」

「誰かの不幸の上に立つ幸せなんて、間違ってるもの。何かを守るために、別のものを見殺しにしていいわけないでしょ」

明美の言葉に、八雲が脱力したように空を見上げた。

何も答えない。ただ、じっと空を見上げている。

明美は、八雲の目を見据えて、辛抱強く次の言葉を待った。

「あんた、本気でそう思っているのか？」

八雲の声が、録音状態の悪いテープのように掠《かす》れていた。

「ええ、本気よ」

明美の言葉を聞き、また八雲が押し黙った。

司が、あっけに取られた表情でこちらを見ている。

「昨日、叔父《おじ》さんにも同じことを言われた」

しばらくの沈黙の後、八雲が真っ直ぐに明美を見て言った。

「一心さんが……」

「もう一度訊《き》く。あんたは、本気でそう思っているのか？」

改めて訊かれると、自信が揺らぐ。

本当に、これでいいのか？　八雲の心に、大きな傷を背負わせることにはならないか？

「ええ。そう思っているわよ」

明美は、迷いながらも頷《うなず》いた。

八雲が、ふっと力をゆるめて、ほんの一瞬だけ——笑った。

「今日の夜、桜の樹の前に来い。それから……」

八雲はそこまで言うと、一旦《いったん》後ろを振り向き、司を指差す。

「お前は、例の幽霊に憑かれた女を連れて来い」

突然話を振られた司が、目を皿のようにして驚いている。

「八雲君。さっちゃんなら、私が連れて行くわ」

佐知子を連れて来るには、両親にも説明しなければならない。

前回のこともあるし、司が行けばトラブルになる可能性もある。

だが、八雲はそれが気に入らなかったようで、苛立《いらだ》たし気にガリガリと髪をかき回す。

「前も言ったろ。あんたは、ダメだ。物事には順序がある。あんたは、夜に、桜の樹の前に来ればいい。お前は、あの女を連れて来る。分かったな」

八雲はもう一度指示を繰り返し、同意を求める。

明美も司も、意味は分からないながらも、頷いた。

八雲は、その反応に満足したのか、上着のポケットに手を突っ込んで俯《うつむ》き加減に歩いて行ってしまった。

これから、何が始まろうとしているのか、明美に分かるはずもなかった——。

## 14

今日の聞き込みも空振りだった。

後藤は、気だるさを引き連れたまま署の駐車場に車を入れた。

情報提供者を、男から女に切り替え、聞き込み調査を行ったが、すぐにはその成果は出なかった。

いきなり見つかるとは思っていないが、それでも、身体にのしかかるような疲労は残る。

「こんな調子で、犯人が逮捕できるんですかね？」

車を降りた後藤は、誰にともなく呟《つぶや》いた。

それと同時に、宮川に頭を叩《たた》かれた。

「新人みてえな弱音吐いてんじゃねぇよ。逮捕できるかじゃなくて、逮捕するんだよ」

宮川は、それだけ言うと、ズカズカとガニ股《また》で正面玄関に向かって歩いて行った。

確かに宮川の言う通りだ。

後藤は、頭を振って気持ちを入れ替えると、宮川のあとを追った。

「後藤。お客さんだ」

受付の前を通り過ぎようとしたところで、総務部の警官に声をかけられた。

「客？」

自分宛てに、誰かが訪ねて来る予定は無かったはずだ。

後藤は、戸惑いながらもロビーに目を向ける。

ロビーに置かれているベンチに、ブレザーの制服を着た少年が、俯き加減に座っていた。

――あいつだ。

「おう。ボウズか。ケガの具合はどうだ？」

後藤より先に、宮川が声をかけた。

八雲は、ゆっくりと顔を上げた。まるで、葬式帰りのように、暗い表情をしている。

「俺に用事か？」

後藤も八雲の許《もと》に歩み寄り、声をかける。

八雲は、面倒臭そうに頭をガリガリと掻《か》いてから立ち上がった。

目が据わっていた。

何か、悲壮な覚悟をしているように見える。

「ちょっと来てもらいたい」

八雲が、言った。

「何処に？」

「来れば分かる」

——何なんだ、こいつは。警察を呼びつけるとは、いったいどういう了見だ？

判断しかねた後藤は、宮川に目を向けた。

宮川は、何かを感じ取ったらしく、行くぞっと顎《あご》で合図する。

上司命令じゃ仕方ない。何が出るんだか知らねえが、お供させて頂きましょう。

「案内はしてくれるんだろ」

八雲が頷く。

宮川を先頭に、戻ったばかりの署を後にすることになった。

——さあて、このガキはいったい何を考えているんだか。

駐車場に出て、後藤は覆面パトカーの運転席に乗り込む。助手席には宮川。そして、後部座席には八雲。

「それで、どこに行けばいい？」

後藤は、ルームミラー越しに八雲を見る。

「学校だ」

八雲は、物思いにふけっているように、窓の外を眺めながら言った。

「学校？」

——ますます分からない。

もう、学校は終わっている時間のはずだ。夜の学校に忍び込んで、肝試しでもやろうってのか？

「仮にも、警察官を二人も連れまわすんだ。説明してくれよ」

宮川が、諭すような口調で八雲に訊《たず》ねる。

「あとで問題が起きないように、警察に立ち会ってもらった方が都合がいいんだ」

相変わらずの姿勢のまま、八雲が言う。

「そんな説明で、納得できるわけねぇだろ」

後藤は、堪《たま》らず口を挟んだ。

抽象的過ぎて、何が何だかさっぱり分からない。

「説明しても、信じないさ」

八雲は、退屈そうにあくびをする。

「悪いが、こっちも暇じゃねぇんだ。事情が説明できねぇなら、降りてくれ」

後藤は、後部座席を振り返り、詰め寄った。

ちゃんと説明をしてくれると思っていたが、八雲は「そうか……」と呟くように言って、車を降りようとする。

「まあ、いいじゃねぇか」

そんな八雲を呼び止めたのは、意外にも宮川だった。

「宮川さん」

「この前、殴っちまったことのお詫《わ》びだ。少しだけ付き合ってやろうじゃねぇか」

宮川に、そう言われては、黙って従うしかない。

「学校に行けばいいんだな」

後藤は、ぶっきらぼうに言うと、車をスタートさせた。

## 15

明美は、一人裏庭の桜の前に立っていた。

眠りについた校舎が、不気味にその存在感を放っている。

時間は、もう八時を過ぎているが、八雲も司もまだ姿を現していない。

やはり、佐知子を連れ出す役目は、自分が買って出るべきだった——。

明美の後悔を感じとったように、桜の枯れ枝が、風にゆられてガサガサと音を立てる。

——八雲は、ここで何を始めようというのだろう。

八雲は、幽霊が見える。だが、除霊はできない。そう言っていた。

それなのに、発端となった場所に、関係者を集めようとしている。

テレビなどで観る、除霊の光景そのままだ。

今日、何度目かのため息をついたところで、こちらに向かって来る人影が見えた。二人いる。

目を凝らしてみる。

司と佐知子だった。

虚《うつ》ろな表情をしている佐知子の腕を、司が強引に引っ張っているかっこうだ。

「あいつは?」

司が到着するなり、辺りを見回しながら言った。

「まだ来てないわよ」

「あの野郎。また逃げたんじゃねぇだろうな」

司が拳《こぶし》を握り締め、唇を軽く噛《か》む。

佐知子は、何も喋《しゃべ》らないが、苦しそうに胸を押さえながら、虚ろな視線を明美に向ける。

まるで、意思を持たぬ死人のようだ。

「大丈夫。八雲君は逃げない」

司や佐知子をなだめるために言ったのではない。きっと、彼はもう全てを知っていて、
それを収める方法も心得ている。だから逃げない。

何の根拠もないが、明美はそう確信していた。

「いや！」

突然、佐知子が叫び声とともに膝《ひざ》を落として、両方の耳を塞《ふさ》いだ。

何かに怯《おび》えているのか、激しく肩が震える。

額に玉のような汗が次々と浮かぶ。

「さっちゃん、大丈夫？」

「泣いてるの！　この子が、泣いてるの！」

佐知子が、髪を振り乱して叫ぶ。

司は口をあんぐり開けて、驚いたまま硬直している。

「この子って何？」

明美の呼びかけにこたえるどころか、佐知子は身体を激しく痙攣《けいれん》させ始める。

――いけない。

明美は、佐知子を抱きかかえようと手を伸ばした。

「まだ触るな！」

闇の中から声が響いた。

この声は、八雲——。

しかし、その姿は見えない。

明美が周囲を見回している間に、佐知子の痙攣は、さらに激しくなり、胸の前で拳を握り締めたまま、身体を仰《の》け反らせ、白目を剥《む》いてしまった。

意識を失ったようだ。

「さっちゃん、しっかりして」

明美は、佐知子を揺り起こそうとする。

「だから、触るなと言っているだろ。気を失っているだけだ。慌てるな」

暗闇の中から、すっと浮き上がるように八雲が現れた。

コンタクトレンズを外している。

赤い左眼が、闇の中で、光を放っているようだ。

凜《りん》とそこに立つ姿は、何かを覚悟しているように見えた。

八雲は、しっかりした足取りで、真っ直ぐに歩いて来る。

「どいてくれ」

八雲は、明美を押し退け、佐知子の前に屈《かが》み込むと、胸の前で交差した腕をどけ、鋭い視線を胸元に注ぐ。

「どういうことなの？」

八雲は、明美の質問を無視して、おもむろに立ち上がる。

「おい。佐知子は本当に大丈夫なのか？」

堪らず司が八雲に詰め寄る。

「黙ってろ！」

八雲が、鋭い口調で司を一瞥《いちべつ》する。

二人の視線がぶつかった。

「ひぃ。お、お、お前、その眼……」

司が、わなわなと口を震わせ、声を上げた。

顔を引きつらせ、怯えている。

八雲は、今まで、こういう反応を何百回と目の当たりにして来たのだろう。

その度に傷つき、自分の存在意義に疑問を持つ——。

「黙っていろと言っただろ」

八雲は、無表情のまま、震える司を押し退《の》ける。

司は、言葉を失ったまま、よろよろと八雲に道を空けた。

桜の樹の根元まで足を運んだ八雲は、片膝《かたひざ》を突き、木の根元の枯れ葉をどけ、露《あら》わになった土を指先でゆっくりなぞる。

そして、誰にともなく頷《うなず》いてみせると、また立ち上がった。

「ここを掘ってくれ」

八雲が振り返り、闇に向かって声を上げる。

それを合図に、スコップを担いだ二人の男が現れた。三十前後のクマみたいな男と、小柄で強面《こわもて》の中年男性。

明美は、そのうちの一人の顔を知っていた。

呼び出された二人の男は、怪訝《けげん》な表情を浮かべながらも、八雲に言われた桜の樹の根元をスコップで掘り始めた。

八雲がゆっくりと首を動かし、明美を見た。

その視線に力はなく、今にも消えてしまいそうな蠟燭《ろうそく》の炎のように頼りなかった。

その目を見た瞬間に、明美には全てが分かってしまった。

一度は、心霊現象の解明に動き出したはずの八雲が、なぜ態度を急変させたのか。

八雲が躊躇《ためら》っていたものが、いったい何だったのか。

やはり、八雲は明美の想像した通り、深い優しさを持った人間だった。

それ故に、多くのものを背負い、そして苦しんだ。

母親のことも、恨んでしまえばそれですむのに、できなかった。

だから、自分を責め、苦しみ、もがいていたのだ。

もしかしたら、自分は、八雲に大きな苦しみを背負わせてしまうのかも知れない——。

明美は、息苦しさを覚えた。

「何だ。こりゃ」

腰の辺りまで土を掘ったところで、クマみたいな男の方が声を上げた。

そして、穴の中から大きな石を放り投げ、次いで二十センチ四方の大きさの木箱を取り出した。

「ボウズが探していたのは、これか？」

小柄な男が言う。

八雲はそれに頷きながら、木箱に着いた土を払う。

そこには、漢字が二文字書かれていた。

――悠太《ゆうた》。

「中を開けてくれ」

八雲の指示に従い、クマのような男が箱に手をかけ、蓋《ふた》を開けて中を覗《のぞ》き込む。

「こ、これは……人骨じゃねえか！」

闇の中に、雄たけびのような声が響いた。

「警察なんだから、人骨くらいで一々騒ぐなよ」

八雲は、平然とした表情でそう言うと、その木箱を拾い上げ、ゆっくりとした足取りで佐知子の許《もと》まで歩み寄る。

「おい。証拠品を勝手に触るんじゃない！」

クマみたいな男が喚《わめ》いていたが、八雲はまったく気にする様子もなく、佐知子の脇に木箱と共に座り込んだ。

八雲はしばらく、同じ姿勢のままじっとしていたが、やがて顔を上げて明美を見た。

「あんた。彼女を起こしてやってくれ」

明美は頷いて、佐知子の上半身を抱きかかえるようにした。

その途端、明美の胸に、ずしっと何か錘《おもり》のようなものがのしかかったような気がした。

「本当に、これで良かったのか？」

八雲が、視線を明美に向けながら、呟《つぶや》くように言った。

——そんな目をしないで。あなたが自分を責めることではない。あなたは、決して間違ったことはしていない。

明美の顔から、自然に笑みがこぼれた。

## 16

後藤は、桜の樹を見上げ、タバコの煙を吐き出した。

春には、その存在を誇示するが如く咲き誇る桜も、季節がズレれば、本当に味気ないものだ。

樹の根元は、青いビニールシートで囲まれ、屋外灯の明かりが、煌々《こうこう》と照らされ、鑑識官と制服警官が入り交じり、動きまわっている。

フェンスの向こうには、騒ぎを聞きつけたヤジ馬が群がり、まるで有名人が来日したときのような騒ぎだ。

「なあ、八雲」

後藤は、隣で同じように桜の樹を眺めている八雲に声をかけた。

返事はないが、そのまま話を続ける。

「なぜ、あの場所に遺体があることを知ってた？」

来る前には、一言も言わなかったが、八雲は最初から、桜の樹の下に、遺体が埋まっていることを知っていた。

そうでなければ、説明がつかない。

納得できるだけの答えを得られなければ、事件への関与を疑わざるを得ない。

「見えるんだ……」

八雲が、目を細め、呟くように言った。

「見える？」

「そうだ。俺の左眼は、赤いだけじゃない。死んだ人間の魂、つまり幽霊が見えるんだ」

——幽霊だと？

「いい加減なこと言ってんじゃねぇ。幽霊なんているわけねぇだろ」

後藤は、地面に唾《つば》を吐いた。

バカにするのもほどほどにして欲しい。そんな話を、鵜《う》呑《の》みにするとでも思ったのか？

「逆に、幽霊が存在しないと思う根拠は何だ？」

八雲が、真顔で言った。

色白の横顔が、闇の中で浮き立っているように見える。

「あん？」

「自分の理解の範疇《はんちゅう》を越えているから、否定しているだけだろ」

「だったら、お前は説明でききんのか？」

大人げないと思いながらも、つい口調が荒くなる。

「幽霊は、新種の妖怪《ようかい》でも、化け物でもない。人の想いの塊のようなものだ。肉体が死んだ後、その思考だけが一種の電気信号のような形で残る。それが幽霊の正体……」

「人の想いの塊？」

「そうだ。だから、あんたたちがイメージしているみたいに、人を呪い殺したりはしない」

「さっき、お前が樹の下で何やらやっていたのは、除霊でもしていたってのか？」

八雲が呆《あき》れたように首を振った。

「俺は霊媒師じゃないから、除霊はできない。体質で、死者の魂が見えるだけだ」

「じゃあ、何をした？」

「子どもの魂に、自分が死んでいることと、本当の母親が誰であるかを、教えてやっただけだ」

八雲の説明には、一片の曇りもなかった。

反論を許さないほどに、理路整然としたものだった。

「それを、信じろってのか？」

「別に、信じてもらおうなんて思ってない。訊《き》かれたから、答えただけだ」

八雲は、諦《あきら》めたようにふうっと肩を落とした。

後藤は、今まで、悪魔がどうした、幽霊が何だ、と意味不明な犯行理由を並べる犯罪者をごまんと見て来た。

だから、端《はな》からそんなものは、逃げ口上だと思っていた。

だが、なぜか八雲に限っては、真実を言っている、そう思えてしまった。

――こんな戯《ざ》れ言を信じるなんて、刑事失格だ。

後藤は、自嘲《じちょう》気味に笑ってから、タバコを地面に落とし、つま先で踏み潰《つぶ》した。

「だったら、教えてくれねえか。あの子の母親は誰だ？」

後藤の質問に、八雲は驚いたように目を丸くした。

「あんた、信じるのか？」

「誰がそんなこと言ったよ。知ってるなら、教えてくれって言っただけだ」

八雲は、後藤の答えを聞くと、肩をすくめながら首を振り、すっと一歩前に出た。

「わざわざ俺が話すまでもない。すぐに母親は見つかる。それに……」

この口ぶり。本当に、誰が母親か知っているらしい。

後藤は、八雲の言葉の続きを待ったが、結局、それきり八雲は口を開かなかった。

「おい」

八雲は、呼びかける後藤を無視して、真っ直ぐ歩き去った。

後藤は、その背中を見ていて、胸が痛くなった。

——ガキのクセに、何て哀しい背中をしてやがる。

ガキはガキらしく、明日のことだけ考えてればいいのに、何であいつはあんなに哀しいんだ？

「何ボケッとしてんだ。恋わずらいか？」

いつの間にか、隣に立っていた宮川が、後藤の肩を小突いた。

「恋わずらい？　宮川さんがですか？」

「バカ言ってんじゃねえよ」

宮川は、苦笑いを浮かべ、タバコを咥《くわ》えた。

だが、火を点《つ》けようとはせず、ぎゅっとフィルターを嚙《か》んだ。

「さっき、鑑識から聞いたんだが。あの遺体、腕の骨が一本足りないそうだ」

その説明を聞けば、いくら単純な後藤でも想像がつく。

下村医院の裏庭から発見された遺体。畠の話では、腕が一本多かった。事件は、つながっているということだ。

「なぜ、こんな所に埋めてあったんでしょう？」

「知らねぇよ。それを今から調べるんだろ」

おっしゃる通り。

「それより、あのガキは、何であそこに遺体があると知っていたんだ？」

宮川が、さっきの後藤と同じ質問を口にした。普通に考えれば、誰もが同じ疑問に行き着く。

「見えるんだそうです」

後藤は、考えるより先に口にしていた。

「見える？」

声が裏返り、眉間《みけん》に皺《しわ》を寄せる宮川の顔が、何だかおかしかった。

自分もさっき、こんな表情をしていたのだろうか――そう考えると、何だか笑えてくる。

「笑ってねぇで、ちゃんと答えろ」

「あいつは……八雲は、死者の魂が見えるんです」

「シシャノタマシイ」

宮川が、言葉の意味を理解できずに首を傾げている。

それは、そうだ。あまりに突飛過ぎて、脳が受け入れることを拒否している。さっきの後藤もそうだった。

「だから、幽霊が見えるんですよ。あいつは」

後藤が言うのと同時に、宮川の口からタバコが落ちた。

## 17

翌日、明美は、体調不良を理由に学校を休み、一心の寺を訪れた。

全てが明るみに出る前に、一心にだけは、自分の口から全てを話しておきたい。そう思ったからだ。

一心は、黙って明美の話に耳を傾け、そして、全てを受け入れてくれた。

その懐の深さに、胸が締め付けられる想いがした。

人生とは不思議なものだ。ほんの小さなきっかけで、大きく動いてしまう。

明美は、今まで、それに流されるしか道は無いのだと思っていた。だが、一心や八雲に触れ、その考えは大きく変わった。

だが、気付くのが遅すぎた——。

謝って赦《ゆる》されるものでないことは分かっているし、赦して欲しいだなんて思わない。

でも、それでも——。

お寺の楼門をくぐり、坂道に差しかかったところで、こちらに向かって歩いて来る少年の姿を見つけ、足を止めた。

「八雲君」

明美が口を開くのと同時に、八雲も足を止める。

銀杏《いちょう》並木に立つ彼の姿は、どこにでもいる中学生に見えた。

だが、その肩には、大きな闇を背負っている。

「こんなところで何をやっている？」

八雲が、バツが悪そうに、視線を足許《あしもと》に落とした。

「八雲君こそ。まだ、学校は終わってないはずよ」

明美の言葉を、咎《とが》めるものだと感じとったのか、苛立《いらだ》たしげにガリガリと髪をかき回した。

「授業を放棄して、こんなところをフラついている教師に言われたくないね」

「それも、そうね」

八雲の言う通りだ。

明美は、何だかおかしくなって笑ってしまった。

「何を笑ってる？」

「ごめんなさい。気にしないで」

明美は笑いを静めてから、ゆっくりと八雲に歩み寄った。

逃げるかと思ったが、八雲は、明美の到着を待っているかのように、じっとそこに立っていた。

今、初めて八雲の心の壁の内側に、足を踏み入れることができた。

明美は、そんな風に思えた。

ただの錯覚かもしれないけど——。

「もう、全部分かっているんでしょ」

明美は、努めて笑顔を作りながら口にした。

八雲の細められた目が、頼りなく揺れていた。まだ、迷いがあるのだろう。

——本当に、これで良かったのか？

「ああ」

しばらくの間を置いて、八雲が短く答えた。

「いつから？」

「あんたも、分かってるだろ。最初に、あの女の部屋に行ったときだ」

——やっぱりそうか。

八雲は、全てに気付いたからこそ、佐知子の部屋に行ったあと、態度を急変させた。

——あんたは知ってたのか？

あのとき、八雲が言っていた言葉が、思い起こされる。

「そっか……」

「あの子は、自分が死んだことを認識していなかった。そして、母親を捜していたんだ」

八雲のその言葉は、明美の胸の内側を抉《えぐ》った。

——ずっと、私を捜していた。

「でも、何で、さっちゃんにとり憑《つ》いたの？」

あの子が、母親を捜していたのだとしたら、とり憑くべきは、佐知子ではない。

私だ――。

「昼間は人が多すぎる。だから母親を特定しようがない。夜、あの子が目を覚ましたときに、たまたま肝試しをしたあの女が近くにいて、波長が合ってしまった。あの女に憑いた理由はそれだけだ」

八雲が、ここで一呼吸置いた。

幽霊のことはよく分からない。だが、八雲の言っていることの意味は、何となく理解できた。

思わぬ偶然が重なったということだ。

「なぜ、そうだと分かったの？」

「あの女の部屋に行ったとき、泣いていた子どもが泣き止んだ。そして、手を伸ばして、あの女から離れ、本当の母親である、あんたにしがみつこうとした」

八雲が、人差し指を突きつける。

死刑宣告をされたような、絶望的な気分になる。

あの場所で、全てを知った八雲は、「あの女には、二度と近づくな」と明美に警告した。

だが、明美にはまだ分からないことがある。

昨夜、目を覚ました佐知子は、子どもがいなくなっていると言っていた。

佐知子から離れたのだとすると――。

「あの子の魂は、今どこにいるの?」

八雲は何も応《こた》えずに、明美の胸に視線を向けた。

それだけで説明は充分だった。

——今は、私に憑いている。

あのとき、胸に感じた重み。あれは、悠太のものだったのだ。

「死者の魂は、見えやすい人間と、そうでない人間がいる。それは、愛情の深さとは関係なく、体質的なものだ」

八雲が、静かに告げた。

——そうか、そうだったのね。ごめんね。

明美は、両手を胸の前で交差させ、抱きしめるように、ぎゅっと力を込めた。

「俺からも、一つ訊《き》きたいことがある」

「なに?」

「なぜ殺した? 眼が、赤かったからか?」

八雲の口から、鋭い言葉が発せられた。

その切っ先は、明美の心の奥底まで突き刺さる。苦しい——でも、答えなくてはいけない。

自分には、そうする義務がある。

「そうよ」

耳鳴りがするほどの静寂が、辺りを包み込む。

明美が産んだのは、双子だった。

一人は奈緒。そして、もう一人は悠太。

悠太は生まれながらにして、両眼が赤かった。

そして、明美を暴行した男も、同じように赤い眼をしていた。

自分の子どもを見る度に、あの恐怖が重なる。

何の前触れもなかった。ある日突然拉致《らち》された。自分が何処にいるかも分からぬまま、何度も陵辱され、痛めつけられた。

あの男は、明美の耳許《みみもと》で囁《ささや》いた。

――お前の子は、私と同じように人の憎しみを解放する。

明美には、その言葉の意味など理解できなかった。

ただ、それが、酷《ひど》く恐ろしいものであることは、本能が知っていた。

今になって思えば、あの男の目的は、性欲を満たすことではなく、子どもを作ることだったような気がする。

何らかの理由で、自分が選ばれてしまった――。

「怖かったの。どうしていいのか、分からなかった。自分の子どもを見る度に、恐怖の記憶が蘇《よみがえ》るの」

明美は、訥々《とつとつ》と話を続けた。

八雲は何も言わずに、ただじっと話を聞いている。

本当は、八雲の心情を考え、嘘でも良《い》いから「違う」というべきだったのだろう。だが、なぜかそうしてはいけないと思った。

八雲とは、正面から、向かい合わなければならない。

時期を同じくして、両親が交通事故死した。

精神的に追い込まれ、明美は、鬱病《うつびょう》に近い状態にあった。

妊娠が発覚したときには、すでに中絶できないところまで来ていた。

現実と、過去の記憶の境界が、曖昧《あいまい》になっていた。

悠太が大声で泣きだす。その声が、あの男の声に聞こえ、何度も悲鳴を上げた。

「あの日、私は、生まれてまだ間もない悠太を抱いていたの」

病室に一人だった――。

奈緒は、大人しく眠っているのに、悠太だけはいくらあやしても、泣き止まなかった。

感情が、不安定に揺れていた。

「あの子の泣き声が、あの男の声に聞こえて、恐怖で腕に力が入らなくなって……気が付いたときには、悠太が、床でぐったりしていた。私は……」

悠太を誤って落としたのか、あるいは、叩《たた》きつけたのか――。

明美の記憶は定かではない。

たとえ、それがはっきりしたとしても、それは、言い訳にしかならない。

「私は、赤い眼に怯《おび》えて、自分の子どもを殺してしまったの……」

明美は、自分の声が震えているのを自覚した。だが、泣くまいと、腹の底に力をいれる。

錯乱状態にあった明美に、医師であった下村が声をかけた。

彼は言った。

——幸いまだ出生届を出していない。この子は生まれていないことにしてもいい。

明美は、その悪魔の囁きに心を動かされた。

自分一人であれば、選択は違ったかもしれない。だが、奈緒のことがあった。

奈緒を、一人にはできない。

明美は、下村の取引に乗った。その代償として、両親の遺《のこ》した遺産全てを献上した。

それから毎日、周囲の視線に怯える日々が続いた。

——いつか、真実が露見されるかもしれない。

明美が手に入れたはずの平穏は、ただの幻だった。

こうなることは、最初から分かっていたはずなのに、あのときは、そんな当たり前のことに気付くことが出来なかった。

「あんた、本当に不器用な人だな」

八雲が笑った。

人懐っこい笑いだった。一心によく似た、穏やかな笑顔。

——なぜ、笑ったの？

明美には、分からなかった。

「不器用？」

「そうだ。あんた、それは事故だ」

「都合のいい、言い訳だわ」

明美の回答に、八雲は大きく首を振った。

「事故だよ。子どもを床に叩きつけたんじゃない。落としたんだ」

「違う。私が殺したの！　あの赤い眼が怖くて、私は、子どもを抱いていた手を離してしまったの！　だから、私が殺した！」

明美は、絞り出すように言った。

下腹部が、キリキリと締め付けられる。

「なら、なぜ子どもの遺体を掘り起こし、学校の裏庭に埋めるなんて真似をした？」

「それは……」

悠太を、病院の庭に埋めておくなんてできなかった。

生まれてこなかった事にされた子ども——せめて、自分の手許に置いておきたかった。

だが、焼いて遺骨にできない以上、部屋に置いてはおけない。

アパート暮らしだから、庭に埋めることもできない。

学校の桜の樹の下は、苦肉の策だった。

頃合いを見て、どこか庭のある家に引っ越し、そこに遺体を埋めようと考えていた。

「あんたは、少し自分を責め過ぎている」

八雲は、困ったように表情を歪《ゆが》めた。

一心も、八雲と同じことを言った。

――八雲まで、私を赦《ゆる》すというの？

「でも、私は……」

「もう、何も言わなくていい」

八雲が首を振って、明美の言葉を遮った。

堪《こら》えていた涙が零《こぼ》れ落ちた。

――本当に、もっと早く彼らに会いたかった。

そうすれば、幻想に惑わされることなく、わが子を腕に抱き続けていたかも知れない。

だが、それは叶《かな》わぬ願い――。

涙は、拭《ぬぐ》っても拭っても、溢《あふ》れ出てきた。

この涙は、誰に向けたものなのか――考えたところで、分かるはずもなかった。

きっと、それを知るのは、ずっとずっと、あとになってからだろう。

――こんな私でも、罪を償い、明日に向けて生きることができるだろうか？

「あんた、これからどうするつもりなんだ？」

明美の涙が引くのを待って、八雲が目を伏せながら言った。

「……警察に、自首するつもり」

明美の回答に、八雲は満足しなかったようで、苛立《いらだ》たしげに髪をかきむしった。

「違う。そうじゃなくて、その……叔父《おじ》さんのことだよ」

言ったあと、八雲は少しだけ耳を赤くして、黄色い葉をつけた銀杏《いちょう》の樹を見上げた。

思春期の少年らしい八雲の一面が、妙にかわいく見えた。

「さっき、一心さんに会ってきたの」

「それで？」

「全てを知った上で、結婚を申し込まれた」

事情を話し終えた明美に、一心は弥勒菩薩《みろくぼさつ》のような顔を、茹《ゆ》でダコのように真っ赤に変え「もし良ければ、私と結婚してもらえませんか？」と言った。

あまりに突飛な言葉に、明美はただ固まってしまった。

「叔父さんらしいな」

八雲は身体をくの字に折り曲げ、腹を押さえて笑った。

——八雲も、こんな風に笑うんだ。

何だかんだ言っても、やはりまだ子どもだ。そんな当たり前のことを改めて痛感した。

——私も、いつかこんな風に笑える日が来るだろうか？

「それで、どうしたんだ？」

一しきり笑ったあと、八雲が訊《たず》ねる。

「一心さんはね、私の初恋の人なの」

「それで？」

「八雲君は、反対する？」

「そんなもの、俺が決めることじゃない。好きにすればいい」

「私は、殺人犯なのよ」

「くどい！ 殺人犯と坊主が、結婚してはいけないという法律はないだろ。それに、あんたは殺人罪には問われない。俺の世間体を気にしているのなら、それも見当違いだ。どうでもいい」

八雲は、早口に言った。

ずいぶん、不器用な祝辞だ。

だが、それが誰の言葉より胸に染みた——。

「私が戻って来るまで、奈緒をお願いね」

八雲は、はにかんだように笑ってから頷《うなず》いた。

彼らがいてくれれば、奈緒のことは心配しなくても大丈夫。みんな不器用だけど、あの家には、深い愛情がある。

「これからは、私のことを、お母さんって呼んでね」

「断る！」

八雲は、またそっぽを向いてしまう。

本当に、意地っ張りだな。今はいいけど、そのうち必ず呼んでもらうからね。

「それから、私以外に、あなたを呼びに来る先生はいないんだから、これからはちゃんと授業を受けなさい」

「余計なお世話だ」

思わぬ出来事がたくさんあったけど、八雲は一心の思惑通り、この事件をきっかけに大きく変わり始めているのかもしれない。

――もっと、みんなと一緒にいたいな。

そんな誘惑が明美の頭を過《よぎ》ったが、首を振ってそれを払った。

それは、今でなくてもいい。

あとで、もっともっと、たくさんの時間を彼らと過ごす。だから、それまで――。

「もう行かなきゃ。早くしないと自首じゃなくて、逮捕になっちゃう」

明美は、自虐的な言葉を並べて、最初の一歩を踏み出した。

「なあ、俺はこれで良かったのか？」

数歩歩いたあとに、八雲の声が届いた。

明美は、振り返ることはしなかった。きっと八雲も背中を向けているだろうから――。

「あなたは、間違ってない。それが、どんなに哀しい結末であろうと、あなたは、あなたの信念を貫いて。八雲君は、きっと救われないたくさんの想いを導く役目を担っているんだと思う。だから……」

「勝手なことを」

八雲が、明美の言葉を遮るように言った。

確かに、勝手な言い分かも知れない。それでも、そう願いたい——。

「じゃあ、またね」

明美は、背中を向けたまま言うと、銀杏《いちょう》並木を、ゆっくりと歩き始めた。

黄色い葉が、ひらひらと舞い落ちていた——。

## 18

明美は、焼け跡となった病院の前に立っていた。

警察署に足を運び、宮川係長の所在を訊《き》いたところ、ここだと教えてくれた。

すでに現場検証は終わっていて、ロープは張られているが、人の姿は見えない。

明美はロープをくぐり、敷地の中に足を踏み入れた。

嫌な思い出の詰まった場所が、こうも跡形もなくなってしまっているというのは、少し哀しい気がしてしまうから不思議なものだ。

——いっそ全てが嘘であればいいのに。

「ここは立ち入り禁止だぞ」

声をかけられて振り返ると、二人の男が立っていた。

一人はクマみたいな男。後藤という刑事だ。そして、もう一人は、刑事課の係長、宮川。

明美は黙って、一礼する。

「あんた、昨日学校にいた先生だろ」

後藤が、明美を指差して声を上げた。

宮川は眉間《みけん》に皺《しわ》を寄せ、顎鬚《あごひげ》をゴリゴリと掌《てのひら》で擦《こす》りながら何かを思案している様子だったが、やがて、ポンと手を打った。

「思い出したぞ。先生。あんた、二年前のあの事件の……」

そこまで言って、宮川は口を閉じてしまった。言い難《にく》いのだろう。

明美が、宮川に会ったのは二年前――。

拉致《らち》から解放され、警察に保護されたときだ。

実際に応対したのは女性警察官だったが、あのとき、犯人を追っていた捜査官の一人が宮川だった。

本来であれば、直接話をする機会など無いのだが、偶然病院の待合室で顔を合わせた。

――必ず、捕まえてやる。

そのとき、宮川は、囁《ささや》くような声で言った。

もしかしたら、あれは、明美に向けたものではなく、ただの独り言だったのかもしれない。

だが、その表情には一片の曇りもなかった。

自分の父に似ている。そう思った。

明美が、罪の意識から逃れるため、下村の犯罪を密告しようと決めたとき、宮川を選んだのも、そうした理由からだった。

「実は、宮川さんにお話があったんです」

ここに来る前、明美は、少しは尻込《しりご》みするかと不安もあったが、自分でも驚くほどに落ち着いていた。

宮川は、明美の言葉に頷き返す。

「場所を変えた方がいいか？」

「いいえ。ここで結構です」

明美の言葉を聞き、宮川はロープをくぐり、敷地の中に足を踏み入れた。

後藤も、そのあとに続く。

「すまねえ。まだ、捕まえられてねえ」

宮川は、苦虫を噛《か》み潰《つぶ》したみたいな表情でタバコに火を点《つ》けた。

「いいえ。もう、いいんです」

真っ直ぐな宮川の言葉を受け、明美は首を左右に振った。

宮川は黙って唇を噛み締めた。

話の内容が理解できていないのか、後藤は腕組みをして、気難しい表情を浮かべていたが、口を挟もうとはしなかった。

「それで、話ってのは？」

「はい。今日は、自首しに来たんです」

明美の言葉の意味が理解できなかったのだろう。宮川は、タバコの煙を吐き出しながら、宙に視線を漂わせた。

「ジシュ？」

「そうです。自分の罪を悔いて、自首しようと思っています」

「先生。あんた、万引きでもしたか？」

「いいえ。私が犯した罪は、殺人です」

宮川の口からタバコが落ちた。

真贋《しんがん》を確かめるかのように、宮川の鋭い視線が明美に向けられる。

明美は、ただそれをじっと受け止めた。

「どういうことか、説明してくれるか」

一分ほどの沈黙のあと、宮川が咳払《せきばら》いをしてから口にした。

明美は、頷いてから話を始める。

「昨晩、学校から子どもの遺体が発見されましたよね。あれは、私の子どもなんです。名前は悠太。生まれて数日と経たないうちに、私がこの手で殺しました」

「もしかして、その子は、例の事件のときの……」

明美が頷くと、宮川が今にも泣きだしそうな顔をした。

犯人を捕らえられないでいる自分を、責めているのかも知れない。

だが、仮に犯人が捕まっていたとしても、やはり明美は、悠太を殺していたと思う。だから、宮川が自分を責める道理はない。

「この病院の医師は、私が子どもを殺したあと、隠蔽《いんぺい》工作を持ちかけてきました。私はそれを受け、出生届を提出することなく子どもを埋めました」

宮川が、何かを考えるような表情をしている。

「もしかして、俺のところにタレ込みを入れたのはあんたか？」

明美は宮川の問いに黙って頷いた。

下村は、明美に自分の犯罪行為を語って聞かせた。

人身売買。無許可中絶。出産後の殺害。それらを自慢気に語る下村が許せなかった。

密告という手段を選んだのは、自分の罪を隠し通そうとしたからだと思っていたが、よくよく考えれば、そんな都合のいい話はない。

自分でも気付かぬ心の奥底で、捕まって楽になりたいという思いがあったのだろう。

「なあ、先生。あんた、自分の子どもが憎かったのか？　殺したくて殺したくて、仕方がなかったのか？」

「憎いだなんて……。ただ、あの事件と重なって、恐怖を抱いたのは確かです」

言ってはみたものの、それは、やはり都合のいい言い訳に聞こえてしまう。

「そうか……。それで、その殺害方法は？」

「抱いていた子どもの泣き声で、我を失い、床に落としてしまったんです。それで……」

宮川が、口をあんぐりと開けてこちらを見ている。

「それだけか？」

「はい」

明美が返事をするのと同時に、宮川が声を立てて笑った。

「先生。あんた、それは殺人とは言わない」

宮川は、明美の肩に手を置いてから、話を続ける。

「殺人ってのは、殺意があって初めて立証される。あんたに殺意はなかったんだろ。だったら殺人じゃねえ。それに、過失致死だって、予見の可能性を考えれば、無理な体勢で子どもを抱いていたわけじゃねえから、立証が難しい」

「どういうことですか？」

話が専門的になりすぎて、理解できなくなってきた。

「まあ、簡単に言っちまえば、ただの事故だ。死体遺棄や、公文書の偽造なんかには引っかかるが、まあ、いろいろ考慮して、巧《うま》くやれば、執行猶予がつくかもしれないってことだよ」

宮川の言葉を理解した明美は、膝《ひざ》の力が抜けそうになった。

正直、刑務所から出て来られるのは、十年後だろうか、それとも二十年後だろうか、そんな風に考えていた。

それが、ときを待たずして、一心たちと一緒に生活できる――。

自らの子どもを死なせておいて、不謹慎であることは分かっている。それでも、明美の胸に、喜びがこみ上げてきた。

——私にも、明日がある。

そんな風に思えた。

——おぎゃぁ。

耳許《みみもと》で、子どもの泣く声が聞こえた。

それと同時に、背中に鋭い痛みが走る。

焼け付くような痛み。

背中を押さえて振り返ると、そこには下村が立っていた。

目を血走らせ、歯を剝《む》き出しにして、明美の背中にナイフを突き立てている。

身体が硬直した。

「お前か、お前がチクッたのか！　助けてやったのに、余計なことしやがって！」

宮川と後藤が、下村を取り押さえようとする。

だが、遅かった。

下村は、明美の背中からナイフを抜き、横一文字に切りつけた。

その切っ先は、明美の首筋にある動脈を切断した。

目の前に真っ赤な血が飛び散った。

耳鳴りがする。身体に力が入らない。水の中にいるみたいに息ができない。

空が見えた。
幾重にも重なった雲が、太陽を覆い隠している。
駆け寄って来た宮川が、何か叫んでいる。だが、明美には、何も聞こえなかった――。
意識がうすれてきた。
苦しい。
悠太もこんな思いをしたのだろうか。
そうだよね。ごめんね悠太――。
あなたを殺しておいて、私だけ幸せになるなんてダメだよね。
もうすぐあなたのところに行くから待っていて。
ごめんね、奈緒――。
お母さんあなたとは一緒にいられないみたい。
あなたの成長を、ずっと見ていたかった。
ごめんね、一心さん――。
あなたに会えて本当に良かった。
ほんの一瞬でも、私は夢を見られた。幸せを実感できた。
ごめんね、八雲君――。
こんな私を赦《ゆる》してくれてありがとう。
あなたのお陰で、私は最後に救われた――。

あなたは、これからもずっとずっと、大変なことがある。

でもね。あなたならきっと大丈夫。

だって、八雲君。あなたは——。

## 19

佐知子は、屋上へと続く階段を上っていた。

八雲が、何をしたのかわからないが、あの夜以来、子どもが現れることはなくなった。

想いを寄せている人に助けられるなんて、かなりの幸せ者だと思う。

——ちゃんとお礼を言わなきゃ。

そう思っていたのだが、担任教師の明美が殺害されるというショッキングな事件が起こり、八雲は、それからしばらく学校に姿を見せなかった。

今日、やっと登校してきたと思ったら、朝のホームルームが終わるなり、いつものエスケープ。

明美がいなくなった今、誰も彼を呼びに行く人間はいない。

——これからは、私が八雲君を呼びに行かなきゃ。

使命感にも似た思いを抱いていた。

佐知子は、八雲に助けられたことで、運命のようなものを感じ、彼に対する想いが、前にも増して強くなった。

階段を上りきった佐知子は、ドアを開けて屋上に出た。

フェンスに張りつくようにして、ぼんやりと裏庭の景色を眺めている八雲の背中を見付けた。

その背中は、誰かを待っている。佐知子には、そう思えた。

「八雲君」

佐知子は、声をかけた。

だが、八雲は振り返りもしない。

「八雲君が、私を助けてくれたんだよね。本当にありがとう」

佐知子は、頭を下げた。

「別に、お前を助けたつもりはない」

八雲は、気怠《けだる》そうに言った。

自分のやったことを自慢したり、恩着せがましくしたりしない。

それが、八雲のかっこいいところ。

「それでもいいの。今度、何かお礼させて」

佐知子は、努めて明るい声で言った。

——ねえ、八雲。こっちを向いて。

佐知子は、心の中で念じる。

その願いが届いたのか、八雲がゆっくりと振り返り、目を細めて佐知子を見た。

まるで、彫刻のように整った顔立ち。

視線を向けられるだけで、ドキドキしてしまう。

——ずっと溜《た》め込んでいた想いを伝えるとしたら、きっと今しかない。

佐知子は、直感的にそう思った。

「あのね。今まで、ずっと黙ってたんだけど、私、八雲君のことが好きなんだ。ずっと前から」

勢いで言ってしまった。

佐知子は、顔を真っ赤に染め、八雲からの返事を待つ。

緊張で、心臓が飛び出すような思いをしているというのに、八雲は表情一つ変えない。

「私じゃだめ？」

佐知子は、息苦しさを覚えながら訊《たず》ねる。

八雲は、無言のまま一度うつむき、左眼に入ったコンタクトレンズを外し、顔を上げた。

真っ赤に染まった左眼が、佐知子に向けられる。

——あの子どもと同じ、赤い眼。

佐知子の中で、薄れていた恐怖が、鮮明に蘇《よみがえ》る。

——やだ。怖い。怖いよう。

佐知子は、口を押さえ、思わず八雲から目を背けた。

「お前らは、そんな風にしか人を見ない。表面しか見られないなら、俺に近づくな」

八雲は、吐き捨てるように言うと、ゆっくりと歩き去っていった。

佐知子は、へなへなとその場に崩れた。

## 20

後藤は、中学校の校門前に車をつけ、運転席のシートにもたれていた。

グラウンドからは、生徒たちの喧騒《けんそう》が聞こえてくる。

数日前に起きた事件が嘘のようだ。

人間は、いつだって都合の悪いことは忘れてしまう。それは、悪いことではない。忘れるからこそ生きていける。

後藤も、そうした人間の一人だ。

――それなのに、あいつはどうだ。

後藤の頭に、八雲の顔が浮かんだ。

あんな風に、何もかも、全部正面から受け止めていたら、いつか心が壊れてしまう。

だからといって、後藤にできることなど無い。

それは分かっている。だが、どうしても放っておけない。

――来た来た。

後藤は、窓の外に八雲の姿を認め、車を降りた。

「おい。八雲」

八雲は、後藤の存在を認めながらも、そのまま気付かないふりをして歩き去ろうとする。

「おい。ちょっと待てって」

後藤は、通り過ぎようとする八雲の肩を摑《つか》んだ。

「何の用だ」

八雲は立ち止まりはしたものの、後藤の手を振り払い、睨《にら》みつけてくる。

まったく。相変わらずトゲのある野郎だな。

「用件は二つだ」

「さっさと話せ。時間の無駄だ」

八雲は、ガリガリと髪をかき回した。

「一つは、あの先生の、最期の言葉を伝えようと思ってな」

八雲の吊《つ》り上がっていた目尻《めじり》が、かすかに下がった。

「最期の……言葉？」

八雲の目が潤んでいるようにも見える。

本来は、こうでなければならないのに、八雲は、ずっと強がってきたんだな。

「そうだ。あの先生は、最期にお前の名を呼んだ」

「俺の？」

八雲が、口をあんぐりと開けて驚いている。

驚くのは、無理もない。だが、真実だ。

明美は、背中を刺され、咽《のど》を切られ、消え行く命の中で、八雲の名前を呼んだ。

詳しい事情は知らないが、最期を看取《みと》った人間として、その言葉を八雲に伝えなければならないという使命感にかられた。

それが、明美の命を救えなかったことに対する、せめてもの罪滅ぼし。

「私を、赦してくれてありがとう。八雲君。あなたは……」

後藤は、そこで言葉を切った。

「その先は？」

当然の疑問だ。だが、残念ながら、その先は——。

「分からん。そこで、息を引き取った」

「あんた、本当に役立たずだな」

八雲は表情を歪《ゆが》め、ため息をつくと、そのまま歩き去ろうとする。

「ちょっと待てよ。話は二つあるって言ったろ」

後藤は、八雲の腕を摑んで自分の方に向き直らせる。

苛立《いらだ》たしげに、八雲が舌打ちをした。だが、後藤は、その程度のことで怯《ひる》んだりしない。

「お前、幽霊が見えるんだろ」

「信じてないいんじゃなかったのか？」

痛いところを突かれる。

いちいち弁解するのも面倒なので、無視して話を進める。

「見てもらいたい物がある」

後藤は、そう言いながら、ポケットから一枚の写真を取り出し、八雲の眼前に突きつけた。

「これが、どうした？」

八雲が、面食らった顔をしている。

「ある遺体発見現場で撮影された心霊写真だ」

「見れば分かる」

「捜査に協力してくれ」

八雲が信じられないという風に、首を左右に振った。

「俺を、利用しようってのか？」

「悪いか？　頭のいい奴は、せっせと書類仕事に精を出す。俺みたいな肉体バカは、走り回る。人それぞれ、自分の特技を活《い》かす。それが社会ってもんだろう」

「何が言いたい？」

「お前だってそうだ。見えるんなら、それを活かせよ。特別なことじゃねぇはずだがな」

八雲が、気持ち悪いものでも見るような目で後藤を見た。

——理解できない。

そう言いたげな表情だ。

だが、後藤は間違ったことを言ったつもりはない。

「見えるんだったら、力を貸してくれよ」

後藤は、もう一度押してみた。だが、無駄だった。

八雲は、何も言わずに、早歩きでその場を去って行った。

追いかけるべきか悩んだが、今日は、そのままにしておくことにした。

この先、まだまだ機会はある。

「お前は、特別なんかじゃねぇ。ただのガキだ。幽霊が見えるからどうした？　そんなもん大した問題じゃねぇ。だから、負けるな」

後藤は、八雲の背中に向かって呟《つぶや》いた。

## 21

八雲は、お寺の本堂に入り、あぐらをかいて座っていた。

高い天井。冷たい板張りの床。お香の匂い。

気持ちの整理ができないとき、八雲はいつもここに足を運んでいる。

釈迦牟尼《しゃかむに》座像と対峙《たいじ》する。

悟りを開いた半眼の目の前では、心を丸裸にされたような気になる。

――俺のやったことは、間違っていた。

今の八雲の心を支配しているのは、大きなうねりとなって押し寄せる、後悔の波だった。

自分の選択により、明美を死に追いやることになってしまった。

――やはり、黙っているべきだった。

佐知子のことなど、放っておけば良かった。

もしかしたら、事件にかかわることで、何かが変わるかもしれない。八雲の中に、そんな淡い期待があったのは事実だ。

だが、そうやって、余計な事件に首を突っ込んだばかりに、たくさんの人が不幸になった。

真実だけが全てじゃない。知らなくても良《い》いことが沢山ある。

神や仏なんて信じない。

彼らは誰も救いはしない。八雲は、救われなかった人々の魂を、毎日のように目にしてきた。

そのほとんどが、無念を抱いたまま、やがては消えていくだけの存在――。

救えないのに、なぜ見えるのか？

人を不幸にするような体質を生まれ持ったのはなぜだ？

この眼のせいで、人に疎《うと》まれ、親に殺されかけた。

この眼のせいで、大切な人を不幸にし、命を奪うきっかけにもなった。

——もう、たくさんだ。

こんな眼、もういらない。

八雲は、鞄《かばん》の中に手を入れ、ペンケースの中に入っていたカッターナイフを取り出した。

——見えなければ、苦しむこともない。

八雲は、親指を滑らせてカッターの刃を押し出す。

カチカチという音が本堂に響いた。

八雲は、カッターの切っ先を振り上げる。

失明への恐怖や、痛みに対する恐れはなかった。

これで、解放される。もう、誰も不幸にしないですむ。

その心地よい安心感が、胸の中に広がった。

——見えるなら、それを活かせよ。特別なことじゃねぇはずだがな。

校門前で会った、後藤の言葉が頭を過《よ》ぎる。

逃げているわけではない。活かした結果として、人が死んだ。もう、これ以上は、耐えられない。

この眼は、人を不幸にする。

八雲は、力を込め、左眼に向けてカッターの刃を突き立てた。

手ごたえはあった。だが、痛みはなかった。

ポタッ。ポタッ。

床に血が滴り落ちる。

目の前に、一心の手があった。

カッターの刃が、八雲の左眼に突き刺さる寸前のところで、一心が、その刃を握り、阻止していた。

パキッ。音を立てて、刃が折れる。

八雲には、一心の行動の理由が分からなかった。

なぜ、自らの身を挺《てい》してまで、八雲の左眼を守ったのか？

「バカな真似はよせ」

一心は、掌《てのひら》からボタボタと血を流しながらも、穏やかに微笑んでみせた。

「なぜ止めた？」

「お前の左眼が、死者の魂を映すのには、きっと、何か理由があるんだ。それから逃げるな」

一心が静かに言う。

「理由？　そんなもんあるかよ！　俺の左眼は、人を不幸にする！」

「それは、違う」

一心が、ぐっと引き寄せるように、八雲を抱きしめた。

八雲の耳に、一心の鼓動が聞こえる。

――温かかった。

「俺自身も、この眼がある限り、化け物扱いされて、見なくても良いものを見て、苦しむんだ！」

八雲は身体をよじってもがき、一心の腕の中から逃れようとする。

一心はそれをさせまいと、より一層八雲を強く抱き、首を振った。

「なら、私もお前と同じように、奇異の視線に晒《さら》されることを選ぼう」

――なぜだ。なぜ、この人は、こんなにも俺のために必死になる？

八雲には、分からなかった。

母親ですら見捨てたのに、どうして、そこまで――。

「あんたや、先生みたいな人がいるから、俺は迷うんだ」

「それで、いいじゃないか。人は、迷いながら生きていくものだ」

「それじゃ、何も変わらない！」

八雲は、叫んだ。

「変わるさ」

「いいや、変わる。いつか、お前のその左眼が、綺麗《きれい》だと言ってくれる人が現れる」

「気休めは止めてくれ」

「気休めじゃない。いつか、お前のそのままの姿を、正面から受け止めてくれる人が現れるはずだ。あの人と同じように」

「そんな奴、いるもんか！」

赤い左眼を見た人間の反応は、もう見飽きた。

怖れ、憐《あわ》れみ、同情——。

ただ、瞳《ひとみ》の色が違うだけなのに、別の生き物でも見るような視線を向ける。

希望を抱けば、それだけ苦しみが増すことになる。

「いいや。きっといる」

一心が、強い口調で断言する。

「たとえいたとしても、俺が不幸にしてしまう。先生みたいに……」

明美と同じように、哀しい結末が待っている。

一心は、また大きく首を振った。

「明美ちゃんは、本当に不幸になったのだろうか？」

「え？」

「私には、明美ちゃんの姿が見えない。だが、お前なら見えるはずだ。八雲、教えてくれ。

明美ちゃんは、悲しんで泣いているだろうか？」

一心の言葉に、八雲は顔を上げた。

八雲の眼に、はっきりとその人の姿が見えた。

「彼女は、今そこにいるんだろ」

八雲は、唇を噛《か》み締めて頷《うなず》いた。

「あの人は……笑ってる。本当に楽しそうに……笑ってる……」

「そうか」

一心が短く言って、天井を見上げた。

八雲の眼から、涙がこぼれ落ちた——。

あの人の存在が消えていく。

行かないでくれ。

八雲は、一心から離れ、這《は》うようにして明美の魂を追いかける。

「行くな！」

叫びながら、手を伸ばした。

だが、届かなかった。

明美の存在は、空気に溶け込むように、消えてしまった。

最後の一瞬、微《かす》かに声が聞こえたような気がした。

——八雲君。あなたは、間違っていない。あなたは、あなたの信念を貫いて。

——そして、ありがとう。

# エピローグ

ぎゅっと握り締めた拳《こぶし》の上に、涙が落ちた。

話を聞き終えた晴香は、周りの視線をはばかることなく、激《はげ》しく嗚咽《おえつ》した。

あふれ出す感情の波に、自分を抑えることができなかった。

身体を切り裂くような切なさ——。

明美は、大きな希望を胸にしていたわけではない。それぞれが望んだのは、平穏な生活を送りたいという小さな願い。

だが、それは、何一つ叶《かな》えられることなく、泡のように弾《はじ》けてしまった。

晴香は、一度も会ったことのない明美という女性の姿を思い描き、また泣いた。

どれくらいの時間、そうしていたのだろう。

やっとの思いで涙を拭《ぬぐ》い、顔を上げると、微笑みを湛《たた》えた一心の顔が見えた。

「大丈夫かい？」

一心の言葉に、晴香は黙って頷いたものの、それは、必死に自分を意識していないと崩れ去ってしまいそうなほど、脆《もろ》いものだった。

「だからこそ、あいつはどんなときでも、希望を捨てないんだ」

後藤が、照れくさそうに頭を掻《か》きながら言った。

晴香の脳裏に、八雲が過去に言った言葉の幾つかが浮かんだ。

ひねくれた態度の裏に、ときどき見える優しさ。

母親に殺されかけても、なお人を信じ、希望を見出《みいだ》そうとする強さ。

そんな八雲の行動は、一心と明美によってもたらされたものなのだろう。

そんな考えを巡らせただけで、晴香は、また泣き出しそうになってしまう。

「明美さんの写真って、ありますか？」

八雲を変えた、明美という女性を、一目で良《い》いから見たい。

晴香は、その衝動に駆られ訊《たず》ねてみた。

「写真かぁ……探してみよう」

一心は、呟《つぶや》きながら席を立ち、居間を出て行った。

「一心がいないから話すんだがな……」

後藤が、独り言のように話し始めた。

「なんです？」

「事件には、後日談があってな。俺は、一心から、ある頼み事をされたんだ」

「頼み事？」

晴香は、あれこれ考えを巡らせてみたが、まったく想像できなかった。

「ああ。先生の、死亡診断書の偽造だ」

「偽造？」

おおよそ、一心と偽造という言葉が結びつかない。

なぜ、そんなことをする必要があったのか？　それに、どこを偽造したのか？

何か深い理由があるのだろうが、晴香にそれが分かるはずもない。

後藤は、注意深く部屋の中を見回してから、一度咳払《せきばら》いをして話を始める。

「日付を一日遅らせたんだよ」

「日付を遅らせる？」

──何のために？

「先に、婚姻届を出したかったんだよ」

後藤が、その答えを口にした。

その一言だけで充分だった。

晴香にも、一心の想いを感じ取ることができた。

明美を、家族として迎え入れたかったというのもあるのだろう。だが、一番の理由は奈緒を引き取るため。

婚姻関係の無い人の子どもを引き取るとなると、いろいろ面倒なことが付きまとう。だが、義理の父親であれば何の問題もない。

その決断をした一心のことを想うと、また胸が苦しくなり、目に涙が滲《にじ》んだ。

「余計な話は、しなくていい」

いつの間にか、一心が居間に戻って来ていた。

後藤は、慌てて目線を逸《そ》らし、聞こえないふり。

一心は「まあいい」と諦《あきら》めたように腰を下ろすと、一枚の写真を、ちゃぶ台の上に置いた。

学校行事のときに撮影されたもので、校舎を背景に、クラス全員が写真に収まっている。

最前列の、一番前にその人はいた。

小さ過ぎて、はっきりとその顔を認識することができないが、穏やかで、綺麗《きれい》な女性であることは、伝わってきた。

「明美ちゃんの写真は、これしか無いんだ」

一心が、寂しそうに言った。

「そうなんですか……」

「こんなことになるなら、無理にでも、写真を撮っておけば良かったとも思うが……今さらこんなことを言っても手遅れだな」

写真は無いかもしれないが、明美のことは、一心や八雲の胸に、確かに刻まれている。

そして、晴香も、直接会ったことはないが、明美のことを、心に留めようと誓った。

写真を見ていた晴香は、ふと、気になる人物を見付けた。

最前列の一番右。一人だけ、不機嫌そうにうつむいている。

背が低く、髪形も違うが、顔の輪郭は今とまったく変わっていない。

「これって、もしかして八雲君ですか？」

「そうだよ。ずいぶん雰囲気が違うだろ？」

一心が頷《うなず》いた。

そう言われてみると、確かに漂う雰囲気が違う。近寄りがたい感じがする。

「八雲は、あの頃から、全然変わってねえよ。ずっと捻《ひね》くれ者のままだ」

後藤が、不機嫌そうに腕組みをした。

「誰が捻くれ者だって？」

聞き慣れたその声に、晴香は、慌てて視線を向ける。

相変わらずの眠そうな目をした八雲が、居間の入り口のところに立っていた。その傍らには、奈緒もいる。

八雲は、退屈そうに大きなあくびをすると、ガリガリと寝ぐせだらけの髪をかきまわした。

「早く、写真を隠して」

一心に言われて、反射的に写真を摑《つか》み取り、手を後ろに回した。

その瞬間、八雲と目が合った。

「今、何を隠した？」

「別に……何も隠してないよ。考えすぎじゃない？」

晴香は、惚《とぼ》けてみせた。

だが、きっと八雲には、ばれているだろう。

「だいたい、何で君がここにいるんだ？」

八雲が、呆《あき》れたように表情を歪《ゆが》める。

何でと言われると、困ってしまう。

必死に言い訳を考えている晴香の胸に、奈緒が飛び込んで来た。

さっきの話から推測すると、八雲にとって、奈緒は腹違いの妹になる。

八雲が、奈緒に優しいのは、自分に一番近い存在だからかもしれない。

——あなたのお母さんは、本当に素敵な人だったんだね。

晴香は、心の中で語りかけながら、奈緒の頭を撫《な》でた。

奈緒に、その想いが伝わったらしく、一度晴香の顔を見上げて、大きく頷いた。

「質問に答えてくれ」

八雲が、腕組みをして晴香に詰め寄って来る。

奈緒の登場で、話題を逸らせると思っていたが、八雲はそんなに甘くない。

「まあ、そんなことはどうでもいいじゃないか」

一心が、お茶をすすりながら笑った。

「良くない。後藤さんまで何やってるんですか？　もう事件は勘弁して下さい」

「こっちだってな、好きで事件を追ってるわけじゃねえんだよ」

後藤が意味のわからない逆切れをする。

「まったく。なんて奴らだ」

八雲は、苛立《いらだ》たしげに吐き出しはしたが、諦めたのか、あぐらをかいて座った。

晴香には、ちゃぶ台を囲む面々が、本当の家族のように思えてならなかった。

八雲を想う者、慕う者、利用する者——。

想いはそれぞれだが、皆が強い絆《きずな》で結ばれている。

「今日は、寿司《すし》でも取ろうか？」

一心が、ポンと手を打ちながら提案した。

「俺は、上じゃないと食わねえよ」

「後藤君を誘った覚えはないがね」

一心が、流し目で後藤を見る。

何か言おうと口を開きかけた後藤だったが、口では勝ち目が無いと悟ったのか、ふんっと鼻を鳴らして、背中を向けた。

「お寿司だなんて。それでしたら、私、何か作ります」

晴香が別の提案をする。

八雲が、それを鼻で笑った。

「ぼくは、腹を壊したくないからパスする」

八雲は、両手で×《バツ》を作って立ちあがった。

「言っておきますけど、私は、料理はけっこう自信あるんです」

晴香は、ムキになって突っかかった。だが、八雲は興味が無さそうに大あくび。

後藤が、冷やかすように、声を上げて笑っていた。

一心が、穏やかな笑みを浮かべている。

——明美さん。あなたの願いは叶《かな》わなかったけれど、私たちは今こうして前に進んでいます。どうか、見守っていて下さい。

こんな日が、いつまでも続きますように——。

私の小さな願いは、叶えられるだろうか？

晴香は、ふとそんなことを思った。

FILE:02

# 亡霊の叫び

# プロローグ

晴香は、助手席から、ぼんやりと窓の外を眺めていた。

あのあと、結局、お寿司の出前をとり、みんなで夕飯を食べ、帰りは後藤が車で送ってくれることになった。

さっき、一心と後藤から聞かされた八雲の思いもよらぬ過去――。

胸を締め付けられるような、息苦しさを感じながらも、なぜか温かいものに包まれているような安心感もあった。

不思議な感覚だ――。

「八雲のこと考えてんのか？」

運転席の後藤が言った。

「そういうんじゃありません」

晴香は、慌てて否定する。

「嘘つけ。顔に書いてあるぞ」

誤魔化しきれていないらしく、後藤が意味深な視線を向けた。

晴香は、自分が隠しごとのできないタイプだと自覚している。だが、こうも易々と見破られると、自分が情けなくなってくる。

「なんだか、私は、八雲君のこと、全然知らなかったんだなって思って……」

晴香は、諦《あきら》めたように口にする。

それは、本心だ。

自分の知らない八雲の過去を知る度に、なんだか距離が遠くなったように感じる。

「今の八雲のことは、晴香ちゃんが、一番分《わ》かってる。それで、いいじゃねぇか」

後藤が、信号待ちの間に、タバコに火を点《つ》けながら言った。

「もっと知りたい……」

晴香は、意識することなく口に出していた。

「すっかり恋する乙女だな」

後藤が、声を上げて笑った。

晴香は、耳まで真っ赤になり、思わず顔を伏せた。

「違います。そういうんじゃありません」

否定はしてみたものの、自分でも説得力が無いと思う。

「じゃあ、もう一つ昔の八雲の話をしてやろう」

後藤は、信号が青に変わるのを待って、話を始めた。

「もう一つ……」

「ああ。あれは、あの先生の事件から、一週間後のことだった……」

## 1

後藤和利《かずとし》が、その連絡を受けたのは、明美の事件から一週間後のことだった。

「遺体が発見された」

現場は、駅から五分ほどのところにある公園だった。

ひょうたん形の池がある公園で、くびれている部分に浮桟橋があり、手前の大きな池は、手漕《こ》ぎボートの舟遊《しゅうゆう》ができるようになっている。

池を周回する遊歩道は、レンガ敷きになっていて、十メートルおきに池を向いたかたちでベンチが並んでいた。

近隣のデートスポットにもなっている場所だ。

それとは対照的に、池の奥に進むと、膝《ひざ》の高さまで雑草が生え、ナラやクヌギが密生する雑木林になっていて、まるで別の場所かと思うほどに趣が変わる。

公園の入り口である鉄扉の門をくぐり、枯れ葉を踏み潰《つぶ》しながら池沿いに進んで行くと、浮桟橋がある場所に、人が群がっているのが見えた。

その中心にあるのは、女の遺体――。

後藤は、人混みをかきわけ、浮桟橋近くに置かれた女の遺体に歩み寄った。

髪の長い女だった。

衣服は着ているが、全身がびっしょりと濡《ぬ》れている。

もうすぐ冬になるというこの季節に、池で水遊びをしていたというわけでもなさそうだ。

うつ伏せに寝かされているので、顔は見えないが、衣服や、肌の感じからして、おそらく若い女だろう。

ふやけた女の指先に、ハエがとまっていた。

両脚をすり合わせながら、這《は》いずり回っている。

「酷《ひで》えもんだ……」

後藤は、掌《てのひら》を振ってハエを追い払う。

「確か、後藤君だったかな」

しわがれた声に呼ばれ、後藤は、顔を上げた。

白衣を着た、干し柿みたいな顔をした白髪の老人が、遺体発見現場に不釣り合いなニヤケ顔で立っていた。

解剖を趣味だと言い切る、変態監察医の畠だ。

「遺体の横で、ニヤニヤするんじゃねえ。不謹慎《ふきんしん》だ」

後藤は、舌打ちまじりに立ち上がった。

「お前さんの存在の方が、よっぽど不謹慎じゃよ」

畠は怯《ひる》む様子もなく、しゃあしゃあと言う。

「どういう意味だ。クソ爺《じじい》」

「わしの趣味は、捜査の役に立つ。だが、お前さんは、かさばるだけで、役に立たんと言っとるんじゃよ」

——物みたいに扱いやがって。

「俺は、粗大ゴミか？」

「分かってるじゃないか」

畠は、ガイコツみたいに歯をカタカタ鳴らしながら笑った。

「監察医のあんたが来たってことは、これは不審死なのか？」

後藤は、畠を蹴《け》り倒したい衝動を堪《こら》えながら訊《たず》ねた。

「お前さんは、本当にバカなんだな」

「は？」

「死因が判別できていない状態のものは、全部不審死というんじゃよ」

畠は、小バカにしたような口調で言うと、ひっひっひっと、肩を震わせながら笑った。

——揚げ足をとりやがって。

「で、死因の見当はついてるのか？」

「せっかちだな。それは、調べてからのお楽しみじゃよ」

畠が、また薄気味の悪い笑い声を上げた。

「ああ、そうかい。事故か、自殺か、殺人か……とにかく、何か分かったら教えてくれ」

「こりゃ、間違いなく殺人じゃよ」

畠が、飄々《ひょうひょう》と言う。

──殺人だと？

それは、聞き捨てならない。

「さっき、死因は分からねえって言ったばかりだろ。どういうことだ？」

畠は、後藤の質問に答えることなく「よっこらしょ」と女の前に屈《かが》み込み、ブルーのブラウスをたくし上げた。

白い背中が露《あら》わになる。

「な、何だこりゃ！」

そこには、ナイフで切りつけられたような無数の傷が浮き上がっていた。

かなり深い傷だ──。

溝を掘ったみたいに、皮がめくれ上がっている。

「見れば、分かるだろ。切り傷だ」

「これが、死因か？」

「違うね。たぶん、この傷は生きているうちにやられたものじゃよ」

畠は、顎《あご》をさする。

「生きているときに……。拷問でもしやがったのか？」

後藤の頭に、背中を切り刻まれ、泣き叫ぶ女の姿が浮かんだ。

背筋が、ぞっとする。犯人は、とんでもないサディストかもしれない。

「少し違うな」

畠が、首を左右に振る。

「じゃあ、何なんだ？」

「少しは、頭を使え。これは、メッセージじゃよ」

「メッセージ？」

畠は、後藤の言葉に頷《うなず》き返すと、顎を振って、もう一度背中を見るように促《うなが》す。

――分かってんなら、説明しやがれ。

後藤は、苛立《いらだ》ちを呑《の》み込み、覗《のぞ》き込むようにして、もう一度女の背中に目を向けた。

「なんだ……こりゃ……」

後藤にも、畠の言葉の意味が理解できた。

これは、確かにメッセージだ――。

女の背中の傷は、文字になっていた。

〈ブス　シネ〉

人の皮膚を切って、文字を書こうなんて、正気の沙汰《さた》ではない。

犯人は、被害者に相当な憎しみを抱いていたようだ。

――嫌な事件になりそうだ。

後藤の中に、漠然とした不安が芽生えた。

## 2

後藤は、混沌《こんとん》とする現場を尻目《しりめ》に、公園の管理事務所に向かった。

明美の事件を最後に、宮川が異動になった。刑事課の組織再編が順調に進まず、後藤は相棒不在の状態になってしまっている。

新任課長の井手内の采配《さいはい》に問題があるのだ。

おかげで、現場に顔は出したものの、手持ち無沙汰になってしまう。

「あの中途半端ハゲが」

後藤は、吐き出しながら、管理事務所のプレハブの建物に足を踏み入れた。

貸しボートの受付もかねているようで、正面にカウンターがあり、その奥が事務所になっている。

青い作業服を着た女が、うな垂れるような姿勢で、両手を電気ストーブに翳《かざ》しているのが視界に入った。

「あんた、ここの従業員か？」

声をかけると、ビクッと肩を震わせた後に、女が顔を上げた。

場違いなくらいの厚化粧をしている。

「あ、はい」

女は、ダミ声で答える。

外見といい、場末のバーに紛れ込んだような気がしてしまう。

「名前は？」

「橘冨美子《たちばなふみこ》といいます」

「ここで何をやっている？」

後藤は、警察手帳を提示する。

「え、その、ここにいろと言われたものですから」

「誰に？」

「島村《しまむら》さんという女の刑事さんです。あの……。女の人の死体。最初に見つけたの、私なんです」

冨美子の口調は、まるで浮気の言い訳をしているようにオドオドしていた。

「別に、あんたを疑ってるわけじゃねえよ」

後藤は、タバコに火を点《つ》けた。

「そうですか……」

「それで、事情の説明は？」

「あ、はい。島村さんに……」

「悪いが、もう一度話を聞かせてもらっていいか？」

後藤は、冨美子の返事を待つことなく、彼女の向かいの椅子に腰を下ろした。

「さっきと同じ話になりますけど……」

冨美子は、戸惑いを見せ、後藤を上目遣いに見る。

「構わん」

後藤がきっぱり言うと、冨美子は、しぶしぶという感じで頷《うなず》いた。

「あの……何から話せば……」

「あんたが遺体を発見したのは、何時ごろだった？」

後藤は、回りくどい質問は嫌いだ。単刀直入に話を切りだす。

「正確にはちょっと分からないですけど、たぶん、九時前くらいだったと思います」

「あんたは、それまでどこに？」

「公園の清掃です」

「公園に来たのは、何時だ？」

「七時十分前に来て、タイムカード押して、着替えを済ませて、ゴミの回収とか、掃き掃除とか……」

冨美子が、叱られた子どものように、もう一度上目遣いで後藤を見た。

疑われていると感じたようだ。

「事実の確認をしているだけだ」

「あ、はあ」

納得はしていない様子だったが、後藤は、気にとめずに話を進める。

「見つけた時は、どんな風だった？」

「最初は、はっきり分からなかったんです。水の上に何か浮いてるなって思って……。それで、近寄ってみたら……」

冨美子は、そのときの光景を、頭の中で再現したらしく、眉間《みけん》に皺《しわ》を寄せ、わなわなと口許《くちもと》を震わせた。

「近くに、誰かいなかったか？」

「もう、気が動転してたので、よく分からなくて」

冨美子は、今にも泣き出しそうな顔をすると、掌《てのひら》で口を押さえてうな垂れた。

清掃員には不釣り合いな、赤いマニキュアをしているのが目についた。

「だったら、今日に限らず、何か気になったことはないか？」

「はあ……」

「最近不審者がうろついているとか、悲鳴が聞こえたとか、何でもいい」

冨美子は視線を低い天井に向け、何かを考えている様子だったが、やがて「あっ！」と声をあげた。

「何か思い出したのか？」

嫌でも期待が高まる。

「い、いいえ。そんなに大したことじゃないんです。ただ、ちょっと気になることがありま

だが、

して……」

「気になること？」

「あ、でも、刑事さんにこんなこと言っても……」

「いいから、話せ」

後藤は、詰め寄るように言った。

こんな中途半端な状態で話を止められたら、気になって仕方ない。

冨美子は、困惑しながらも「では……」と話を始めた。

「この公園、幽霊が出るんですよ」

「幽霊？」

後藤は、予想外の言葉に声が裏返った。

――よりにもよって、幽霊とは。

冨美子が、話しにくそうにしていた理由が分かった。

「やっぱり、こんな話、刑事さんにしても仕方ないですよね」

冨美子は、申し訳なさそうに首をすくめる。

ちょっと前の後藤なら、冨美子の話を「バカげている」と黙殺していただろう。だが、今の後藤は、幽霊の話を軽んじていない。

死者の魂を見ることのできる、赤い左眼を持つ少年、斉藤八雲のことが頭に引っかかっていたからだ。

「構わん。聞かせてくれ」

「あ、はあ。実は、前からこの公園には、幽霊が出るって噂はあったんです」

冨美子の口調が、おどろおどろしく聞こえる。

「どんな噂だ？」

「なんでも、この公園で殺された女の子がいるって話で、夜になると、ポニーテールをした、制服の女の子が、歩き回っているらしいって……」

「あんたは、見たのか？」

「え？」

後藤の返しに、冨美子がキョトンとする。

「だから、幽霊を見たのか？」

「私も、最初はそんな話は信じてなかったですよ。でも……」

冨美子は、自分の両肩を抱き、ぶるっと身体を震わせてから話を再開する。

「あの日、植樹の作業に時間がかかって、事務所を出たのが夜遅くになってしまったんです。そしたら、池の方から、誰かが啜《すす》り泣くような声が聞こえるんです」

「それで？」

「はい。それで、池の方まで行ってみました。そしたら……」

冨美子が、ゴクリと咽を鳴らして唾《つば》を飲み込んだ。

「浮桟橋のところに、ポニーテールの女の子が立っていたんです。『どうしたの？』って声をかけると、その女の子、煙みたいに消えちゃったんです」

「消えた？」

「そうなんです。女の子の姿は消えたのに、声だけ聞こえてきたんです……」

「なんて言ってた？」

「呪ってやる！　呪い殺してやる！　って」

冨美子自身が、その幽霊になったかのように、身を乗り出し、カッと目を見開いた。

後藤は、あまりの迫力に、思わず仰《の》け反る。

その拍子に、タバコの灰が、ポトリと床に落ちた——。

## 3

後藤は、管理事務所を出たあと、鑑識と制服警官にまじって付近の捜索をすることになった。

夜中まで池を囲む雑木林の中を歩き回ったが、めぼしい物証を見つけることはできなかった。

だが、落胆はない。

捜査とは、こういうものだと心得ている。

特に、自分のような肉体バカは、考えるより行動することで、その存在意義を示すしかないと、後藤は思っている。
現場維持の警官を残し、撤収《てっしゅう》を始める捜査員たちを尻目《しりめ》に、後藤は、浮桟橋に立った。
被害者の女が浮いていただろう水面《みなも》に目を向ける。
青白い月が、ゆらゆらと揺れている。
タバコに火を点《つ》け、空に向かって煙を吐きだした。
さっきの光景が、頭を過《よ》ぎる。背中に刻まれた文字。
〈ブス　シネ〉
あの文字を、言葉通りに受け取ると、恨み言になる。
だが、後藤には、それだけではないように思えた。
畠は、あれを「メッセージ」だと言った。だとすると、誰に向けたメッセージなのか？
もしかしたら、あの短い言葉の中に、何かの暗号が含まれているのかもしれない。
ぴちゃ。
池の鯉が飛び跳ねた。
――まあ、俺が考えたところで、その答えにたどり着けるとは思えない。
後藤は、自嘲《じちょう》気味に笑ってから、タバコを灰皿に押し込み、浮桟橋を引き返した。
そのまま、池沿いの遊歩道を歩く。
入り口付近に停車しておいた車に乗り、運転席にもたれ、エンジンキーを回そうと手を
伸ばした時、何かが聞こえたような気がした。

――何だ？

後藤は、息を止めて、耳を澄ましてみる。

だが、耳に届いてきたのは、風が木を揺らす音だけだった。

冨美子から聞いた怪談のせいで、少し過敏になっているのかもしれない。

「柄にもねぇ」

言い訳する相手がいるわけではないのに、苦笑いがもれた。改めてエンジンキーを回し、車をスタートさせた。

その瞬間、車の行く手を阻むように、目の前に何かが立っていた。

人間だった。

制服を着た、ポニーテールの少女だった。

――しまった！

後藤は、ブレーキを踏み、ハンドルを目一杯左に切る。

――間に合わない。

全てが、スローモーションのように、ゆっくりとした動きだった。

一瞬、少女と目があった。

大きく見開かれているが、生気の感じられない暗い目だった――。

車は、砂埃《すなぼこり》を巻き上げ、半回転して停まった。

――クソッ！　なんてこった！

後藤は、勢いよく車から飛び出した。

「おい！　大丈夫か？」

血相を変えて大声を出したにもかかわらず、そこには誰もいなかった。

暗闇と静けさが広がっているだけ。

懸命に少女の姿を捜したが、何処にもいない。

ボンネットの上も、車の下も、確かめてみたが、傷一つ付いていなかった。

人を撥《は》ねたような衝撃はなかった。だが、あのタイミングで避《よ》けられたとも思えない。

――見間違いだったのか？

「クソッ！　どうなってんだ！」

後藤は、思いっきりタイヤを蹴《け》りつけ、釈然としない思いを抱えたまま運転席に戻った。

さっきの話が頭に残っていたせいで、何かの幻覚を見たのだろうか？

「疲れてるのか？」

後藤は、自らに問いかけ、タバコに火を点け、運転席のシートにもたれた。

ガサッ！

背後で、何かが蠢《うごめ》くような音がした。

身体を起こし、ルームミラーに視線を向ける。

長方形のルームミラーの中に、黒い影のようなものが映っていた。

──あれは、人だ。

いつの間にか、後部座席に誰か座ってやがる。

落ち着け。言い聞かせて、深く息を吸い込む。背中にじっとりと汗が滲《にじ》んだ。次第に暗闇に目が慣れてきて、ぼんやりとであるが、後部座席に座っている人物の輪郭が見えてきた。

ブレザーの制服を着た少女だった。

さっき見たのと同じ少女──。

ポニーテールの髪が、びしょびしょに濡《ぬ》れている。

ポタッ、ポタッ、ポタッ。

シートに水滴が滴り落ちる。

「お前は誰だ！」

後藤は、拳《こぶし》を強く握り、言うのと同時に振り返った。

そこには──。

誰もいなかった。

さっきまで、いたはずなのに──。

ザーッ！

車に取り付けてある警察無線が、突然ノイズを発した。

後藤は、想定外のことに、思わず跳ね上がった。

ヴォリュームを下げようと、ツマミに手を伸ばした。

──アァァ！

その行動をさえぎるように、無線機から、うめき声なのか、泣き声なのか、判別のつかない、異様な声が聞こえてきた。

「……ワ、タ……シ……シナセテ……」

「うるせえ！」

後藤は、足を振り上げ、無線機を蹴り壊した。

音が止まった。

「怖くねえぞ！　幽霊なんてクソ食らえだ！」

## 4

翌日、早朝から捜査会議が招集された。

後藤は、一番後ろのテーブルに座り、井手内の口から語られる捜査報告に耳を傾けた。

被害者の名前は、金田《かねだ》美佐子《みさこ》。二十歳。化粧品メーカーに勤務するＯＬだった。

死因は、頸部《けいぶ》圧迫による窒息死。

首に、ロープで絞められたような痕跡《こんせき》があった。

背中の傷は、畠が最初に推測したとおり、生きているときにつけられたものであることが判明。

財布など、金銭が盗まれていないことなどから、怨恨《えんこん》の線が濃厚だというのが、捜査本部の見解だ。

被害者の美佐子は、勤務する会社の他に、キャバクラでアルバイトをしていたことも、確認が取れた。

キャバクラの客を含め、美佐子の交友関係を重点に、捜査を進めることが伝えられ、捜査会議は終わった。

だが、相変わらず、後藤は相棒不在で、捜査の指示も与えられなかった。

井手内に、嫌われているのかもしれない。

一人、会議室を出たところで、鑑識官の松村に声をかけられた。

「今、時間あるか？」

松村は、辺りを見回し、声を潜める。

時間なら――。

「たっぷりある」

「そうか。ちょっと、相談に乗って欲しいことがあるんだが……」

――相談？

後藤は、松村と同期ではあるが、今までたいして話をしたこともない。前回の事件のとき、数年振りに言葉を交わした。

担当部署が違うというのもあるが、松村は、超がつくほどの真面目な男で、取っつき難《にく》い印象がある。

相談されても、相手のことを知らなければ、答えようがない。

「相手を間違えてるぞ。捜査に不満があるなら、刑事課長にでも言ってくれ」

「いや、お前じゃなきゃダメなんだ」

気持ち悪いことを言うじゃねえか。おちょくってんのか？

後藤は、担がれているのかと思い、松村を睨《にら》み付けた。だが、松村は怯《ひる》む様子もなく、真剣な眼差《まなざ》しで見返し「頼む」と手を合わせる。

そうまでされると、逆に興味が湧く。

「何の相談だ？」

「見て欲しい写真があるんだ」

松村は、バツが悪そうに苦笑いを浮かべる。

――写真？

ますます分からない。

「分かった」

あれこれ推測して悩んでいても仕方ない。後藤が、返事をすると、松村は明るい表情になり、会議室に戻るように促してきた。

どうやら、他人に聞かれたくない話のようだ。

「それで、俺は何を見ればいいんだ？　見合い写真か？」

後藤は、松村と向かい合って腰を下ろしたところで、茶化すように言った。

「後藤は、結婚してるんだろ」

松村が大真面目な顔で答える。

こういうところが、後藤が松村を敬遠する理由だ。

「じゃあ、何を見ればいいんだ？」

話の先を促すと、松村は手に持っていたファイルから、一枚の写真を抜き出し、まるでそれが高価なものであるかのように、震える指先でテーブルの上に置いた。

見たところ、昨日の現場検証の時に撮影された写真のようだ。

引きのショットで、写真の中央に遺体があり、それを取り囲むように刑事やら鑑識の人間やらが写っている。

その中に、後藤の姿もあった。

修学旅行じゃあるまいし、記念に一枚というわけでもないだろう。

「この写真がどうかしたのか？」

「遺体の脇を見てくれ」

松村が、声を潜めた。

「遺体の脇？」

後藤は、もう一度写真に目を向ける。

「あ！」

声を上げるのと同時に、手から写真が滑り落ちた。

背筋が、凍りつくような思いがした。

――もしかしたら、見間違いかも知れない。

後藤は、思い直し、テーブルの上に着地した写真を拾い、改めて見返した。

――見間違いではなかった。

電気を流されたみたいに、悪寒が走る。

遺体の脇に、ブレザーの制服を着た少女が立っていた。

ポニーテールの髪をした少女。

水の中から這《は》い上がったみたいに、全身びしょびしょに濡れている。

俯《うつむ》いているため、その顔をはっきりと見ることはできないはずなのに、なぜか薄ら笑いを浮かべているように感じられた。

「昨日の女だ……」

後藤は、思わず口にしていた。

言ってから、しまったと思う。

――聞こえちまったか？

後藤は、慌てて松村に目を向けるが、逆に「どうした？」と問いかけるような視線を返してきた。

「そんな女、現場にはいなかったはずなんだ」

松村が、震える声で言った。

その言葉に異論はない。もしいれば、気が付いているはずだ。

「お前は、どう思うんだ？」

松村に意見を求めた。

「俺は、幽霊なんじゃないかと思ってる」

松村の口ぶりは、その考えに、自信があるようにすら思えてしまう。

「大真面目に、ずいぶんなことを言うじゃねえか」

「なら、お前は、この女をどう説明するんだ？」

後藤は、松村の質問に、答えられなかった。

この写真を見る限り、幽霊だという説明は、まっとうなもののように思える。

だが、もし、ここに幽霊が出たというなら、以前にも誰かこの場所で死んでいるということになる。

——まてよ。

後藤の眠っていた記憶が、急速に蘇《よみがえ》ってくる。

——思い出した。

後藤は、あの池に行ったことがあった。

確か、六年前——。

あの池で、同じように女の遺体が上がったことがあった。

父親から、中学生になる娘が二日前から帰宅しないという連絡が入った。

当時、交番勤務だった後藤は、あの公園の周辺を捜索した。

一緒に公園を捜索していた警官が、池に浮かんでいる遺体を発見することになった。

あの時は、刑事課じゃなかったから、そのあとの顚末《てんまつ》を詳しくは知らない。

だが、引き上げられた娘の遺体と対面したときの、父親の異様な行動は、脳に焼き付いていた。

あのとき、少女の父親は、涙を流しながら、声を上げて笑っていた——。

後藤には、子どもを失ったときの感情は理解できない。だが、それでも笑うというのは、どうも違和感がある——。

「何か、心当たりがあるのか？」

じっと考え込んでいる後藤に、怪訝《けげん》に思ったらしい松村が、声をかけてきた。

「いや、そういうんじゃねえよ。それより、何で、お前はこの写真を、俺に見せたんだ？」

「この前の産婦人科の事件。後藤が、幽霊騒動から、事件を解決したらしいじゃないか」

「は？」

後藤は、意表を突かれた。

「お前、幽霊が見えるらしいじゃないか。それで、あの事件を解決したんだろ。だから、今回も……」

後藤は、途中から、松村の言葉を聞くことを放棄した。

――冗談じゃねぇ。

人の噂には、尾ひれがつくとはいえ、ここまで来ると、呆《あき》れてものが言えない。どういう情報の伝わり方をすれば、そういうことになるのか、後藤には見当もつかない。

テレビの特番の、インチキ霊媒師みたいな扱いをされたら、たまったもんじゃない。

「何を言ってやがる。俺は、その……」

後藤は、反論しようと口を開いてはみたものの、その先は言葉がつながらなかった。

産婦人科医の事件を説明するためには、八雲のことを話さなければならない。

八雲は、自分の体質を嫌っている。それを、話してしまうのは、ルール違反のような気がした。

「とにかく、この写真はお前に預ける。あとは、任せたぞ」

松村は、一方的に告げると部屋を出て行ってしまった。

――何だか、おかしな話になってきやがった。

## 5

後藤は、中学校の校門前に車を停め、シートにもたれて、ぼんやりと校庭を眺めていた。

ガキどもが元気に走り回っている。一週間前の事件が嘘のようだ。

そんな喧騒《けんそう》の中、影を背負って歩く少年の姿を目にとめた。

——斉藤八雲。

「おい。八雲」

車を降りて、俯き加減に歩く八雲に駆け寄った。

八雲は、チラッと視線を上げたものの、気付かないフリをして歩き去ろうとする。

「おい。ちょっと待てって」

慌てて後を追いかけ、八雲の肩を摑《つか》み強引に立ち止まらせた。

「何の用だ」

八雲は、振り向き様に後藤の手を払いのけ、睨《にら》みつけてくる。

敵意を剝《む》き出しにしている。

「用件は二つだ」

「さっさと話せ。時間の無駄だ」

「一つは、あの先生の、最期の言葉を伝えようと思ってな」

八雲の目尻《めじり》が、頼りなく下がったように見えた。

「最期の……言葉？」

呟《つぶや》くように言った声は、微《かす》かに震えていた。

「そうだ。あの先生は、最期にお前の名を呼んだ」

「俺の？」

八雲が信じられないという風に、あんぐりと口を開けた。

驚くのも、無理はない。だが、それは真実だ。

詳しい事情は知らないが、明美は、背中を刺され、咽を切られ、消えゆく命の中で、八雲の名前を呼んだ。

「私を、赦《ゆる》してくれてありがとう。八雲君。あなたは……」

そこまで言って、口をつぐんだ。

「その先は？」

それを知りたいと思うのは、当然の心理だ。

だが、残念なことに――。

「分からん。そこで、息を引き取った」

「あんた、本当に役立たずだな」

八雲は表情を歪《ゆが》め、髪をかき回しながら言うと、用はないとばかりに背中を向けた。

「ちょっと待てよ。話は二つあるって言ったろ」

腕を摑んでこちらに向き直らせると、八雲は苛立《いらだ》たしげに舌打ちをした。

「お前、幽霊が見えるんだろ」

「信じてないんじゃなかったのか？」

痛いところを突いてきやがる。

後藤は、弁解するのも面倒なので、強引に話を進める。

「見てもらいたい物がある」

ポケットから一枚の写真を取り出し、八雲の眼前に突きつけた。

さっき、松村から受け取った写真だ。

「これが、どうした？」

八雲が面食らった顔をしている。

「ある遺体発見現場で撮影された心霊写真だ」

「見れば分かる」

「捜査に協力してくれ」

八雲が信じられないという風に、首を振った。

「俺を、利用しようってのか？」

「悪いか？　頭の良《い》い奴は、せっせと書類仕事に精を出す。俺みたいな肉体バカは、走り回る。人それぞれ、自分の特技を活《い》かす。それが社会ってもんだろう」

「何が言いたい」

「お前だってそうだ。見えるんなら、それを活かせよ。特別なことじゃねえはずだがな」

八雲が、気持ち悪いものでも見るような目で後藤を見た。

後藤は、間違ったことを言ったつもりはない。

他の人間にとって、どうかは知らないが、後藤から見れば、幽霊が見えるだけの、ただのガキだ。

「見えるんだったら、力を貸してくれよ」

もう一度押してみたがだめだった。

八雲は、何も答えず腕を振り払って歩いていってしまった。

――追いかけるべきなのだろうか？

考えた末に、後藤は、黙って八雲の背中を見送った。

まだ、時間はある。また会えばいい。

**6**

署に戻った後藤は、自分の席に座り、タバコに火を点《つ》けた。

刑事課の大部屋の中は、がらんとしていた。

捜査員は、聞き込みで全員出払ってしまっている。

それに引き換え後藤は、遺体の第一発見者から怪談を聞かされ、鑑識の人間に心霊写真を押し付けられた挙《あ》げ句《く》、クソ生意気な中学生に相談する始末――。

タバコの煙が目に染みて、涙が出てきた。

「なんだかな……」

後藤は、呟いたあとに、改めて、松村から受け取った写真を眺めた。

こうやって改めて目を向けると、写真に写っている幽霊は、六年前に、池で遺体となって発見された少女のような気がする。

――悩んでいても仕方ない。

後藤は、受話器を取り上げ、鑑識課の内線をダイヤルした。

運良く松村が電話に出る。

「調子はどうだ？」

〈現場での作業は終わり。後は、分析だ〉

「ご苦労なこった」

〈それで、そっちはどうだ？　もしかして、何か分かったのか？〉

松村が、少し興奮気味に言う。

思いの外《ほか》、せっかちな男らしい。

「そんなに簡単に分かってたまるか。それより、少し頼みがある」

〈何だ？〉

「あの池で、以前にも、女の遺体が上がったことがあるはずだ。確か、六年前だったと思うんだが……。そのときの捜査資料が欲しい」

〈調べるのは、そっちの仕事だろ〉

確かに、松村の言う通りだ。

だが、妙な話を押しつけたのは松村だ。少しは、協力してもらわないと、割りに合わない。

「嫌ならいいぜ。俺は、お前に頼まれたから調べているだけだ。協力しないならこれで捜査は終わり」

〈すいぶんと冷たいじゃないか〉

——どっちが。

後藤は、不満をぐっと腹の底に沈めた。

「松村。知ってたか？」

〈何を？〉

「心霊写真ってのは、撮影した奴に呪いがかかるんだ。このまま放置して、お前が不慮の事故で死なないことを願ってるよ」

〈冗談だろ……〉

松村の声が震えていた。

真面目な分、嘘にもひっかかり易いようだ。

「嘘か本当かは、そのうち分かるさ。まあ、そのときは、お前はこの世にいないだろうがな」

〈わ、わ、分かった。調べるよ〉

松村が、今にも泣き出しそうな声で言う。

少し、怖がらせ過ぎたかもしれない。だが、これで、しっかり協力してくれるだろう。

「頼んだぞ」

後藤は、受話器を置き、タバコを灰皿に押し付け、席を立った。

じっとしていても始まらない。

また、幽霊と対面できる保証はないが、もう一度、現場の公園に足を運んでみるか。

## 7

後藤が、公園に到着したときには、すでに暗くなっていた。

まだ五時かそこらだというのに、日が落ちるのがずいぶん早くなった。

車を降りた後藤は、駐車場を横切って、公園の入り口の前まで足を運んだ。

門扉の前には、双子みたいに良く似た制服警官が並んで立っていた。

「刑事課の後藤だ」

警察手帳を提示すると、入り口の鉄柵《てっさく》の門扉を開けてくれた。

「中には誰かいるのか?」

「あ、はい。見回りの警官が二人と、ボート屋の主人が、作業をしているはずです」

「それだけか」

「は?」

後藤の独り言が耳に入ったらしい警官が、訊《き》き返してきた。

「何でもねぇよ」

捜査人員の配置は、後藤がいちいち口を出す問題じゃない。

軽く手を上げ、適当にあしらってから、公園の中に足を踏み入れた。

枯れ葉の積もった池沿いの遊歩道を、公園の管理事務所に向かって歩いた。

ぴしゃっ。

時折、池で何かが跳ねている。

たぶん、鴨《かも》とか鮒《ふな》だろう。

管理事務所の前まで来たところで、見回りをしている二人の制服警官と顔を合わせた。

「ご苦労様です」

銀ぶちメガネのキザッたらしい警官が、畏《かしこ》まった態度で敬礼する。

「おう。変わったことは？」

「はっ。特にはありません。あの……」

「何だ？」

「すでに、公園内の捜査は終了したと聞いております」

——こいつは、ご丁寧に捜査方法についてご指導くださるってか？

後藤は、舌打ちをして、メガネの制服警官を睨《にら》み付けた。

「いちいちお前に言われなくても、分かってるよ」

「あ、いや、その……」

「ホシが挙がるまで、何度も現場に足を運ぶ。それが、刑事ってもんだ」

「も、申し訳ありませんでした」

制服警官は、怯《おび》えた口調で言いながら、ピンと背筋を伸ばし、もう一度敬礼をしてみせた。

――まったく。

後藤は、制服警官たちに背中を向け、奥の池に向かって進んでいく。

遊歩道からタイルが消え、ただの土になる。

池の周りには、膝《ひざ》の高さまで雑草が生い茂っている。

池の一番奥。水面《みなも》に覆い被《かぶ》さるように伸びる、桜の樹の前まで来たところで、いったん足を止めた。

額に浮かぶ汗を拭《ぬぐ》う。

座って少し休もうと思ったが、肝心のベンチが見当たらない。

諦《あきら》めて歩き出そうとしたところで、何かが聞こえた。

――ぅぅ。

風の音？

緊張が高まり、後藤の鼓動が速くなっていく。

ガサッ。

木が揺れ、目の前を黒いものが横切った。

犬か、猫か。まあ、そんなところだろう。ほっと胸を撫《な》で下ろす。

ちゃぷん。

水面に何かが漂っているのが見えた。あれは鴨か――。

いや、違う！

思うのと同時に、遊歩道の柵《さく》を飛び越え、叢《くさむら》をかき分け、池の中に飛び込んだ。

浮いていたのは、鴨なんかじゃない。

――人間だった。

髪の長い女が、うつ伏せの状態で池に浮かんでいた。

後藤は、その身体を抱きかかえるようにして、必死に岸に引き上げようとする。

だが、足場が滑り、なかなかうまくいかない。

――クソッ！　やっぱり一人じゃ無理か！

「おい！　誰か！　手を貸せ！」

後藤は、腹の底から、急速に怒りがこみ上げて来る。

公園なんて、建物と違うのだから、入り口を押さえてもあまり意味がない。

侵入しようと思えば、どこからでも入れる。

犯人は、手薄な警備状況を知っていやがったんだ。

だから、敢《あ》えて同じ場所に――。

警察は、事件を甘く見ていた。これは、連続事件だ。

「早く来い！　バカヤロー！」

後藤は、怒りを爆発させるように叫んだ。

しばらくして、ようやく巡回していた警官二人が駆け寄ってきた。二人揃《そろ》って懐中電灯を手に、言葉を失い、呆然《ぼうぜん》と立っている。

「黙って見てねえでさっさと手伝え！」

大声で怒鳴って、ようやく二人の警官は、池に飛び込み引き上げ作業に参加した。

三人がかりで女を岸に引き上げ、蘇生《そせい》処置を施《ほどこ》そうと、女を仰向《あおむ》けにした。

「な！」

言葉が咽に詰まった。

女の上唇と下唇が、針金のようなもので縫い合わされていた。

必死にもがいたのだろう。

口の周りに爪で引っ掻《か》いたような痕《あと》が残っている。

「ひっ、ひぃぃ！」

メガネをかけた制服警官が、悲鳴を上げ、そのまま腰を抜かしたらしく、尻餅《しりもち》をついた。

「うるせえ！　騒ぐんじゃねえ！　さっさと連絡を入れて来い！」

後藤は、怒鳴りはしたものの、あまりに残忍な手口に、下っ腹が浮き上がるような不快感を抑えることができなかった。

――うぅ。

何処からともなく、呻《うめ》き声のようなものが聞こえてきた。

断じて聞き間違いではない。
後藤は、立ち上がり、右に左に、首を振る。
「どこだ。どこにいやがる」
――いた！
五メートルほど先。
腰まで池につかり、じっと立っている女の姿があった。
この前と同じ、制服を着た、ポニーテールの少女。
後藤は、すぐに池に飛び込んだ。
「おい！」
声を上げながら、ばしゃばしゃと水をかき分け池の中を進んで行く。
あと少しで手が届く――。
そう思った矢先、女は闇に溶けるように姿を消してしまった――。

## 8

翌朝の捜査会議で、演壇《えんだん》の前に立つ井手内の顔は、まさに蒼白《そうはく》だった。
十歳は、歳をとったように見える。
二日連続で同じ公園から遺体が発見されたのだから、その心労たるや想像以上のものだろう。

だが、犯人逮捕を優先し、現場の警備を手薄にした井手内自身の失態だ。

被害者は、尾崎清美《おざききよみ》。二十歳。フリーター。

死因は、最初の被害者、美佐子と同じように、頸部《けいぶ》圧迫による窒息死だった。

縫い合わされた唇は、生きている間に行われたと確認されている。

畠などは、今頃、叫声《きょうせい》を上げて飛び回っているに違いない。

さらに、身元確認の段階で、最初の被害者である美佐子と、二番目の被害者の清美は、同じ中学校の出身で、友人関係にあったことも明らかになった。

同級生の、怨恨《えんこん》による殺人という線が濃厚だ。

捜査員の一人が、容疑者として、滝本雄一《たきもとゆういち》という男の名を挙げた。

被害者と同級生であり、婦女暴行で逮捕歴のある男だった。

「滝本を、徹底的に洗い直すんだ」

井手内が、指示を飛ばし、捜査員たちは、蜘蛛《くも》の子を散らすように、一斉に会議室を出て行った。

だが、後藤は、その捜査方針に反対だった。

――滝本は、犯人ではない。

後藤は、そう確信していた。

理由は一つ。被害者に、性的暴行を受けた形跡がないからだ。

そうなると、滝本が、性的暴行目的に、同級生の二人に近づいたという推論は、かなり無理がある。

「焦り過ぎだ」

後藤でも思いつくような考えだ。冷静になれば、井手内も滝本が犯人でないことは分かるはずだ。

だが、名誉挽回《ばんかい》をはかろうと必死になり、浮き足だっている。

初動捜査で躓《つまず》くと、難航する。それは、過去のあらゆる事件が証明している。

「後藤！」

立ち上がろうとしたところで、声をかけられた。

松村だった。

「なんだ。ビビらせるんじゃねえよ」

怒ったつもりだったのだが、松村は、クワガタを見つけた子どもみたいに目を輝かせている。

「何言ってんだよ。驚いたのはこっちだよ」

「は？」

「お前は、最初から知ってたんだな。やっぱり、心霊刑事だ」

松村が、馴《な》れ馴れしく後藤の両肩を摑《つか》み、うんうんと何度も頷《うなず》く。

「意味が分からん。はっきり説明しろ！」

松村は、拍子抜けしたように肩を落とすと、ファイルを後藤の目の前に差しだしてきた。

「なんだ、これは？」

「なんだはないだろ。昨日、お前に頼まれた事件のファイルだよ」

「お、おう。そうだった」

松村からファイルを受け取りページを開くと、いきなり制服を着た少女の顔が目に飛び込んできた。

背筋に寒いものが走り、ファイルが手から滑り落ちそうになる。

ポニーテールに、ブレザーの制服。細面で、俯《うつむ》き加減の少女。

──間違いない。

後藤が公園で見たのはこの少女だ。

「やっぱりそうだったか……」

思わず呟《つぶや》いた言葉に、松村が反応した。

「俺も、それを見た時は驚いたよ。六年前にあの池で死んだ女と、今回の事件の被害者二人が、同級生だったんだからな」

「な、なんだと！　お前！　それは本当か？」

驚きのあまり、勢いあまって松村の胸倉を摑み上げた。

「し、資料を見ればすぐに照合できる。お前、それを疑ってたんじゃないのか？」

「俺が、そんなに器用にみえるか？」

松村は、理解できないという風に首を傾げた。

9

後藤は、改めて六年前の事件の調書を読み返していた。

あの池で遺体として上がった少女の名は原喜美恵《はらきみえ》。当時十四歳だった。

両親は離婚していて、親権は父親の和則《かずのり》にあった。

年頃の女の子が、父子家庭で二人暮らしというのは、それなりに苦労もあっただろう。

死因は窒息死――。

遺体発見当初、殺人事件だと疑われた。

首に、ロープを巻き付けたような痕があったからだ。

殺人だと疑われた理由は、他にもある。

彼女の父親である、和則の不可解な行動の数々だ。

まず、捜索願を提出するまでに、二日間の空白があった。

さらには、遺書は遺《のこ》されておらず、喜美恵には、多額の保険金がかけられていることも判明した。

当初、父親を容疑者として捜査を行っていたが、やがて、事件は思わぬ結末を迎える。

鑑識の報告により、自殺ということが断定された。

桜の樹の枝に、ロープをかけ、自殺を図ったが、重さで枝が折れ、池に落下した。

喜美恵は、首を吊る際、一つの輪にして枝に引《つ》っかけていた。そのため、落下後にロープが外れてしまっていたというのが、真相だった。

池からロープが発見され、当時の担任教師から、喜美恵がいじめにあっていたという証言も得られ、いじめを苦にしての自殺ということで、事件は幕を下ろした。

だが、後藤は釈然としなかった。

当時の担任教師に、話を聞いてみようと考えた後藤だったが、その名前を見て、何かの啓示を受けているような気になった。

後藤は、すぐに一心のお寺に向かうことにした。

急な坂道を登った先にある、お寺の楼門《ろうもん》の前で車を停め、玉砂利の庭を歩いて庫裡《くり》に向かう。

玄関前に立ち、インターホンを押すと、しばらくして引き戸が開いた。

顔を出したのは、作務衣《さむえ》を着た一心だった。

ほっと一息つきたくなるような、穏やかな笑顔を湛《たた》えている。

「後藤さんですか」

一心の表情が、少し硬くなった。

「少し、話したいことがあるんだが、いいか？」

「どうぞ」

一心に招き入れられ、居間に足を運んだ。

後藤は「構うな」と言ったのだが、一心は、お茶と菓子の用意をし、泣き出した子どもを抱きかかえたまま、向かいに座った。

「その子は、あの先生の……」

「いえ。私と彼女の子です」

一心は、当たり前のことのようにさらりと言ってのけた。

——まったく殊勝な坊主だ。

後藤は、苦笑いを浮かべた。

想いあった女の子だとはいえ、自分とは血の繋《つな》がりはない。まして、その女はすでに死んでいる。

それを承知で、全てを望んで引き受けたのだから、呆《あき》れて物が言えない。

この寺にいるもう一人の子、八雲も、一心の実の子ではない。我が子を殺そうとした、彼の姉の子だ。

一心の自己犠牲の精神は、ガンジーといい勝負だ。

「その節は、本当にありがとうございます」

一心が、改まって頭を下げた。

「俺は何もしてねぇよ」

一心が、礼を言っているのは、死んだ明美との婚姻《こんいん》手続きのことだろう。

だが、その件に関しては、礼を言われる筋合いはない。

実際、手続きをしたのは、後藤ではなく宮川だった。具体的に、どういう方法を使ったのかも知らない。

「本当に、感謝しています。この子をこうして抱けるのは、あなた方のおかげです」

一心が、子どもの頭を撫《な》でながら言う。

「そのことはもういい」

後藤は、ぶっきらぼうに言った。

「そうですか」

一心が、困ったように顎《あご》をさする。

その右手の掌《てのひら》に包帯《ほうたい》が巻かれているのに気が付いた。

「手、どうかしたのか？」

後藤は、顎で指しながら訊《き》いてみた。

「いえね。キャベツを千切りしているときに、うっかり切ってしまいまして」

「いい加減なこと言うんじゃねえよ。千切りしていて切るのは指だろ」

後藤が突っ込みを入れると、一心はその場で千切りをする動作を真似て、「あ」と声を漏らした後、困ったように首を捻《ひね》った。

ここまで嘘が下手な男もそうそういない。

「まあ、そんなことはどうでもいい。今日は、別の用件で来たんだ」

「別の用件？」

「そうだ。八雲と話がしたい」

「なぜです？」

こちらの意図を察したのか、一心がすっと目を細めた。

警戒している猫のようだ。

できれば、本当の理由は話さないで八雲に会いたかった。一心に話をすれば、断られるのは火を見るより明らかだからだ。

――なんとか、うまく誤魔化しながら説明できないものか？

考えてみたが、後藤はすぐに諦《あきら》めた。

一心に負けず劣らず、嘘をつくのが下手だ。ばれると分かっている嘘をつけば、状況を悪化させるだけだ。

後藤は、空咳《からせき》を一つして、開き直り、単刀直入に話すことにした。

「公園で、女の遺体が発見された事件は知ってるか？」

「ええ。新聞で読んだ程度の知識ですが……」

知っているなら話は早い。

後藤は、ポケットから写真を取り出し、ちゃぶ台の上に置いた。

一心が写真を手に取った瞬間、化学反応を起こしたみたいに表情が硬直した。

「心霊写真ですか……」

一心が、ポツリと言った。

――頭の切れる男だ。

みなまで話さずとも、後藤の目的は凡《およ》そ理解したようだ。

「ああ。事件の現場で撮影された」

「それで？」

「そこに、女の幽霊が写っている。彼女は、六年前にその池で自殺した少女だ。そして、今回殺害されているのは、彼女の同級生。何かあると思わないか？」

「八雲には関係ない」

一心が、写真をちゃぶ台に戻しながら、静かに言った。

拒絶の意思が感じ取れる。

「八雲が、本当に幽霊が見えるなら、協力して欲しい」

「八雲を、利用しようと？」

一心が表情を変えずに、じっと後藤の目を見据えた。

凄《すご》んでいるわけでもないのに、それ以上の迫力があった。

「そういう話じゃない……」

「では、どういうことです？」

一心が、ぐっと目に力を込めて詰め寄る。

「うまく説明できねえんだが……。あいつのことが気になってる」

「気になるとは？」

「俺には、あいつが、自分を呪い殺そうとしているように見える」

言い過ぎかと思ったが、一心は、黙って後藤の言葉に耳を傾けていた。

「幽霊が見えるってことで悩んでいるようだが、俺からしてみれば、それほど特別なことじゃねえ。逆に、人と異なる特別な能力があるのなら、俺はそれを活かすべきだと思っている」

「だから、捜査に協力しろと？」

「ああ。そうだ」

「私には、ただ利用しようとしているようにしか聞こえません」

一心は、ふうっとため息をついた。

後藤を軽蔑《けいべつ》しているのかもしれない。だが、一心は、一方的に後藤を責めることはできないはずだ。なぜなら――。

「あんただって、あの先生の事件のとき、八雲を利用したじゃないか」

一心が、はっきりと後藤を睨《にら》んだ。

「これは、肝試しとは違います。殺人事件に、巻き込むわけにはいきません」

後藤にも、一心の気持ちは分かる。だが――。

「今回の事件、あんたらと無関係とは言い切れない」

一心が、首を捻る。

「どういうことです？」

「六年前、被害者の担任教師だったのが、その子の母親だ」

後藤は、一心が胸に抱えた子どもに目を向けた。

「明美ちゃんの……」

「気になるだろ？」

重苦しい沈黙が流れた——。

後藤は、じっと息を殺して一心の返答を待つ。

「……そういうことなら、八雲の代わりに私が協力しよう」

やがて一心は、しぼり出すような口調で言った。

一心らしい選択——。

だが、今回のことは荷物を運ぶのとは訳が違う。誰でもいいというわけではない。八雲でなければ、ダメなのだ。

後藤が、反論しようと口を開きかけたところで——。

すっと襖《ふすま》が開いた。

「叔父《おじ》さんが行ったところで、無駄だ。何も見えない」

そこに立っていたのは、八雲だった。

目を細め、面倒臭そうに、髪をガリガリとかいている。

「いや、しかしな……」

一心は、八雲に目を向け、何かを言いかけたが言葉が出てこなかったようで、ため息まじりに肩を落とした。

「幽霊が出たという場所に、俺を連れて行け」

八雲が淡々とした口調で言う。

そのクソ生意気な態度は腹が立つが、事件に首を突っ込む気になったのはありがたい。

この捻くれ者の気持ちが変わる前に、動きはじめた方がいいだろう。

「分かった」

後藤は、返事をして、勢いよく立ち上がった。

「八雲。そういうことは、簡単に口にするものではない。危険がついて回ることなんだ」

未《いま》だ納得のいかない表情の一心が、口をはさむ。

「どこにいたって危険はある」

反論したのは八雲だった。

投げ遣《や》りに思えなくもない言葉。

「だからといって、自ら危険に飛び込むような真似は、して欲しくない」

一心は、立ち上がりなおも食い下がる。

「昨日、叔父さんが自分で言っただろ。俺に、幽霊が見えるのには、何か理由があるんだって。その理由を確かめてみる。それだけのことだ」

「しかしな……」

「本当に、俺の左眼に何か意味があるのか？　その答えは動いてみないと出ないはずだ。それに、先生のことも気になる」

八雲は、一心の言葉を遮るように言うと、背中を向けて部屋を出て行った。

「巻き込んだ責任もある。八雲のことは必ず守る」

後藤は、力強く宣言した。

「頼みます」

懇願する一心の言葉を背中に受け、後藤は部屋を出た。

## 10

後藤は、公園に移動する車の中で、八雲に今までの経緯を説明することになった。

助手席のシートにおさまった八雲は、じっと前を見据えたまま、黙って後藤の話に耳を傾けている。

「俺は、六年前に自殺した少女と、今回の事件は何らかのかかわりがあると思ってる」

後藤は、説明の最後に、自分の意見を付け加え、タバコをくわえた。

「一つ言わせてもらう」

八雲が、冷ややかな視線を投げてくる。

「何だ？」

「それに火を点《つ》けるんだったら、今すぐ車を降りる」

「ああ。悪かったよ。それで、お前はどう思う？」

——うるせぇガキだ。

後藤は、タバコをケースの中にしまいながら、気持ちを入れ替えて質問を投げる。

「何が？」

——人の話を聞いてなかったのか？

「だから、六年前の事件と、今回の事件が関係しているんじゃないかって話だよ」

「どういう意味だ？」

八雲が、退屈そうにあくびをしながら言った。

話の流れからして、分かっているだろうに。わざと言ってやがるな。

「だから、俺は、今回の事件の犯人は、幽霊じゃないかって思ってる」

本当は、後藤もそんなことは信じたくない。

だが、これだけ奇妙なことが起こると、そう思いたくもなる。

「本気で、幽霊が人を殺したと思っているのか？」

「冗談でこんなことが言えるか」

今回の事件の犯人が、仮に幽霊だった場合、警察はどうやって事件を終わらせるんだ？

後藤の中に、ふとそんな疑問が浮かんだ。

「あんたは、本当に………だな」

八雲が、ボソボソッと言った。

声が小さすぎて、肝心な部分が聞き取れない。

「は？　なんだって？」

「だから、あんたは、本当にバカなんだな、と言ったんだよ」

「誰がバカだ！」

——言うにこと欠いて。

後藤は、思わず怒鳴りつけた。

「車の中で、大きな声を出すな」

八雲は、耳に指を入れてうるさいとアピールする。

「お前。いい大人を捕まえてバカとは何だ！　バカとは！」

「同じことを何度も言わせるな。幽霊が人を殺すなんて、ホラー映画の観過ぎなんだよ。

幽霊は、死んで肉体を失い、そこに残った、人の想いのようなものなんだ」

「人の想い？」

感覚的には分かるが、理解することができずに訊《き》き返した。

「そうだ。だから……」

八雲は言いかけて言葉を呑《の》み込むと、目を細めて後藤の顔をまじまじと見た。

だが、その先の言葉はなかった。呆《あき》れたように首を振り、黙ってしまった。

——なんなんだ。このガキは。

「言いかけたことがあるなら、ちゃんと言え」

「話しても無駄だ。あんたの頭じゃ理解できない」

――おうおう。ずいぶんなこと言ってくれるじゃねえか。

後藤は、一発ぶん殴ってやろうと思ったが、止めておいた。

前回の例がある。八雲は、殴って言うことを聞くようなタイプじゃない。

ため息をついたところで、問題の公園が見えてきた――。

**11**

後藤は、車を降り、八雲を連れて公園の中に足を踏み入れた。

八雲は、公園の敷地に入るなり、何かに導かれるように、ずんずん遊歩道を進んで行く。

管理事務所を素通りして、奥の池沿いを右回りに歩く。

「ここか……」

八雲は、小声で言うのと同時に、足を止めた。

そこには、池に向かって、捻《ね》じ曲がりながら枝を伸ばす桜の樹が立っている。

まさに、遺体が発見された場所――。

八雲の視線は、そこから真っ直ぐに水面《みなも》に向けられている。

――何か見えているのか？

後藤は、訊いてみたい衝動に駆られたが、八雲の身体から発散される空気は、ナイフのように冷たく尖《とが》っていて、近づくことすらできなかった。

「君は誰だ？」

八雲が、池に視線を向けたまま言った。

だが、池には誰もいない。鴨が二羽並んで浮いているだけだ。

「なぜ、ここにいる？」

八雲の質問は、なおも続く。

乾いた風が、水面に小さな波を立てる。

「そうか……そういうことだったのか……」

消え入るような声でそう言った後、八雲はゆっくりと目を閉じた。

瞑想《めいそう》しているかのような、近寄りがたい雰囲気をかもしだしている。

「ご苦労さまです」

不意に声をかけられ、後藤は、慌てて振り返った。

そこにいたのは、第一発見者の冨美子だった。

「おう。あんたか」

「この前はすみませんでした」

冨美子は、押していた猫車（手押し一輪車）から手を放し、帽子を脱いで頭を下げる。

「なんのことだ？」

「いえ、その……。刑事さん相手に、変な話をしてしまったものですから……」

冨美子は、眉《まゆ》をひそめ、小声で言った。

「別に気にする必要はない。それより、その後、見たか？」

冨美子が、一瞬、驚いた表情を浮かべる。

「何をです？」

「幽霊だよ」

「あ、ああ。実は、一昨日《おととい》、刑事さんが帰った後に……」

「本当か？」

「あの日、結局、公園を出たのが夜になってしまったんですが、その帰り道に『殺してやる』という呻《うめ》き声を聞いたんです」

「お……」

――似ている。

後藤は、言いかけた言葉を呑《の》み込んだ。

警察が、一般市民を目の前に、幽霊を見たと明言するのは、はばかられた。

やはり、今回の事件には幽霊が関係している。その思いが強くなった。

「また、同じようなことがあったら、連絡してくれ」

後藤は、冨美子に名刺を差し出しながら言うと、八雲に向き直った。

口は挟まずとも、話くらいは聞いていると思っていたが、八雲は、さっきまでと同じように池を見つめていた。

「どうだ？」

「あんたの言うとおり、この公園には、少女の魂が彷徨《さまよ》ってる」

八雲が、池に視線を向けたまま答えた。

――やっぱり、そうか。

「その少女は、なぜ幽霊としてこんな場所を彷徨っているんだ？」

後藤が、訊《たず》ねる。

「彼女は、強い憎しみを持っている……」

八雲は、そっと目を伏せた。

物憂げな表情だ。

「憎しみ？」

「そうだ。だが、その憎しみの底には、哀しみや、寂しさが渦巻いている」

憎しみの底にある、哀しさや寂しさ――。

後藤には、そんなデリケートな心境は理解できない。だが、その幽霊が深い憎しみを持っていたのだとしたら――。

「やっぱり、二人の女を殺したのは、その幽霊なのか？」

後藤が口にした瞬間、八雲が汚いものでも見るように、表情を歪《ゆが》める。

「それが刑事の発言か？　警察はいつからそんなにいい加減になったんだ？」

——このガキ！　言わせておけば！

後藤の怒りが、沸点を超えた。

「幽霊が、憎しみを持って彷徨っていると言ったのはお前だろ！」

「幽霊が、殺人を犯したなんて言った覚えはない。そもそも、幽霊に人は殺せない」

——殺せない？

八雲は、さっきも同じようなことを言っていた。

「どういうことだ？」

「どうもこうもない。幽霊は、人の想いの塊だと言っただろ」

「ああ」

「新種の生物でも妖怪《ようかい》でもない。残留思念のようなもの。だから、こちらから触れることはできない。逆に、向こうから触れることもできない。物理的に接触できなければ、殺すことは不可能だ」

八雲は、退屈な本の朗読をしているように、淡々とした口調だった。

「そうなのか？」

「俺は、そう考えてる」

専門的なことは、後藤には分からない。

だが、見える人間が言っているのだから、間違いないのだろう。

「じゃあ、その幽霊と今回の事件は、無関係ということか？」

「あんたは本当に愚かだ」

「なに？」

――いちいち人の気持ちを逆撫《さかな》でする野郎だ。

「直接殺害してないから、無関係ということにはならない。刑事が聞いて呆《あき》れる」

言われてみれば、確かにそうなのだが、その言い方が気に入らない。

「お前に心配されなくても、俺はちゃんと刑事だ」

「どうだか」

「てんめぇ！　いい加減にしねえとぶっ飛ばすぞ！」

後藤は、爆発する感情に任せて拳《こぶし》を振り上げた。

「やりたきゃやればいい」

八雲が無表情に言った。

そんな風にされて、殴れる奴などいない。

後藤は、クソッと、地面を蹴《け》った。

「そんなことより、六年前の事件の資料はあるか？」

後藤の怒りなんてお構いなしに、八雲が話を切り替える。

「車にある」

「それを見せてくれ」

八雲が、さも当然だという風に言った。

「簡単に言うな。民間人に、捜査資料をほいほい見せるわけにはいかねえよ」

「民間人に、捜査を手伝ってもらうのは、問題じゃないのか？　ここまで巻き込んでおいて、今さら何を言ってんだ」

言い方はムカツクが、確かにその通りだ。

——こいつといると、何だか調子が狂う。

**12**

後藤は、車に戻り、八雲に捜査資料を手渡した。

八雲は、時折ぶつぶつと口を動かしながら、真剣な眼差《まなざ》しで捜査資料に目を通していく。

その姿が、なんだか様になっている。

これじゃ、どっちが刑事なのか分からない。

「なるほど……」

八雲が、満足気に頷《うなず》いてから顔を上げた。

「何か分かったのか？」

「あんたの文章読解能力が、小学生以下だってことが分かったよ」

「誰の読解能力が低いって？」

——いちいち突っかかって来るガキだ。

「あんたに決まってるだろう。この資料にちゃんと目を通したのか？」

「当たり前だ」

後藤は、自信を持って答えたはずだが、八雲は、呆れたようにため息をつく。

その態度が、後藤の怒りを刺激する。

「あんたは、六年前に、少女を担任した教師が、高岸先生だと言っていただろ」

「ああ」

――確かに言った。

だから、八雲にも無関係な事件ではないと思った。八雲も、それを知って、事件に協力することを承諾した。

今さら、そこを指摘されるとは思わなかった。

キョトンとしている後藤の眼前に、八雲がファイルの一部分を指差し、突きつけてきた。

そこに書かれていた名前は――。

「これは、高峰朋美《たかみねともみ》と読むんだよ」

八雲が言った。

「あっ！」

――間違えた。

あの先生の名は高岸明美《たかぎしあけみ》だった。

「いや、字が似てるじゃねぇか」

「似てない。小学生だって、こんな間違いはしない」

酷《ひど》い言われ様だ。

だが、間違えたのは確かに後藤だ。強気に出られない。

「まあ、いいじゃねえか」

「良くない」

八雲が、ピシャリと言う。

「誰にでも間違いはある。それより、他に分かったことはないのか？」

強引に話を進めようとした後藤だったが、八雲は口を閉ざし、睨《にら》んでくる。

明美が事件に関係していなかった以上、八雲には、事件に首を突っ込む義務も責任もない。

だが、ここまで来て引き下がれない。

「そんな目で見るなよ。もうお前は、かかわっちまったんだ。このまま放っておいたら、寝覚めが悪いだろ。乗りかかった船だ。協力してくれ」

後藤は、必死に説得を試みる。

八雲は、憮然《ぶぜん》とした表情で、口を閉ざしている。

こうやって、八雲は、いつも自分の殻に閉じこもってきた。そうすることで、自分の身を守ることはできる。だが、逆に、状況を変えることはできない。

「また、逃げるのかよ」

後藤は、つい口に出していた。

「なんだと？」

八雲は、怪訝《けげん》な表情を浮かべる。

そんな言われかたをするとは思わなかった。そう言いたげだ。だが、後藤は止めなかった。

「また、逃げるのかって言ったんだよ。あの先生は、逃げなかった。だが、お前は、自分の運命から逃げてる」

厳しい言葉だと自覚しながらも、後藤は一息に言った。

八雲が逆上するかも——そう思っていた後藤だったが、意外にも、反論はなかった。

両手で顔を覆うようにして、俯《うつむ》いた。

今、八雲が何を考えているのか分からない。後藤は、じっと八雲が口を開くのを待った。

「六年前に死んだ、少女の父親に会いたい」

しばらくの沈黙のあと、八雲がゆっくり顔を上げながら言った。

相変わらずの無表情で、どういう感情の流れから、そういう結論に至ったのか、後藤に分かるはずもなかった。

「本当にいいのか？」

「協力しろって言ったのは、あんただろ」

八雲が、ふて腐れた子どものように口を尖《とが》らせる。

「そうだったな。その父親に会いに行こう」

八雲の気が変わる前に、後藤は、車をスタートさせた。

## 13

公園から車で十分ほどのところに、目指すべき家はあった。

丘の上にある、閑静《かんせい》な住宅街の一角。

建て売りで造られたのだろう。同じような型の家が並んでいて、捜し当てるのに思いのほか時間がかかった。

家の裏手に車を停め、フロントガラス越しに家の様子を窺《うかが》う。

瓦《かわら》屋根の、二階建ての家だった。広さは、３ＬＤＫくらいだろう。

家の正面には、申し訳なさそうに小さな庭がある。

手入れを怠っているらしく、雑草が伸び放題になっていた。

荒れているのは庭だけではない。壁は煤《すす》け、ところどころひび割れ、門扉も錆《さび》が浮いていた。

資料は、六年前のものだ。もう、ここには住んでいないという可能性もある。

そうなると、所在を突き止めることから始めなければならない。

「ここがそうか？」

助手席の八雲が、不機嫌そうに言った。

「資料ではそうなっている。だが、引っ越してるかもな……」

「だったら、確認すればいいだろ」

八雲が、顎《あご》を振って家を指し示した。

――まったく、このガキは。警察をパシリみてぇにつかいやがって。

「お前は、ここで待ってろ」

後藤は、怒りを、胸の奥底にねじ込んでから車を降りた。

家の敷地に沿って路地を歩き、正面の門に向かう。

門扉の脇にあるポストには「原《はら》」という苗字《みょうじ》が書かれていた。

まだ、ここに住んでいるようだ。

インターホンを押そうと手を伸ばしたが、すぐに思いとどまった。

和則と対面できたとしても、後藤には、何を話したらいいのか分からない。

「どうした。行かないのか？」

背後から声がした。

後藤が、飛び跳ねながら振り返ると、案の定、そこには八雲が立っていた。

「お前、車の中で待ってろと言っただろ」

後藤は、声を低くして問い詰める。

「言う通りにするなんて言った覚えはない」

八雲は、飄々《ひょうひょう》とした態度で言う。

「勝手なこと言うんじゃねぇよ。だいたい、父親に会って、何を聞き出すつもりでいるんだ？」

「決まってるだろ。六年前に死んだ少女の死因を確かめるんだよ」

八雲はさらりと言った。

素人の推理だってことを考慮しても、聞き捨てならない台詞だ。

「六年前の事件は、自殺じゃなかった。そう言いたいのか？」

「だから、それを確かめるために、こうやってわざわざ会いに来たんだろ」

——偉そうに。

後藤は、ここに来るまで、一度だって八雲から、そんな説明をされなかった。

それに、八雲が死因を疑っている理由も分からない。もしかしたら、八雲は、もう何かを摑《つか》んでいるのかもしれない。

「お前、俺に何か隠してるだろ」

後藤は、かまをかけてみた。

「ああ。もちろんだ」

八雲は悪びれもせず、平然と答える。

「もちろんじゃねぇよ！　隠していることがあるなら話せ！」

「断る！」

八雲は断言すると勝手に門扉を開け、玄関の前まで進むと、何の躊躇《ちゅうちょ》もなくドア脇のインターホンを押した。

——想像以上に無鉄砲なガキだ。

後藤は、慌てて八雲の後を追って玄関の前に立った。

だが、いくら待っても玄関のドアが開かれることはなかった。

「留守かよ」

後藤は、ぼやくように言った。

不思議なもので、こうなると、いないことに腹が立ったりする。

「ああ」

「出直すぞ」

声をかけたが、八雲は不服なようで、ポケットに手を突っ込んだまま家の二階を見上げて動こうとしない。

帰宅するのを待ち伏せるにしても、玄関前にいつまでも突っ立っていたら、怪しいことこのうえない。

「車で待つぞ」

後藤は、強引に八雲の腕を引っ張って車の中に連れ込んだ。

「それで、これからどうする？」

助手席の八雲に声をかけたが、返答はなかった。

腕組みをして、未練がましく家を眺めている。その横顔は、ふて腐れたただのガキだ。

「あんた、同性愛者か？」

「は？」

八雲が唐突に言った言葉に、後藤は思わず首を傾げる。

「人の顔をじろじろ見るな。気持ち悪い」

八雲が、突き放すような口調で言った。

人をバカにするにも程がある。

「誰が、お前みたいなクソガキの顔なんか見るか。目が腐る」

後藤は、八雲から顔を背け、窓の外に視線を向けた。

車の外で、男女のはしゃぐ声が聞こえた。

中学生くらいのカップルが、自転車を押しながら、いちゃついている。八雲も、同世代のはずなのに、なんだか別次元に存在しているようだ。

——どこで、どう間違えたのか。

後藤に、その答えが分かるはずもなかった。

「一つ訊《き》いていいか？」

沈黙を打ち破るように質問してきたのは、八雲だった。

八雲から質問されるなんて、初めてかもしれない。

「何だ？」

「あんたは、何で俺に付きまとう？」

付きまとうとは、酷《ひど》い言われようだ。

だが、そう思われても仕方ないと後藤は自覚している。

「特に理由なんてねぇよ。幽霊が見えるっていうお前の能力が必要だった。それだけだ」

後藤は、意識することなく口にしていた。

本当は、もっと違うことが言いたかったはずなのに、巧《うま》く言葉が出て来ない。

後藤は、昔から、相手に自分の素直な想いを伝えようとするほど、ぶっきらぼうな言葉が飛び出して来る。

そういったことが苦手だ。何だか、むず痒《がゆ》くなる。

「あんた、幽霊が見えるって話は信じていなかっただろ」

「今は、信じてる。それじゃ不満か？」

「あんたみたいな奴もいるんだな……」

八雲が、消えてしまいそうなほど小さな声で言った。

「そら、どういう意味だ？」

「あんたは、叔父《おじ》さんや先生とは別の種類のバカだってことだよ」

「何回バカって言えば気がすむんだ！」

後藤が、大声を上げるのと同時に、八雲が手を翳《かざ》してそれを制した。

――ガタン！

何かがぶつかり合うような音が聞こえた。

和則の家から聞こえたような気がする。

——誰かいるのか？

「八雲！　お前はそこで待ってろ！」

後藤は、そう指示すると、車を降り、家の敷地に侵入した。

ドアの前まで来て振り返ると、車の助手席に座っている八雲の姿が見えた。

今回は、言いつけを守っているようだ。

インターホンを押そうと手を伸ばした時——。

「ぐあぁ！」

ドアの向こうで、叫び声のようなものが聞こえた。

何かが倒れるような、ドカッという音が続く。

——家の中に、確実に誰かいる。

「警察だ！　ドアを開けろ！」

後藤は、大声で言いながら、ドアノブをガチャガチャと回したが、鍵《かぎ》がかかっていて開かない。

裏手に回り、肘《ひじ》でリビングのガラスを叩《たた》き割り、家の中に侵入した。

慎重な足取りでリビングを抜け、廊下に出る。

そこで、男が仰向《あおむ》けに倒れているのを見つけた——。

見覚えがあった。原和則だ。
頭から血を流している。
「おい！　しっかりしろ！」
後藤は、慌てて駆け寄り、肩を揺さぶる。
だが、反応がない。
鼻先に耳を近づけてみる。微《かす》かに呼吸の音が聞こえた。
――まだ息がある。
ガタン！
後藤が、救急車を呼ぼうと立ち上がったところで、何かが倒れるような物音がした。
咽が干上がり、動きが止まる。
――不用意過ぎた。
状況から考えて、この家の中に、もう一人いることは明白だ。
――どこだ？
視線を走らせた。
心拍数が急上昇する。
――どこにいる？
ギシッ。
床が軋《きし》む。

「後ろだ！」

後藤は、叫び声に反応して振り返った。

そこに、いきなりスコップが振り下ろされた。

完全に避《よ》けることはできなかったが、ほんの少しだけ頭をずらすことができた。

耳を掠《かす》め、肩口にスコップが当たった。

ゴン！

鈍い音とともに激痛に襲われ、尻餅《しりもち》をついた。

視界の隅に、身を翻して、逃げていく後ろ姿が見えた。追いかけようとしたが、身体がうまく動かず、立ち上がれなかった。

「クソッ！　待て！」

後藤は、肩を押さえながら大声で叫ぶのが精一杯だった。

「待てと言われて、待つ犯人はいない」

いつの間にか、リビングに八雲が立っていた。

さっき「後ろだ！」と声をかけたのは、八雲だったようだ。おかげで命拾いした。だが
――。

「車で待てと言っただろ」

「何度も言うが、あんたの指図は受けない」

八雲が悪びれもせずに言う。

「まったく。ひねくれたガキだよ。お前は」

苦笑いが漏れた。

「スコップで殴られたくらいで、泣いているような大人に言われたくない」

——おうおう。言ってくれるじゃねぇか。

後藤は、奥歯を嚙《か》みしめ、痛みに耐えながら腰を上げた。

冷や汗が、どっと流れ出す。

「お前、さっき俺を殴った奴の顔は見たのか？」

後藤は、痛みに表情を歪《ゆが》めながら訊《たず》ねた。

「あんたは、あれだけ至近距離にいて見てなかったのか？」

八雲は、質問の答えを、質問で返してきた。

——最近の若い奴はこれだから嫌いだよ。

「いきなりスコップで殴られたんだ。そんな余裕があるわけねぇだろ」

「警察ってのは、案外軟弱《なんじゃく》なんだな」

「いい加減に……痛《いて》っ……」

後藤は、怒鳴りつけてやろうと思ったが、痛みで思うように声が出なかった。

八雲が、バカにしたように鼻で笑った。

——本当に、頭に来るガキだ。

# 14

さっきまで静かだった住宅街が、ものの十分で祭りのような騒ぎになっていた。

救急車にパトカー、それにヤジ馬でごった返している。

和則は、救急隊員の到着前に意識を取り戻したが、放心したようにうな垂れていて、こちらの質問には何一つ答えようとしなかった。

和則が運び出されたあとは、後藤が制服警官に質問攻めにあうことになった。

——ここで、何があったのですか？

——これは、どういう事件なのでしょう？

——私たちはどうすれば？

後藤は、矢継ぎ早に投げかけられる質問を、全部無視して車の中に逃げ込んだ。

何が起こっているかなんて、後藤自身分かっていない。

車の中では、助手席の八雲が手帳のようなものを広げ、真剣な眼差《まなざ》しで目を通していた。

「お前、何を読んでいるんだ？」

八雲は、うんざりしたようにため息を吐く。

「六年前に死んだ少女の日記」

「日記？」

「そうだ」

さも、当然のように言う。

「お前、それをどこから持って来たんだ？」

「倒れていたおっさんのポケットに入ってた」

――刑事の目の前で盗みを働くとは、いい度胸してるじゃねえか。

後藤は、怒りを通りこして、呆《あき》れてしまった。

「今すぐ返して来い！」

反抗するかと思ったが、八雲はあっさりその日記をダッシュボックスの上に放り投げた。

「珍しく素直じゃねえか」

「もう、読み終わったから必要ない」

なるほど。そういうことか。それで――。

「何か分かったのか？」

「ああ。最初に予測した通りだったよ」

本当なら、強がりにしか聞こえないそんな言葉も、八雲が言うと、妙に説得力があるから不思議だ。

「もう犯人が分かっちまったみたいな口ぶりじゃねえか」

「もちろん」

皮肉交じりに言ったつもりだったのだが、八雲は、あっさり肯定した。

「分かってるなら教えろ！」

「その必要はない。きっと、明日には事件が解決しているはずだ」

まるで、予言者のような口ぶりだ。

「どういう意味だ？」

「どうもこうもない。おそらく、犯人は、自殺するはずだ。だから、事件は終わり」

「じ、じ、自殺だと！　なんでそういうことになる？　犯人はいったいどこにいる？」

後藤は、興奮のあまり、八雲の肩を摑《つか》んで大きく揺さぶる。

だが、八雲は答える気がないらしく、後藤から目をそらした。

知っているが、答えたくないといった感じだ。

「なあ！　どういうことなんだ？　教えろ！」

後藤は、なおも肩を揺さぶりながら追及を続ける。

「それを知ってどうするつもりだ？」

八雲の冷たい視線が後藤を射貫《いぬ》く。

予想外の質問に、一瞬言葉を失った。だが、その答えは分かっている。

「捕まえるに決まってる」

「死にたいんだから、死なせてやればいいじゃないか。相手は殺人犯なんだろ。必死になる必要はない」

八雲が、淡々とした口調で言った。

近づいたと思った八雲との距離が、一気に突き放されたような気がした。

「お、お前、それは本気で言ってるのか……」

「当たり前だ。誰が何と言おうと、俺には関係ない」

八雲の言った一言が、後藤の怒りを爆発させた。

「てんめぇぇ！　いつまでも調子こいてんじゃねぇぇぞ！　世の中に、死んでいい奴なんか一人もいねぇぇんだ！　お前は、幽霊が見えるクセに、そんなことも分からねぇぇのか！　今まで何を見て来た！　ええ！　答えろ！」

後藤は、昂《たか》ぶる感情に任せて八雲の左頬を殴った。

ガキ相手に大人気ない。そんなことは分かっている。

だが、どうしても許せなかった。

幽霊が見え、親に殺されかけ、周囲に気味悪がられ、そうやって生きてきた八雲は、誰よりも命の大切さを分かっている。そう思っていた。

それなのに――。

後藤の中で燃えていた怒りの炎は、やがて失望へと変わっていった。

――俺は、八雲を買いかぶり過ぎたのかもしれない。

「お前に……」

俯《うつむ》いた八雲が、ブツブツと口を動かし何かを言った。

「言いたいことがあるなら、はっきり言いやがれ！」

後藤は、鼻がつくほどに顔を近づけ、怒鳴りつける。

八雲は、ゆっくりと顔を上げた。

コンタクトレンズが外れていた。

真っ赤に染まった八雲の左の瞳《ひとみ》が向けられる――。

「お前なんかに何が分かる？」

八雲が、絞り出すように言った。

「あん？」

「世の中の人間が、みんな生きたがっているなんて思ったら、大間違いだ。死んで解放されることを望んでいる奴だっている」

――死ぬことを望む。

まるで、自分もそうだと言いたげだ。

だが、そんな考えは、後藤には受け入れられない。

「そいつが死にたがっているなんて、俺には関係ない！　目の前に、失われそうな命があれば、それを救う！　理屈じゃねえ！　俺はそういう生き物だ！」

「偉そうに！　あんたは先生を助けられなかっただろ！」

八雲のその叫びは、悲鳴に似ていた。

赤い瞳が、炎のようにゆらゆらと揺れていた。

確かに、後藤は明美を助けられなかった。

血を流し、死んでいくのを黙って見ていることしかできなかった——。

もっと早く、ナイフを持った下村の存在に気付いていれば、明美は、八雲と微笑みあっていたのかも知れない。

そう考えると、悔やんでも悔やみきれない。だが、だからこそ——。

「うるせぇ！　今度は救ってみせる！」

後藤は、叫んだ。

——もう二度と、目の前で命が奪われるのはごめんだ。

あの事件を機に、後藤は誓った。二度と、目の前で誰も死なせない。

「たとえ、今回あんたが助けたとしても、相手は殺人犯だ。計画的に、二人の人間を殺害したんだから死刑は免れない」

「だから、なんだ？」

「だったら、今助けたところで、結局は死ぬことになる。そんなのは、無意味だ」

——結果が同じだから関係ないってか？

だが、後藤には、そういう考え方はできない。

「そんなもの、俺の知ったことか！　裁判の結果がどうだろうと、俺は、自分の道を突っ走るだけだ！」

興奮して叫びながらも、後藤は、自分の言っていることがエゴに過ぎないと実感した。

八雲の言う通り、死にたい奴は、死なせた方が、幸せなのかもしれない。それは分かっている。だが、やっぱり後藤には受け入れられない。

後藤は、ぎゅっと拳《こぶし》を握り締めた。

「あんたは、バカか？」

八雲が、汚いものでも見るような目で言った。

「バカで結構！　知っていながら無視するようなクソ野郎よりはマシだ！」

これ以上、議論しているのは時間のムダだ。

とにかく、本当に犯人が自殺しようとしているのなら、それを阻止しなければ――。

「降りろ」

後藤は、八雲に指示した。

「降ろしてどうするつもりだ？」

「決まってるだろ。犯人を捜すんだよ」

八雲が笑った。

「どこを？」

「そんなもん知るか！　やれるだけのことはやる！　それだけだ！」

八雲は、大きく息を吸い込み、何かを決意したように、真っ直ぐな瞳を後藤に向けた。

さっきの冷たさはない。

何かを吹っ切ったような、晴れ晴れとした目だった。

「遺体が発見された公園。そこに犯人がいる」

八雲が言った。

さっきまでとは、正反対の言葉に驚き、後藤は、まじまじと八雲の顔を見てしまう。

「のんびりしている場合じゃないだろ」

照れ臭そうに窓の外に目を向けた八雲は、腕組みをして助手席のシートに深く身体を沈めた。

車から降りる気はないようだ。

――ちょっとは、マシな顔つきになったじゃねえか。

後藤は、心の中で呟《つぶや》き、車をスタートさせた。

――先生よ。やっぱり、あんたの期待は間違いじゃなかったようだ。

## 15

「なぜ犯人は自殺しようとしているんだ？」

後藤は、車を運転しながら、助手席の八雲に訊《たず》ねた。

さっきは、勢いで八雲の言葉をそのまま鵜《う》呑《の》みにしてしまったが、よくよく考えれば、犯人が自殺するなんて心理まで読み切れるはずがない。

それに、誰が犯人で、その目的が何だったのかという根本的な疑問も解けていない。

「今回の事件は、復讐《ふくしゅう》劇だった」

八雲が、左の眉《まゆ》だけぐいっと吊《つ》り上げて言った。

「復讐劇って……誰のだ？」

「六年前に自殺した、少女に決まってるだろ」

「その少女は、実は殺された……そういうことか？」

後藤が、思いついた考えを口にすると、八雲がやれやれという風に、大げさにため息を吐き出した。

「話が飛躍し過ぎだ。あんたは妄想癖もあるのか？」

後藤の中で、怒りがこみ上げる。

――この野郎は、いちいち一言多い。

「今、お前が言ったんだろうが。六年前に殺された少女の復讐だって」

「言った。だが、殺されたなんて、一言も言ってない。あの少女は、間違いなく自殺だよ」

「自殺だと断定する根拠はなんだ？」

「日記に書いてあったんだよ。彼女は、いじめにあって苦しんでいた。その相手の名前や、何をされたのかも、しっかりと書かれている。だから……」

八雲は、言いかけた言葉を呑み込んだ。

その先を口にするのを、躊躇《ためら》っているように思える。

「だから何だ？」

先を促すと、八雲は諦《あきら》めたように首を左右に振ってから、話を再開した。

「だから、被害者の背中にナイフで文字を書き、口を糸で縫い合わせたんだよ」

聞いているだけで、ぞっとした。

脳裏に、被害者二人のむごい傷痕《きずあと》が蘇《よみがえ》る。背中をナイフで刻まれ、皮膚が捲《めく》れあがった様子。縫い合わされた口——。

しかも、それらは、全て生きている間に行われたこと。

「あれは、意趣返しだってのか……」

八雲が頷《うなず》いた。

「彼女は、背中に『ブス　シネ』という紙を貼られたり、口をガムテープで塞《ふさ》がれたり、そういったいじめを受けていた」

冗談じゃねえ。意趣返しをするにしたって、限度を越えている。

考えただけで胸糞《むなくそ》が悪くなる。

「それに、もう一つ。彼女はちゃんと遺書を残していた」

「ちょっと待て。遺書は、現場には無かったはずだ」

今、八雲が話していることは、捜査資料の内容と一致しない。

捜査完了まで、遺書は発見されていなかったはずだ。

「遺書はちゃんとあった。日記の最後のページに」

八雲はそう言うと、ダッシュボックスに置かれていた日記を手に取り、最後のページを開いて後藤に見せた。

そこには、一行だけ短い文章が書かれていた。

〈私は、生きる価値の無い人間のようです――〉

抽象的な表現は使っているが、その内容は確かに遺書と取れなくない。

「なぜ、警察は、この日記の存在を見過ごしていた？」

「あんただって警察だろ。その質問を中学生にするのは間違ってる」

確かに仰《おっしゃ》る通り。だが、分からないものは分からない。

「知ってるなら教えろ！」

「簡単な話だよ。彼女の父親が、この日記の存在を隠した」

父親とは、さっき倒れていた和則のことか。

「なぜ？」

「資料にちゃんと目を通していない証拠だ。保険だよ」

「保険……」

「そう。その少女には、死ぬ一年前に保険が掛けられていた。契約後、二年以内の自殺の場合……」

八雲はそこで言葉を切ったが、その先は言わなくても理解できた。

「事故か、殺人だと認定されれば、保険金が下りる。だから、遺書が書かれた日記の存在を隠したってことか」

改めて口にして、身震いした。

自分の娘が自殺したにもかかわらず、和則は、その悲しみに暮れるのではなく、どうすれば保険金が手に入るのか算段をしていたということだ。

あの時、笑いながら泣いていた和則の顔が、後藤の脳裏に蘇《よみがえ》った。

――私は、生きる価値の無い人間のようです。

少女の心の叫びが、胸に響いた。

「どいつもこいつも、人の命を何だと思ってやがる！」

ぶつけどころのない怒りが、血液の中を駆け巡り、思いっきりクラクションを鳴らした。

## 16

「ついて来い」

公園の入り口に車を停めるなり、八雲はそう言って駆け出した。

「これじゃ、どっちが刑事だか分かりゃしねえな」

後藤は、苦笑いを噛《か》み殺して、八雲の背中を追いかける。

管理事務所を抜け、入り口から対岸に位置する場所まで来たところで、八雲が不意に足を止めた。

乱れた呼吸を整えながら、周囲に目を配らせる。

ここは、二人目の遺体を発見した場所。

目の前には、池に覆《かぶ》い被さるように伸びる桜の古木があった。

「そこにいるのは分かってる。出てきたらどうだ？」

八雲が、樹に向かって声をかけた。

しばらくの静寂の後、樹の陰からゆっくりと人影が現れた。

月の光に照らされて、その顔が明らかになる。

見覚えのある女だった。

「お前は……」

管理事務所の清掃員、冨美子だった。

右手に鉈《なた》を持ち、獣のような視線でこちらを睨《にら》んでいる。背中を見せたら、すぐにでも飛び掛かってきそうな勢いだ。

管理事務所で、その姿を見た時とは、まるで別人だ。

「まさか、彼女が犯人だっていうのか？」

後藤は、考えるより先に言葉が出た。

「そういうことになるな」

八雲が、目を細めながら言った。

今回は、衝動的な殺人事件ではない。計画的で、残忍な殺人事件だ。それを、中年のおばさんにやってのけることができるはずがない。

「納得できねえ。いったいどういうことだ？」

「どうもこうもない。事件後に、公園を歩き回って怪しまれないのは、警察か公園の関係者だけだろ。彼女は、怪しまれずに公園内に二体目の遺体を運び込むことができた」

「運び込むって言ったって、どうやって？　入り口には警官が二人いたんだぞ」

「警察は、荷物検査をしていたわけじゃないだろ。ズタ袋か何かに遺体を入れて、手押しの一輪車で運べば可能だ」

前に、冨美子に会った時、彼女が手押しの一輪車を押していたのを思い出した。「植樹の作業をしている」と言っているのも聞いた。だから、誰も怪しまなかった。

理屈は分かる。だが——。

「さっきお前は今回の事件は、六年前に自殺した少女の復讐《ふくしゅう》劇だと言っただろ」

「ああ。そうだ」

八雲は、当たり前のように口にする。

「だったらおかしいじゃねえか。冨美子には、復讐する理由なんてないはずだ」

「そうやって思い込むから、真実を見失《つ》うんだ」

そう宣言した八雲は、左の眉《まゆ》をぐいっと吊り上げ、ゆっくりと腕を上げて冨美子を指差した。

冨美子は、恨めしそうに表情を歪《ゆが》める。

「彼女は、自殺した少女の母親なんだよ」

「な、な、な、なんだとぉ！」

驚きで顎《あご》が外れるかと思った。

——冨美子が、喜美恵の母親だって？

彼女は父子家庭だったはずだ——いや、そうじゃない。

母親はいたんだ。離婚して父子家庭になっただけ。

だが——。

「八雲！　お前、適当なこと言うんじゃねぇよ！　根拠がねぇだろ！　根拠が！」

「根拠ならある。昼に、この池に来たとき、彼女と顔を合わせただろ。そのとき、俺の眼には、自殺した少女が見えていた。そして、彼女は言ったんだ」

八雲が言葉を止め、挑むような視線で冨美子を見た。

呼吸が止まるかと思うほど、重苦しい沈黙。

「お母さん……と……」

八雲は大声を出したわけでもないのに、その言葉はズシリと胸に重く響いた。

ざわざわっと木が揺れる。

「そ、そ、それは本当か？」

口の中が乾燥して、舌が巧《うま》く回らない。

「あいつらは、私の娘を死に追いやったのよ。殺したも同じなの。死んで当然だわ」

冨美子が、低く唸《うな》るように口にした。

それは、悲痛な叫びに聞こえた。

自殺した娘の復讐として、いじめを行った首謀格の二人を殺害した。

そして、娘がいじめられているにもかかわらず、何もしなかったばかりか、あわよくば、保険金をせしめようと算段していた和則をも殺害しようとしていた。

そういうことか——。

だったら、もう終わりだ。

これ以上、こんなことが繰り返されるのはゴメンだ。

「大人しく自首しろ。罪を償《つぐな》え」

呼びかけに対して、冨美子は、目を細めて笑った。

身体の芯《しん》まで凍りついてしまうような、冷たい笑い。

「私が罪を償うべき相手は、警察や、裁判所じゃないのよ」

そう言うのと同時に、冨美子は鉈を握った右手を大きく振りかぶった。

「おい！ よせ！ そんな物騒なものを振り回すんじゃない！」

落ち着かせようと近づくが、冨美子は、冷静さを取り戻すどころか、より一層興奮を高め、左右に鉈を振り回す。

——これでは、近づくこともできない。

しかし、八雲は違った。

動じる様子はまったくなく、鉈を振り回す冨美子に向かって、ゆっくりと歩みを進める。

「八雲！ 止めろ！ 危ない！」

だが、八雲は聞こうとしない。一歩一歩着実に冨美子に向かって足を進める。

――まったく。手間のかかる野郎だ。

「うおぉぉぉ！」

後藤は、覚悟を決め、叫び声を上げながら八雲の横を駆け抜け、鉈を振り回す冨美子に突進した。

鉈の刃が右腕に当たり、皮膚を突き破り、骨に達した。

強烈な痛みが走る。だが、それでも後藤は突進を止めなかった。

勢いをつけたまま、冨美子に体当たりを食らわす。

鉈が叢《くさむら》に転がり、冨美子は仰向《あおむ》けに倒れた。

腕から、物凄《ものすご》い勢いで血が流れ出ている。慌てて傷口を押さえた。

「あんたは、本当にバカだ。彼女は、俺たちを攻撃する気はなかった。ただの威嚇《いかく》だったのに……」

八雲が、やれやれという風に髪をかきながら言った。

「何だと？」

「最初に言っただろ。犯人は自殺するつもりだって。それに、さっきも彼女自身が言ってただろ。『罪を償うべき相手はあんたらじゃない』と……」

「どういう意味だ？」

訊《たず》ねる後藤に、八雲が「理解力の無い人だ」と前置きしてから話を始めた。

「彼女が、今回の事件を起こしたのは、娘の復讐をすることと、許しを請うという二つの目的があったんだ」

「許しを請う？　なぜだ？　少女は、いじめを苦にして自殺したんだろ？」

後藤は、腕の痛みを堪《こら》えながら言う。

「いじめは、自殺の大きな原因の一つ。だが、いじめを受けた人間全員が、自殺するわけじゃない。最終的に自殺を決定付けたのは、彼女の態度だった」

八雲はそう言うと、赤い左眼で冨美子を見下ろした。

その視線から逃れるように、冨美子は横を向く。

「どういうことだ？」

「離婚の原因は、あなたが、他に恋人を作ったからだ。それで、親権は父親の和則さんが持つことになった。言い方は悪いが、あんたは娘を置き去りにした」

冨美子は、何も答えずゆっくりと立ち上がる。

「日記によると、彼女が自殺する前、母親であるあんたに、相談の電話をしている。その時、あんたは娘の悩みを聞こうともしなかった。『忙しいから後で』、そう言ったんだろ」

何てことだ――。

娘を捨て、恋人の許《もと》に走ったばかりか、苦境に立たされた娘を突き放したというのか？

だが、おそらく冨美子も、それによって娘が自殺することになるなどとは、夢にも思っていなかった。

そうであったと信じたい――。

何も聞きたくない。そう言いたげに、冨美子は耳を掌《てのひら》でふさいだ。

しかし、それでも八雲は続ける。

「その翌日に、彼女は自殺した。父親も、母親も助けてくれない。誰にも必要とされていない。そう思って、彼女はこの池で首を吊った。あんたは、復讐の最後として、自分の命を絶とうと思っていた。そうだろ」

冨美子は、俯《うつむ》き、嫌々と首を左右に振り続けている。

そうか。冨美子の復讐の矛先は、娘をいじめた同級生や、娘の死で、保険金を手に入れられないかと画策した父親のみならず、娘の訴えを聞こうとしなかった、自分自身にも向けられていたのだろう。

まったく。人間ってのは、どこまで愚かなんだ――。

「娘さんが、何で、自殺するのにこの場所を選んだか、あんたには分からないだろ」

八雲が静かに言った一言に、冨美子が反応して顔を上げた。

「ここに、家族で花見に来たことがある。それが、三人で出かけた最後だった……」

池を覆うように枝を伸ばすこの古木は、桜の樹。

冨美子は、自分の肩を抱え、ガタガタと震えている。

呼吸が乱れて、ひーっ、ひーっ、と咽を鳴らした。

「あんたの娘は、あんたが家を出たあとも、その想い出を、ずっと引き摺《ず》っていた。自殺した日だけじゃなく、何度も、何度もこの樹の前に足を運んでいたんだ」

八雲は、ポケットから日記帳を取り出し、最初のページを開いて冨美子に差し出した。

冨美子は、震える手でその日記帳を受け取った。

そこには、一枚の写真が挟まっていた。

春の木漏れ日の中、桜の樹の下で、レジャーシートを広げて弁当を食べる親子三人の姿。

温かく、幸せそうな家庭に見えた。

こいつらは、いったいどこで道を間違えてしまったのだろう——。

「娘さんからの伝言だ。あんたには、死んで欲しくないそうだ」

その一言を聞き、冨美子は、顔をくしゃくしゃにして大粒の涙をボタボタと落とした。

身体が、みるみる縮んでいくように見えた。

「あぁぁ！」

冨美子は、樹の幹にしがみつくようにして、獣のような叫び声を上げた。

ほんの一瞬、後藤の目に、舞い落ちる桜の花びらが見えたような気がした。

## 17

後藤は、駆けつけた救急隊員に腕の傷の応急処置をしてもらった。

血は止まったが、相変わらず激しい痛みが残っている。

気がつけば、池の周りは三日連続、警察関係者であふれ返ることになった。

本当に、後味の悪い事件になった。連行されて行く冨美子は、抜け殻のように見えた。

「おい。後藤」

松村が、満面の笑みを浮かべて駆け寄って来た。

「面倒臭い野郎が来やがった」

後藤は、タバコに火を点《つ》けながら小声で吐き出した。

「やっぱり、お前には霊能力があるんだな。心霊写真から、事件を解決しちまうんだから凄《すご》いよ」

松村は、今にも飛び跳ねそうなくらい興奮している。

――こいつはとんでもない方向に勘違いしている。

ちゃんと説明するべきなんだろうが、今は、そういう気にはなれなかった。

「そうでもねぇよ」

適当にあしらって、後藤は、八雲のいる浮桟橋に向かった。

じっと池を見ている八雲の背中は、哀愁たっぷりだった。とても、中学生には見えない。

「今回は、色々と悪かったな」

後藤は、できるだけ明るく声をかけた。

八雲は、まるで気付いていないみたいに池を見続けている。

――事件が終わりを告げた今、こいつは何を思う？

「俺は、これで良かったのか？」

八雲が、消えてしまいそうなほど小さな声で言った。

自分が、事件にかかわったのは、本当に正しかったのか——おそらく、八雲の中には、その想いが渦巻いているのだろう。

「いいじゃねえか。事件は解決したんだし」

八雲に気を遣ったわけではなく、本気でそう思っている。

「事件なんて、俺がいなくても、警察の力だけでいずれ解決したさ」

何をそんなに卑屈になってやがる。

「警察が捜査するより、圧倒的に解決は早かった」

「そういう問題じゃない」

「いいや。そういう問題だ。お前がいたから原和則は死なずに済んだ。俺たちが、あの場にいなければ、確実に殺されてたわけだろ。冨美子の自殺だって阻止した」

八雲の存在が、結果的に二人の命を救ったことになる。

それだけで、充分だ。

「だけど、彼女は死にたがっていた。生き残ったことで、より辛《つら》い余生が待っている。死んだ方が楽だった……」

生きるのと、死ぬのと、どっちが幸せだったかなんて、そんなもんは誰にも判断ができない。

ただ、後になって、何であのとき止めなかったんだと後悔するよりマシだ。

それが、たとえエゴだったとしても。それに——。

「娘は、母親に死んで欲しくなかったんだろ。その望みを叶《かな》えてやったんだから、それで良しとしようや」

八雲の肩を叩《たた》いた。

「単純だな。あんたは」

振り返った八雲は、少しだけ笑っているような気がした。

勘違いかもしれないが——。

「難しいのは嫌いでな」

「次からは、自分の頭で考えてくれ。協力するのはこれが最後だ」

八雲が目を細めながら言った。

——まったく。こいつはいっつも一言多い。

「分かってるよ。これが最後だ。次は、事件以外のときに、ゆっくり話そうじゃねえか」

「断る！」

八雲はそう言い残すと、くるりと背中を向けてゆっくりと歩いて行った。

このとき、後藤は、八雲との約束を破ることになるとは思ってもみなかった——。

# エピローグ

「で、後藤さんは、そのときの約束を破って、毎回八雲君に事件を持ち込んでるんですね」

晴香は、後藤が話し終えるのを待ってから言った。

「うるせぇ。似たようなもんだろ」

後藤が、ふんっと鼻を鳴らす。

晴香は、その表情を見て、思わず笑ってしまった。

不器用ではあるが、事件を通じて八雲とかかわることで、後藤なりに、彼を見守ってきたのだろう。

——きっと、八雲にも、その優しさは伝わっている。

晴香は、そう感じた。

だからこそ、文句を言いながらも、八雲は事件の捜査に協力し、それを通して、他人と、そして自分と向き合ってきた。

「なぜでしょうね?」

晴香は、意識することなく口にしていた。

後藤が、キョトンとした表情で晴香を見る。

「何が？」

「あんなにひねくれてて、ぶっきらぼうで、憎まれ口ばかり言うのに、なぜ、八雲君の周りには、人が集まるのかなって思ったんです」

それは、晴香の素直な疑問だった。

「たぶん、あいつが、誰よりも人の痛みを知ってるからだろ」

後藤が、不機嫌に険しい表情をしながら答える。

「痛み？」

「そうだ。その境遇や、母親に殺されたって過去だけじゃない。報われない、死者の魂を見続けたことで、人の痛みを、誰よりも知っている」

「そっか……」

後藤の説明を聞き、晴香は、なるほどと納得した。

その赤い左眼で、たくさんの命の生き死にを見てきた。必死に運命に逆らい、その果てにたくさんの哀しみを知った。

そんな八雲だからこそ、同じように痛みを持った人間を惹《ひ》きつけるのだろう。

もちろん、自分も含めて――。

「着いたぜ」

後藤の声で、晴香は我に返った。

「すみません。ありがとうございます」

晴香は、車を降りながら後藤に頭を下げる。

「じゃあ、またな」

後藤は、軽く手を上げると、そのまま走り去って行った。

――じゃあ、またな。

まるで、後藤の人柄を象徴しているようだ。

次の約束なんてしないし、さよならも言わない。なぜなら、また会うのが当たり前だから。

「じゃあ、また」

晴香は、走り去る車のテールランプを見送りながら言った。

――私も、また八雲に会いに行こう。

憧れ

添付ファイル

EXTRA FILE

一心の寺で、八雲の過去の話を聞いた翌日のことだった——。

晴香は八雲の隠れ家を訪れた。

特に用事があったわけではない。自分の口で、八雲から過去の話を聞き出してみたい。そんな欲求にかられたからだ。

「八雲君、いる?」

勢いよくドアを開けた晴香だったが、すぐに先客がいることに気付き動きを止めた。

八雲の向かいの椅子に座っていた女性がふり向いた。

茶色く染めた巻き髪で、ファッション雑誌のように、はっきりとしたメイクをした女性だった。

殺風景な八雲の隠れ家には、不釣り合いな感じがする。

晴香に気付いた女性は、少し驚いたような表情をしたあとに、会釈をした。晴香も、戸惑いながらもそれに返す。

八雲は、腕組みをして、憮然《ぶぜん》とした表情で座っている。女性は、目にうっすらと涙を浮かべているようだった。

——空気が重い。まるで、恋愛の修羅場のようだ。

そう思うと、なんだか居心地が悪かった。

「ごめんね。あとでまた」

晴香は、逃げ出すように後退《あとずさ》りする。

「帰る必要はない」

それを止めたのは、意外にも八雲だった。

「あ、でも……」

晴香は、女性に目を向ける。

彼女は、席を立とうとはしていない。まだ、何か話があるようだ。

「いいんだ。彼女の話は終わった」

八雲は、いつになく強い口調だった。

「そうね。私の話は終わったから……」

女性は、諦《あきら》めたように言うと席を立った。

引き留められることを期待していたのか、女性は、しばらく立ったまま八雲を見ていたが、八雲は、いかにも関心がないという風に、大あくび。

女性は、何かを断ち切るようにため息をつくと、くるりと踵《きびす》を返し、足早に部屋を出て行った。

すれ違い様に、ぎゅっと唇を噛《か》んでいる女性の横顔が見えた。晴香には、それが泣き顔に見えた。

静まりかえった部屋に、女性の香水の甘い香りだけが残った——。

「ねぇ、いいの？」

晴香は、両手をテーブルにつき、身を乗り出すようにして八雲に訴える。

「なにが？」

八雲が、あくびをしながら聞き返す。

「だから、あの人」

「なんで？」

「なんでって、泣いてたみたいだったから……」

晴香の抗議に、八雲は、やれやれという風に首を左右に振り、テーブルの上に置かれている写真をトントンと指で叩《たた》いた。

それは、どこかのキャンプ場で撮影された写真だった。

さっきの女性も含め、大学生らしき十人の男女が団子状態になりながら笑顔を向けている。おそらく、サークルの合宿か何かだろう。

「これが、なに？」

問題のすり替えをされたような気がして、晴香は苛立《いらだ》ちから口調が荒くなる。

「君の目は節穴か？」

「どういうこと？」

「写真の背景にある森を見てみろ」

八雲に言われて、晴香は写真を手に取り、改めてじっと観察してみる。

「森？」

「そうだ。そこに、女の姿が見えるだろ」

「あ！」

晴香は、思わず写真を落とした。

一見しただけでは分からなかったが、八雲の指摘した通り、森の中から、彼らをじっと見ている女の姿が見えた。

「さっきの女は、この写真を元に、心霊現象の調査を依頼してきたんだ」

八雲が、晴香の落とした写真を拾いながら言う。

「そうだったんだ……」

「だから、その……君が考えているようなことじゃない」

八雲が視線を落とし、バツが悪そうに鼻の頭をかきながら言った。

珍しく、歯切れが悪い。まるで、浮気の言い訳をしているみたいだ。

「私が考えていることって？」

晴香は、わざと訊《き》いてみた。

八雲が、嫌そうに小鼻をひくっと動かす。

「とにかく、依頼内容は聞いた。だから、彼女との話は終わり。それだけ。君が気に病むことは何もないってことだ」

「それで、どうするの？」

「どうするとは？」

「依頼、受けるの？」

「受けるわけないだろ」

八雲が、写真をワイシャツの胸のポケットに仕舞いながら言った。

——だから、さっきの女性は泣き出しそうな表情をしていた。

晴香は、合点がいった。

八雲に冷たくあしらわれ、これからどうしたらいいか分からず、恐怖に怯《おび》えていたのだろう。

「なんで断ったの？」

感情が昂《たか》ぶり、つい詰問してしまう。

「必要がないからだ」

八雲は、興味なさそうに大あくび。

他人の痛みの分かる人だと思っていたのに、とんだ思い違いだったようだ。

「なんで、そんな無責任なことが言えるの？」

「無責任は、君の方だ」

「どういう意味？」

「この写真が、除霊の必要が無いことくらい、彼女自身が一番分かっている」

悪びれないその態度に、余計腹が立ってきた。

——あの女性がかわいそうだ。

「私、行ってくる」

これ以上、八雲と話していても進展がない。

踵を返して、部屋を出ようとした晴香を「おい」と八雲が呼び止めた。

心を入れ替え、一緒に来てくれるかと思ったが、その期待は外れた。八雲は椅子に深く腰かけたまま、眠そうに目をこすっている。

「もし、彼女を追いかけるなら、伝えておいてくれ」

「伝える？」

「君は、誰も傷つけていない。もう、気にするな」

「なにそれ？」

「言えば分かる」

八雲は、もう興味は無いとばかりに、大きく伸びをした。

晴香は、釈然としない思いを抱えたまま、八雲の隠れ家を出た。

八雲の隠れ家を出た晴香は、そのまま中庭に向かった。

初めて八雲に会ったときのことを思い出す。

あのとき晴香は、八雲に心霊現象の相談を持ちかけたものの、思いがけず、死んだ双子の姉のことも持ち出され、中庭のベンチで考えを巡らせていた。

もしかしたら、彼女も——そんな期待があった。

晴香のその期待は、見事に的中した。

中庭のベンチに座り、両手で顔を覆い、肩を落としている、さっきの女性の姿を見つけた。

「あの……」

晴香は、女性の前に立ち、声をかけた。

女性は、声に反応して、ゆっくり顔を上げる。その目は、少しだけ充血していた。

「あの……さっき、八雲君に、心霊写真の調査を依頼したんですよね」

晴香は、不審そうな表情を浮かべる女性に、早口に言った。

「ええ」

女性は、戸惑いながらも答える。

「もう一度、八雲君に話をしてみましょう。私からも説得します。大丈夫です。きっと協力してくれます。八雲君、ああみえても、本当はいい奴なんです」

一息に言った晴香を見て、女性が笑った。

——なぜ、笑うの？

「ごめんなさい」

晴香の心情を察したのか、女性はすっと真顔に戻った。

「いえ」

「もしかして、八雲君の彼女？」

「ち、違います。そんなんじゃないです。そ、それより、心霊写真」

晴香は、必死に否定しながら話を本筋に戻す。

「あれは、もういいの」

女性は、マスカラで整えられたまつげを、すっと伏せた。

「え？」

「あれは、口実だから……」

「口実？」

――話が飲み込めない。

晴香は、思わず首を捻《ひね》る。

「そう。私ね、中学のとき、彼に憧《あこが》れてたんだ」

「彼って……八雲君ですか？」

女性は、コクリと頷《うなず》いた。

「中学三年のとき、同じクラスで、ずっと片想いしてた。でも、ある日、私は彼を傷つけちゃったの。彼は、幽霊にとり憑《つ》かれた私を助けてくれたのに、私は……。そのことを謝りたかったのに、できないまま卒業しちゃった……」

女性は、そのときのことを思い出したのか、ふっと空を見上げて目を細め、そのまま話を続けた。

「大学に入ってから、中庭で偶然、彼の姿を見かけたの。謝りたい。だけど、きっかけが分からなくて、それで……」

女性は、そこまで言って言葉を切った。

「もしかして、あの心霊写真は偽物……」

晴香は、思いつくままに口にした。女性は、はにかんだように少し笑ってから頷いた。

「普通に声をかければ良かったのにね。なんだか、バカみたい」

ここまでの話を聞き、勘の鈍い晴香でも、彼女が誰なのか見当がついた。昨日、聞いたばかりの話だ。

「もしかして、佐知子さんですか？」

「なんで、私の名前を？」

女性が、目を丸くして驚いている。どうやら正解だったようだ。

これで、全てに説明がつく。

八雲は、心霊写真が偽物であることを見抜き、佐知子が自分のところに何をしに来たのかも分かっていた。

だから、依頼を受けなかった。そして――。

「八雲君から、伝言を預かってるんです」

晴香は、佐知子の質問には答えず、話をすり替えた。

「伝言？」

「はい。君は、誰も傷つけていない。もう、気にするなって……」

佐知子の表情が、一瞬固まった。

「それを、本当に八雲君が？」

「はい」

晴香が返事をするなり、佐知子の目にじわっと涙が浮かんだ。

佐知子が、具体的に八雲に何をしたのかは分からない。だが、彼女は、ずっとそのことを気にかけていたのだろう。

それが、憧れていた人だからこそ、忘れられなかった──。

「ごめんなさい。それと、ありがとう……そう八雲君に伝えてもらえる？」

しばらくの沈黙のあと、佐知子が声を震わせながら言った。

本当は、「自分で伝えればいいじゃない」そう言いたかったのだが、なぜか、晴香はそれを口に出すことはできなかった。

「はい」

「ありがとう」

佐知子は、ゆっくり立ち上がった。

その表情は、心なしか晴れ晴れとしているようだった。

佐知子が、改まって晴香の顔を真っ直ぐに見た。

「一つ訊いていい？」

晴香は、その眼差《まなざ》しを受け、身体が硬くなる。

「は、はい」

佐知子は、その視線とは裏腹に、もごもごと籠《こ》もった口調で言う。

「あなたは、八雲君の、その……眼のことは……」

だが、晴香には、佐知子が何を言わんとしているのか、すぐに理解できた。

「知ってます。きれいな瞳《ひとみ》ですよね」

晴香の印象は、最初から変わっていない。

八雲の赤い左眼は、すごくきれいだ。それだけではなく、苦しんでいる魂を癒《いや》す、特別なものだと思っている。

「そうね。きれいな瞳……私も、そう言えれば良かったのにね」

佐知子は、はにかんだように笑うと、そのまま歩き出した。

——彼女が本当に伝えたかったのは、謝罪の言葉ではない。

何の根拠もないが、晴香は、佐知子の背中を見送りながら、そう実感していた。

——もしも、彼女が、もっと早く八雲にそのことを伝えていたとしたら、どうなっていただろう？

晴香の中に、ふとそんな疑問が浮かんだ。

その答えを知るのは、すごく怖い気がする。胸が、ぎゅっと締め付けられる。

晴香の思考を遮るように、乾いた風が吹き抜けていった。

彼女の姿はもう見えなくなっていた。

空を見上げると、秋の澄みきった青空が広がっている。

過去を振り返っても仕方ない。自分にとっても、彼女にとっても、大切なのはこれからのこと。

だから――。

晴香は、八雲の隠れ家に向かって歩き始めた。

なぜか、無性に八雲の顔が見たいと思った。

はやる気持ちに煽《あお》られて、歩調は次第に速くなり、気がついたときには走り出していた――。

# あとがき

『心霊探偵八雲　SECRET　FILES　絆』を読んでいただき、ありがとうございます。

今回は、八雲の中学時代を描いた物語になっています。

現在と過去の八雲のギャップに、驚かれた方も多いことでしょう。

今までのシリーズの中で描いた八雲の過去は、断片的なものばかりでした。

誰かの台詞《せりふ》を借り、あるいは回想といった形で、ある瞬間を切り取った点のようなものでした。

本作は、過去と現在——今まで、点として表現していた八雲を、線でつなげる作品だったように思います。

人は、環境、経験、あるいは他人とのかかわりなどによって変わっていきますが、それは全く別人になるということではなく、同じ人間の延長線上であると考えています。

ときに激しく、ときにゆるやかに、形を変えながらも、もとを辿《たど》れば同じところに行き着く、川の流れのようなものだと、私は思っています。

本作の八雲も、最初は別人のように思えるでしょうが、作品を通して、現在に至るまでの八雲の心の流れを感じとっていただけるのではないでしょうか——。

八雲シリーズは、今後も形を変えていきます。
果たして、次はどんな展開になるのか？
待て！　しかして期待せよ！

平成二十一年　秋

神　永　学

※本作はフィクションであり、実在の人物、団体等とは一切関係ありません。

本書は、二〇〇七年六月に文芸社より刊行された
単行本を加筆・修正し、文庫化したものです。

# 心《しん》霊《れい》探《たん》偵《てい》八《や》雲《くも》
## SECRET《シークレット》 FILES《ファイル》 絆《きずな》

神《かみ》永《なが》 学《まなぶ》

角川文庫 15938


平成二十一年十月二十五日　初版発行

発行者―井上伸一郎

発行所―株式会社角川書店
東京都千代田区富士見二―十三―三
電話・編集（〇三）三二三八―八五五五
〒一〇二―八〇七八

発売元―株式会社角川グループパブリッシング
東京都千代田区富士見二―十三―三
電話・営業（〇三）三二三八―八五二一
〒一〇二―八一七七
http://www.kadokawa.co.jp

印刷所―暁印刷　製本所―BBC

装幀者―杉浦康平





か 51-6　ISBN978-4-04-388706-4　C0193

# 角川文庫発刊に際して

角川源義

第二次世界大戦の敗北は、軍事力の敗北であった以上に、私たちの若い文化力の敗退であった。私たちの文化が戦争に対して如何に無力であり、単なるあだ花に過ぎなかったかを、私たちは身を以て体験し痛感した。西洋近代文化の摂取にとって、明治以後八十年の歳月は決して短かすぎたとは言えない。にもかかわらず、近代文化の伝統を確立し、自由な批判と柔軟な良識に富む文化層として自らを形成することに私たちは失敗して来た。そしてこれは、各層への文化の普及滲透を任務とする出版人の責任でもあった。

一九四五年以来、私たちは再び振出しに戻り、第一歩から踏み出すことを余儀なくされた。これは大きな不幸ではあるが、反面、これまでの混沌・未熟・歪曲の中にあった我が国の文化に秩序と確たる基礎を齎らすためには絶好の機会でもある。角川書店は、このような祖国の文化的危機にあたり、微力をも顧みず再建の礎石たるべき抱負と決意とをもって出発したが、ここに創立以来の念願を果すべく角川文庫を発刊する。これまで刊行されたあらゆる全集叢書文庫類の長所と短所とを検討し、古今東西の不朽の典籍を、良心的編集のもとに、廉価に、そして書架にふさわしい美本として、多くのひとびとに提供しようとする。しかし私たちは徒らに百科全書的な知識のジレッタントを作ることを目的とせず、あくまで祖国の文化に秩序と再建への道を示し、この文庫を角川書店の栄ある事業として、今後永久に継続発展せしめ、学芸と教養との殿堂として大成せんことを期したい。多くの読書子の愛情ある忠言と支持とによって、この希望と抱負とを完遂せしめられんことを願う。

一九四九年五月三日

# 角川文庫ベストセラー

**鳥人計画**　東野圭吾
日本ジャンプ界のホープが殺された。程なく彼のコーチが犯人だと判明するが……。一見単純に見えた事件の背後にある、恐るべき「計画」とは!?

**探偵倶楽部**　東野圭吾
〈探偵倶楽部〉——それは政財界のVIPのみを会員とする調査機関。麗しき二人の探偵が不可解な謎を鮮やかに解決する！　傑作ミステリー!!

**さいえんす？**　東野圭吾
男女の恋愛問題から、ダイエットブームへの提言、プロ野球の画期的改革案まで。直木賞作家が独自の視点で綴るエッセイ集！〈文庫オリジナル〉

**殺人の門**　東野圭吾
あいつを殺したい。でも殺せない——。人が人を殺すという行為はいかなることなのか。直木賞作家が描く、「憎悪」と「殺意」の一大叙事詩。

**ちゃれんじ？**　東野圭吾
自称「おっさんスノーボーダー」として、奮闘、転倒、歓喜など、その珍道中を自虐的に綴った爆笑エッセイ集。オリジナル短編小説も収録。

**嗤《わら》う伊右衛門《いえもん》**　京極夏彦
古典『東海道四谷怪談』を下敷きに、お岩と伊右衛門夫婦の物語を、怪しく美しく、新たに蘇らせる。第二十五回泉鏡花文学賞受賞作。

**巷説百物語**　京極夏彦
舌先三寸の甘言で、八方丸くおさめてしまう小股潜りの又市や、山猫廻しのおぎん、考物の山岡百介が活躍する江戸妖怪時代小説シリーズ第1弾。

# 角川文庫ベストセラー

# 角川文庫ベストセラー

パズル　山田悠介

超有名進学校のエリートクラスが、正体不明の武装集団に占拠された！　人質の教師を救うためには2000ピースのパズルを完成させるしかない！

8.1 Horror Land　山田悠介

驚愕のホラーコレクション！　ここでしか読めない書下ろし短編「骨壺」も収録した奇妙な遊園地へようこそ！　キミは「ホラー」で遊んでいく？

8.1 Game Land　山田悠介

興奮のゲームコレクション！　ここでしか読めない書下ろし短編「人間狩り」も収録した奇妙な遊園地へようこそ！　キミは「ゲーム」で遊んでいく？

千里眼の教室　松岡圭祐

時限式爆発物を追う美由紀が辿り着いた高校独立国とは？　いじめや自殺、社会格差など日本の問題点を抉る異色の社会派エンターテインメント！

千里眼　堕天使のメモリー　松岡圭祐

メフィスト・コンサルティングの仕掛ける人工地震が震度7となり都心を襲う。彼らの真の目的は？　帰ってきた「水晶体」の女との対決の行方は？

蒼い瞳とニュアージュ　完全版　松岡圭祐

お姉系ファッションに身を包み光と影を併せ持つ異色のヒロイン、臨床心理士・一ノ瀬恵梨香の活躍を描く知的興奮を誘うエンターテインメント！

蒼い瞳とニュアージュII　千里眼の記憶　松岡圭祐

DV相談会に現れた痣のある女性の真の目的を見抜いた一ノ瀬恵梨香が巻き込まれる巨大な陰謀を描く書き下ろし。彼女を苛む千里眼の記憶とは？

# 角川文庫ベストセラー

千里眼　美由紀の正体　上　松岡圭祐

民間人を暴行した国家機密調査員に対する岬美由紀の暴力制裁に、周囲は困惑する。嵯峨敏也が気づいた、美由紀のある一定の暴力傾向とは……?!

千里眼　美由紀の正体　下　松岡圭祐

大切にしてきた思い出は全て偽りだというのか。次々と脳裏に蘇る抑圧された記憶の断片。美由紀の消された記憶の真相に迫る究極の問題作！

マジシャン　完全版　松岡圭祐

目の前でカネが倍になるという怪しげな儲け話に詐欺の存在を感じた刑事・舛城は、天才マジシャン少女・里見沙希と驚愕の頭脳戦に立ち向かう！

催眠　完全版　松岡圭祐

自分を宇宙人だと叫ぶ不気味な女。彼女が見せた異常な能力とは？　臨床心理士・嵯峨敏也が超常現象の裏を暴き巨大な陰謀に迫る。完全版登場！

千里眼　シンガポール・フライヤー　上　松岡圭祐

世界中を震撼させた謎のステルス機アンノウン・Σの出現と新種の鳥インフルエンザの大流行。二つの事件の隠されたつながりを美由紀が暴く！

千里眼　シンガポール・フライヤー　下　松岡圭祐

世界を転戦するF1レースとウィルスの拡散状況に一致点を見つけた美由紀は自らレースに参戦する。謎の組織ノン＝クオリアとの戦いの行方は？

カウンセラー　完全版　松岡圭祐

カリスマ音楽教師を突然の悲劇が襲う。家族を惨殺したのは一三歳の少年だった……。彼女の胸に一匹の怪物が宿る。サイコサスペンスの大傑作!!

# 角川文庫ベストセラー

**TRICK トリック—劇場版2—**　蒔田光治　監修／堤　幸彦

大人気ドラマ「トリック」劇場版第2弾ノベライズ。山田奈緒子と上田次郎が対決するのは、村をも消し去る壮大な奇蹟を起こす筺神佐和子。

**鴨川ホルモー**　万城目　学

千年の都に、ホルモーなる謎の競技あり——奇想天外な設定と、リアルな青春像で読書界を仰天させたハイパー・エンタテインメント待望の文庫化。

**ドールズ**　高橋克彦

車にはねられた七歳の少女が入院中に見せはじめた奇怪な行動。少女の心の闇には何が潜んでいるのか？　恐怖小説の第一人者が綴った傑作長編。

**闇から覗く顔《ドールズ》**　高橋克彦

創作折り紙の個展会場と殺人現場に江戸期の手法で折られた紙の蜻蛉が落ちていた！少女の体に蘇った江戸の人形師・目吉が解き明かす四つの事件。

**黄昏綺譚**　高橋克彦

幽霊、前世、UFO、各地の伝承に隠された意外な真実……。実際に体験したとっておきの逸話と事実を紹介し〝怪異〟の世界へと導くエッセイ集。

**火城**　高橋克彦

とにかくよく泣く男だった。日本初の蒸気船を造った佐賀藩士・佐野常民の活躍を描く。『時宗』『炎立つ』などの代表作を生んだ著者の、初の歴史小説。

**幻少女**　高橋克彦

幽霊が出ると噂の家は、娘が生前暮らしていたところ。もう一度娘に会いたい。「幽霊屋敷」をはじめ、幻想的で哀しく美しい短編小説集。

# 角川文庫ベストセラー

**RIKO—女神《ヴィーナス》の永遠—**　柴田よしき

巨大な警察組織に渦巻く性差別や暴力。刑事・緑子《りこ》は女としての自分を失わず、奔放に生き、敢然と事件を追う！　第十五回横溝正史賞受賞作。

**聖母《マドンナ》の深き淵**　柴田よしき

男の体を持つ美女。惨殺された主婦。失踪した保母。覚醒剤漬けの売春婦……誰もが愛を求めていた。緑子が命懸けで事件に迫る衝撃の新警察小説。

**少女達がいた街**　柴田よしき

ふたりの少女、ふたつの時代に引き裂かれた魂の謎とは……。青春と人生の哀歓を描ききる、横溝正史賞受賞女流の新感覚ミステリー登場。

**月神《ダイアナ》の浅き夢**　柴田よしき

若い男性刑事だけを狙った連続猟奇殺人事件が発生。次のターゲットは誰か？興奮と溢れる感情が絶妙に絡まりあう、「RIKO」シリーズ最高傑作。

**ゆきの山荘の惨劇—猫探偵正太郎登場—**　柴田よしき

土砂崩れで孤立した「柚木野山荘」でおこる惨劇。毒死、転落死、相次ぐ死は事故か殺人か？　猫探偵正太郎が活躍するシリーズ第一弾。

**消える密室の殺人—猫探偵正太郎上京—**　柴田よしき

同居人の気まぐれで正太郎は東京へ。だが、密室で発生した人間と猫の殺害事件に巻き込まれ…。猫探偵正太郎が仲間と事件に挑むシリーズ第2弾。

**ミスティー・レイン**　柴田よしき

失恋をした茉莉緒は若手俳優・雨森海に出会い、芸能プロに再就職するが、海の周囲で次々と事件が…。ひたむきな女性を活写した恋愛ミステリ。

# 角川文庫ベストセラー

聖なる黒夜(上)(下)　柴田よしき

聖なる日の夜に、一体何が起こったのか。刑事・麻生と気弱な美青年・山内の運命の歯車はいつ狂ってしまったのか。人間の原罪を問うた傑作長編。

六道ヶ辻　大導寺一族の滅亡　栗本　薫

平安時代から連綿と続く一族、大導寺家。その末裔・静音は奇妙なノートを見つける。そこには一族を滅ぼしかけた殺人鬼の存在が記されていた!!

六道ヶ辻　ウンター・デン・リンデンの薔薇　栗本　薫

廃校となった女学院から発見された大正時代のものと思われる二体の白骨死体。それは、呪われた血が招いた恐るべき結末だった……。

六道ヶ辻　大導寺竜介の青春　栗本　薫

連続猟奇殺人者「赤マント」との対決の中でもつれる大導寺竜介と幼なじみの藤枝清顕、一乗寺忍の青春と恋。それはやがて、破滅的結末へと……。

六道ヶ辻　たまゆらの鏡　大正ヴァンパイア伝説　栗本　薫

大正時代。伊奈新山に斎門伯爵が現れた。その頃から血を抜き取られた奇妙な死体が発見されるようになり——。ゴシック・ロマン・ミステリ!

狂桜記—大正浪漫伝説　栗本　薫

中学生の柏木幹彦は桜屋敷で暮らしていた。ある日いとこが庭にある中将桜で首を吊ってしまう。桜屋敷に秘められた謎が殺人事件を引き起こす。

覆面作家は二人いる　北村　薫

姓は《覆面》、名は《作家》。二つの顔を持つ新人作家が日常に潜む謎を鮮やかに解き明かす——弱冠19歳のお嬢様名探偵、誕生!